2019年9月30日，中共中央总书记、国家主席、中央军委主席习近平会见获得2019年女排世界杯冠军的中国女排队员、教练员代表时指出：

广大人民群众对中国女排的喜爱，不仅是因为你们夺得了冠军，更重要的是你们在赛场上展现了祖国至上、团结协作、顽强拼搏、永不言败的精神面貌。女排精神代表着一个时代的精神，喊出了为中华崛起而拼搏的时代最强音。

中国女排：十次夺冠全记录

杨玛琍 主编

陕西新华出版
太白文艺出版社·西安

果麦文化 出品

前言

从 1981 年到 2019 年，中国女排十次夺取"三大赛"（世界杯、世锦赛、奥运会）世界冠军。本书邀请曾亲历中国女排十次夺冠现场的著名记者、解说员等，回忆并撰写现场激情时刻和与中国女排多年交往中的感人故事，既弘扬了"祖国至上、团结协作、顽强拼搏、永不言败"的女排精神，也展示了体育新闻工作者为向观众、读者和球迷宣传女排精神、传递正能量而埋头奋战、忘我工作的台前幕后。本书不仅献给中国女排，也献给为弘扬女排精神努力工作在第一线的新闻工作者。

目录

序言 女排精神,光芒四射,借鉴历史,重铸辉煌　　001

第一冠
见证历史性突破　　005

第二冠
首夺世界最高水平冠军　　031

第三冠
沉甸甸的首枚奥运会金牌　　062

第四冠
难忘的第四度登顶　　092

第五冠
袁伟民率高徒创"五连冠"纪录　　117

第六冠
阳光总在风雨后　　　　　　　　　　　　　　　　**148**

第七冠
激情燃烧的雅典记忆　　　　　　　　　　　　　　**180**

第八冠
中国女排重回巅峰之战　　　　　　　　　　　　　**209**

第九冠
里约没有不可能　　　　　　　　　　　　　　　　**245**

第十冠
十全十美　　　　　　　　　　　　　　　　　　　**277**

编后语　有多少记忆可以重来　　　　　　　　　　**299**
附录　中国女排十次世界冠军资料　　　　　　　　**315**

序言 女排精神，光芒四射，借鉴历史，重铸辉煌

中国女排自 1981 年首次夺得世界冠军至今的 40 多年间，一直站在令人瞩目的位置，成为中国足、篮、排"三大球"率先站上世界之巅的队伍。无论是在高峰还是在低谷，她们都是世界排坛关注的焦点，是世界强队不敢轻视的竞争对手。

忆往昔，中国女排曾经出现过五次连续夺得世界冠军的高峰期，也曾几度经历艰苦奋斗、卧薪尝胆的低谷期。最惊心动魄的是开创历史的 1981 年，在袁伟民的率领下，中国女排首次登上世界杯冠军领奖台，夺得了中国三大球的第一枚金牌。此后掀起连续夺取世锦赛、奥运会、世界杯金牌并再夺世锦赛金牌的热潮，以"五连冠"的辉煌，树立了一座丰碑。而后，由于古巴队的崛起，中国女排进入长达 17 年的低谷期。

中国女排的第二次高峰期始于 2003 年，陈忠和率领以年轻队员为主的新阵容勇夺世界杯冠军，并在次年的奥运会决赛中苦战五局，力克俄罗斯女排，再夺世界冠军，树立起新的里程碑。

又经过了 12 年的埋头苦干，郎平在第二次执教中国女排期间进行了体系重建，中国女排夺得 2015 年世界杯、2016 年奥运会、2019 年世界杯三次冠军。但是，2020 年东京奥运会时，中国女排却因核心伤病和新老交替等问题，小组赛连负三场，未能晋级八强。而后，郎平卸任主帅，部分主力退役或养伤。中国女排被迫推迟了组队时间，再次面临挑战，

进入调整期。

如今，在中国女排整装待发之际，我们一批新老体育记者一拍即合，将1981年到2019年十次夺冠的激情时刻记录下来，希望中国女排发扬女排精神，再举金杯，借鉴历史，重铸辉煌。为获取最真实、最可靠的依据，我们寻访到当年亲历现场的七位知名的新闻工作者，用他们的文字再现历史，也是对一些不负责任的自媒体靠道听途说得来的不实报道，做一次实实在在的纠正。

杨玛琍

第一冠

编者按

20世纪80年代，我国各新闻单位派到现场采访重大体育赛事的文字记者十分有限。《中国体育报》下属的报纸、杂志等多个编辑部，有时只能共派一人前往，而且都是数一数二的资深记者。我作为运动员出身的新入职宣传单位的年轻人，相信只要努力就会有机会。正是因为对排球的了解，每次大赛我都能进入编辑组，除接收前方记者的稿件外，还结合赛事配合前方记者写些补充稿件，其间，学习了不少采访和写稿的技巧。

当时，电视已经走进千家万户，观看比赛就是广大球迷了解实况的最快、最佳途径。中国女排的比赛牵动亿万国人的心，宋世雄老师连续参与转播了"五连冠"所有比赛，他那高亢激情的播报，把球迷的情绪推向高潮，他本人也成为家喻户晓、受人爱戴的明星主持人。

我与宋世雄老师相识在我做运动员的20世纪70年代，北京队一有重要的国际比赛，中央人民广播电台著名播音员张之老师和宋世雄老师就会提前到队里了解背景情况，熟悉双方队员。年轻的宋老师和我们年龄相仿，十分平易近人，我们常一起说笑，大家都叫他"小宋"，以至于我很多年都改不了口，直到我先生提醒，我才感到十分不妥。但宋老师从不计较。

宋老师赛前细心准备资料、下队熟悉情况的工作作风一直贯穿始终，"五连冠"时期仍然如此，有时甚至住进运动队的集训营。女排连续五次夺冠时刻，观众都是坐在电视机前看球赛，听宋老师讲赛场内外的故事，共同度过那些不眠之夜。为此，宋世雄老师是撰写第一篇稿件的不二之选。

见证历史性突破

宋世雄

(前中央人民广播电台、中央电视台著名体育解说员、评论员和主持人、播音指导,第六届、第七届、第八届、第九届全国人民代表大会代表)

1981年11月16日,是中国女排夺取第一个世界冠军的日子,我与中国女排的情缘,却开始得更早。而且,我有幸在现场解说了中国女排"五连冠"的全过程,见证了中国女排每次夺冠的艰难历程,并在第一时间把现场实况发回了祖国。在这里,我想与读者、听众和观众再次分享与中国女排一起度过的幸福时光和一些鲜为人知的故事。

我爱女排

我在中央人民广播电台和中央电视台工作期间,见证了中国女排几十年的风雨历程,解说了无数场中国女排的比赛实况,特别是在20世纪80年代,见证了中国女排首次夺冠的辉煌,感受到"五连冠"征程中的激情和中国女排"祖国至上、团结协作、顽强拼搏、永不言败"的精神。

早在20世纪60年代,张之老师就安排我采访中国女排并让我开始解说女排比赛。为了给听众和观众传达更多的信息,我多次深入队里,与教练员、运动员交朋友,和他们交心,了解他们的训练、生活情况和心路历程。

1963年至1964年,中国女排已经开始将目光聚焦世界重大比赛,立志在国际赛场上为国争光。当时的主教练是阙永伍,她为人谦和,是个认认真真干事业的人,立志要先立业后成家,被传为佳话。阙永伍教练曾是西南军区"战斗队"女排的主攻手。她个子不高,但身体素质好,在场上灵活机智,大家给她起了个绰号叫"猴子"。当时的队员有湖北的李杰英,北京的韩翠青、董天姝,福建的苏彩霞,吉林的于淑文,四川的余廷鹓,新疆的卓尔汗等。

我记得,朝鲜人民军女排来我国访问时,朝鲜队教练是千在友(音译），著名队员有康玉顺（音译）、金增福（音译）。我解说了中朝女排比赛，那时候朝鲜队实力较强。阙永伍率领中国女排的最好成绩是在 1963 年第一届新兴力量运动会上获得女排比赛的冠军。

我还先后结识了中国女排的教练何炳堃、马占元、王素云、李宗镛、徐杰、韩云波等。其中获得比较好的成绩是韩云波，在 1975 年第一届亚洲女子排球锦标赛上，他率队获得第三名。

第一次密切接触

大家知道，中国女排在 1976 年由袁伟民重新组建，1977 年在第二届女排世界杯中获得第四名，1978 年在第八届世界女排锦标赛上获得第六名。

1978 年，我随中国女排一起去曼谷参加第八届亚运会。为了解说中国女排的比赛，我采访了她们的赛前训练情况，参加了比赛前的准备会和比赛后的总结会。这是我与袁伟民率领的中国女排的第一次密切接触。

就在这次赛前采访中，我结识了郎平。她当时 18 岁。为了提高身体机能，增强腿部力量，她的力量训练量比较大，课后为了放松肌肉，医生在她的腿上踩来踩去，她疼得难以忍受。尽管眼中含着泪水，她仍一声不吭地咬牙坚持着，这一感人的场景使我终生难忘。后来我问郎平，当时她是怎么想的，她果断地对我说："敢打敢拼，还得敢赢！" 18 岁姑娘的这八个字至今深深印在我的脑海中。

1978 年 12 月 13 日，我又对郎平做了一次更深入的采访。她对我说："发挥自己的水平，敢打敢拼，思想上要顶得住，技术上要发挥好，我自己信心很足。无论面对哪个对手，我们都要努力发挥长处，才能抑制住

女排队员与教练袁伟民在一起（中体在线图片 唐禹民、周铁侠 摄）

左起：周鹿敏、袁伟民、郎平、陈亚琼、曹慧英、陈招娣、张洁云、梁艳、周晓兰、杨希

对手，战而胜之。我第一次出国，要努力打出风格和水平。我的技术和经验与老队员相比还不够成熟，要尽快成长，迎头赶上。作为新队员上来打主力，思想上要放得开。要相信自己，给自己加油。"郎平的这些话，使我对她有了进一步的了解。从她的身上我看到的正是新中国运动员刚毅而勇敢的品格、机敏而豪爽的个性！

在第八届亚运会上，我的另一个难忘的记忆是中国队输给了日本队。我参加了他们的总结会，当时气氛很沉闷，袁伟民说："咱们是上还是下？要是上，咱们好好练；要是下，咱们回去就解散。"队员们一致说："我们要上！"我看到了中国女排在失败后的决心和勇气。就在女排比赛结束的第二天，中国女排的姑娘们又出现在曼谷赛拉素蒙第训练馆里。

1979年12月，我到香港参与第二届亚洲女排锦标赛的转播解说工作。12月8日，我和郎平交谈了长达6小时，她对我讲述了自己的童年、作为运动员的成长史以及未来的打算，展现出她丰富而成熟的内心世界。

她跟我介绍了她打排球的经历。她说，老队员很关心她，让她感到了集体的温暖。作为年轻队员，她没有思想包袱，每次上场打比赛就想一个字——"冲"。她深有体会地对我说："在平时刻苦练习，练就过硬本领，比赛的关键时候，才能拿得出来。主攻手要突破欧洲大关，扣球的力量和高度要超过欧洲强攻手，就会在世界上通行无阻。在球场上比作风，比耐力，比冷静。要时时想到国家的荣誉，每天训练7小时都没怨言。"俗话说："不怕慢，就怕站。"正如郎平所说："运动员不怕提高慢，就怕不努力练。我早点儿掌握跑动进攻技术，就多一条通往成功的路。我们要用汗水去换取胜利。"

这次谈话让我深深地感到郎平不单有鲜明的个性，而且有超人的毅

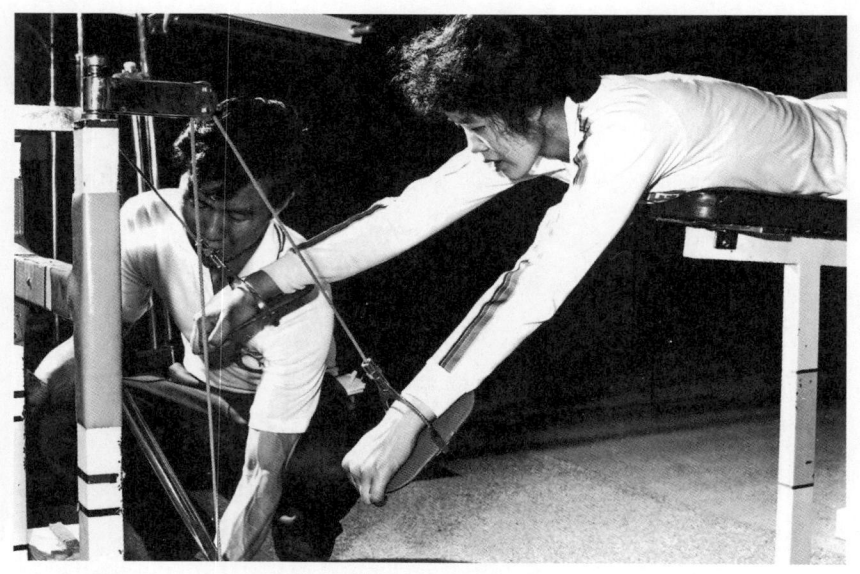

郎平在进行臂力训练（中体在线图片 唐禹民、周铁侠 摄）

周晓兰（右一）在进行力量训练（中体在线图片 唐禹民、周铁侠 摄）

力，有自己的思想，她的未来不可限量。我懂得了什么叫"用汗水去换取胜利"，也结识了体育世界里这些最可爱的人。

在第二届亚洲女排锦标赛上，中国队战胜了实力雄厚的日本队，第一次取得了亚洲锦标赛的冠军。1979年12月13日，我在香港女青年会酒店采访了袁伟民，他对我说出了心里话：

"我们在奥运会的道路上，刚刚走了一半儿，就是胳膊断了腿断了，也要上。要花更大的代价，创造成绩，不辜负人民的希望。我们在思想作风上、技战术水平上，与其他强队相比还有很大的差距。我们在场上还有漏洞，防守脚步移动慢，重心高，判断不如人家准。"他的话像钢铁誓言，过去40多年了，我依然记忆犹新。这是中国排球人的雄心壮志，几代人的奋斗目标。我还记得袁伟民对我说："我们要不断创新，严格训练，严格要求。"

难忘的两件事

1980年，我国未派队参加奥运会，中国女排便把下一个目标锁定在1981年在日本举行的第三届世界杯女子排球赛。

在备战1980年奥运会期间，女排姑娘就把老一辈革命家、新中国第一任国家体委主任贺龙元帅的誓言作为奋斗目标："三大球不翻身，我死不瞑目。"这是篮球、足球和排球运动员为之奋斗不息的目标。经过几代人的前赴后继、奋勇拼搏，女子排球已经走在了前列。1980年，中国女排已经做好最后的冲刺准备，她们的口号是："要取得超人的成绩，必须付出超人的代价。"

这一年，我为了准备一年后的女排世界杯比赛解说，跟随中国女排集训，收集资料，深入采访，几乎同中国女排形影不离。我看她们练球，找她们谈心，知道了谁是恬静文雅的队员，哪个又是幽默执拗的队员。但仅仅简单了解人物性格还不够，广大听众和观众更想要了解的是有血有肉有灵魂的人物形象。要做到这一点，不但要采访记录她们的一举手一投足，还必须细心观察她们的生活，深入了解运动员的心理脉搏。这么多年过去了，我眼前仍会闪现当时的各种画面：

比如，郎平跟我说："一天7小时的训练，到晚上睡觉时腿就抽筋了，真不想干了，可我舍不得呀。"

孙晋芳为了减轻伤部负担，躺在地板上，把头和脚垫高，让身体中间悬空，再把5公斤的杠铃片放在腹部，以此强化腰肌力量，一分钟一分钟地坚持着。

杨锡兰对我说，教练布置加练25米往返跑，为的是加快她们的移动速度，要把她们练累，她们偏说不累。

陈亚琼在训练后累得上不了楼梯，每迈一步就哭一声。

陈招娣为了增强腿部力量，肩负55公斤的杠铃咬着牙一次一次地练习深蹲。

……

姑娘们咬牙刻苦训练的一幕幕场景，真是催人泪下，给我留下了刻骨铭心的记忆。

1980年这一年，我在与中国女排亲如手足、同甘共苦的相处中感触颇深，收获很大，做好了随时进行转播解说的准备。

同时，还有两件令我十分难忘的事，40多年过去了，现在想起，仿佛就在眼前。我当时是有些不解的，但之后，我明白了中国女排之所以能够成为"中国女排"，确实有她们的过人之处。同时，我也慢慢理解了"女排精神"的内涵。

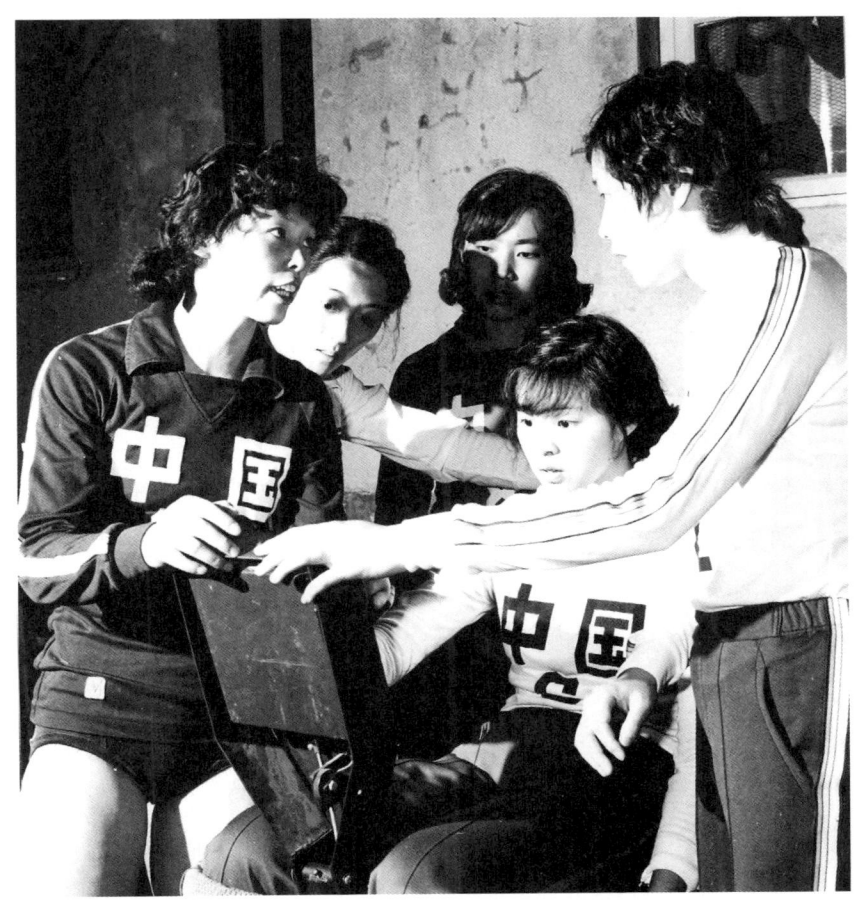

陈招娣(左一)正在和队友们交流自己的训练体会(中体在线图片 唐禹民、周铁侠 摄)

女排姑娘们在体能训练中,会一起探讨器械功能和如何达到更好的训练效果

1980年5月6日，中国女排在南京市体育馆训练。张蓉芳在训练中因扑救球摔倒了，摔得相当重，躺在地上很长时间起不来。旁边的队员好像没有看见，照常进行防守训练，在场的教练和领队也没人去理她。我于心不忍地问教练："你们为什么不管她？"袁伟民走过来对我说："要她自己战胜自己。"时间一分一秒地流逝，张蓉芳终于撑着地板站起来了，然后继续参加训练。

这时我才明白，正是这种顽强的毅力、可敬可爱的倔劲，弥补了张蓉芳先天身高不足的劣势，使她成为中国队的栋梁之材，也成为女排群英谱系中一颗璀璨夺目的明星。

另一件事发生在1980年5月14日，我亲身经历了一个不平凡的夜晚。那天，上海飘洒着绵绵细雨，上海体育馆刚刚进行了一场国际女排比赛。中国女排以3：0战胜了日本女排。但这三局球，每一局开局后中国队都落后。第一局曾以9：13落后，第二局又以9：12落后，第三局先以1：8落后，接着以9：14落后，最后以16：14反败为胜。我在解说时还赞美了中国女排反败为胜、顽强拼搏的作风。但袁伟民对比赛结果并不满意，他对队员们说："今天我们在落后的情况下拿下这场球，比在领先的情况下得胜更有意义。但是，我不能原谅你们。"他要让她们记住每球必争，并决定全队在赛后加练。他说："你们在场上不活跃，有'骄娇'二气。现在补课，什么时候把情绪练上来，什么时候结束。现在开始。"我在采访本上记下此时此刻已经是22点34分了。将近午夜，我坐在场边继续观看她们训练。

张蓉芳在场上来回奔跑垫球、救球，她跟教练说："我嘴干得要命。"袁伟民说："我嘴也干，比赛的时候，哪儿有那么多水喝。"张蓉芳不再说什么了，一分钟一分钟地坚持着。

陈招娣为了救一个球，腾身扑出，快速滚翻。大运动量使她突然感到一阵恶心，快要吐了，她马上跑出球场进了盥洗室。几分钟后，陈招娣重返球场，袁伟民问她："你为什么不请假？"陈招娣带着几分自责和不安，听着教练的批评，一声不吭。她心里都清楚，教练严格的要求是为了激发她的斗志。

这天晚上一直练到零点才结束。

就是这种受挫折不气馁、得胜利不停步的精神，让我感慨良深。我在心里告诉自己，要赶快将这些人们想知道，而在比赛场上又看不到的感人事例告诉广大听众、观众。什么是女排精神？这就是女排精神！

立志世界杯夺冠

1981年10月30日，我和张之老师及中央电视台导演冯一平、哈国英，随中国女排同机飞赴日本，参与女排世界杯比赛的转播工作。在飞往东京的途中，我品尝着陈招娣送给我的橘子、陈亚琼从家乡带来的栗子，心里十分温暖；我看着陈招娣津津有味地读着文学作品，眼中闪烁着愉悦的光芒；我和梁艳交谈，听到她许多感人肺腑的话语，了解她一生的志向，以及她对日本队、古巴队的分析；我还采访了张洁云，她说她最担心失误，因为失误会影响自己的情绪，也会影响队友的情绪。大家看似都很悠闲，我却感到了"山雨欲来风满楼"的气氛。因为，无论与谁交谈，我都可以从她的话中听出她们立志夺取世界杯冠军的决心。

到了东京以后，我看女排训练，参加她们赛前准备会，找领队、教练、队员谈心，更加清晰地感受到她们不达目的誓不罢休的信念。我还记得在1981年1月15日，我采访了郎平，她对我说："一切的一切都是为了世界杯，这是女排第一次走向世界，我们离世界冠军不远了。凭

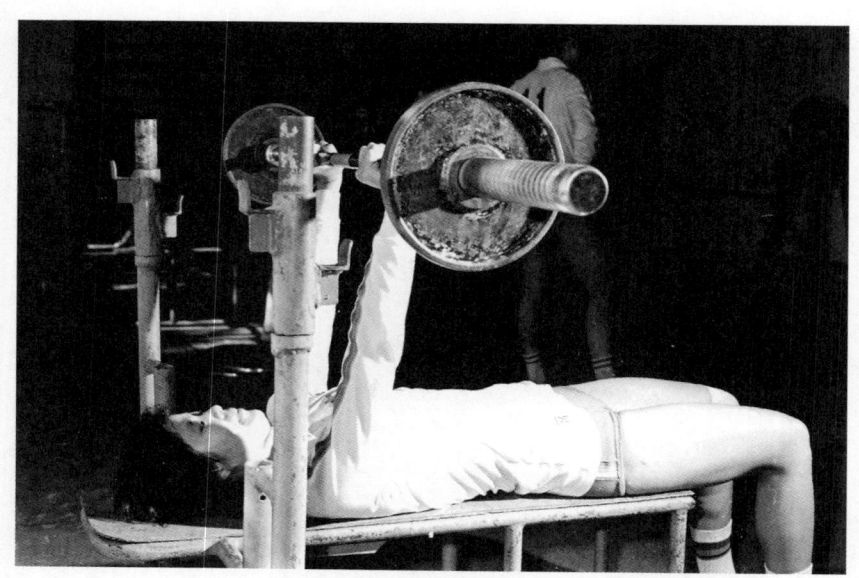

郎平正在进行负重卧推训练,加强上臂力量(中体在线图片 唐禹民、周铁侠 摄)

杨希正在进行负重全蹲训练,强化腰和腿的爆发力(中体在线图片 唐禹民、周铁侠 摄)

自己的力量去夺得世界冠军，是又艰苦又幸福的事情，我们会不懈努力，顽强拼搏。"

郎平还说："虽然这次世界杯我们队只有七场球，但是，平时最少要练出连打二十场球的体力。这对运动员也是考验，在最累的时候再坚持一下，才能把体力和耐力练上去。"那个时候，她就向我介绍说，自己是主攻手，扣球的力量很重要，所以经常进行加强上肢力量的训练，同时进行一些静力训练，提高腰腹的力量。

这次在日本，她对我说："我是第四次来日本，别人问我日本是什么样子，我也不知道，因为每天都是两点一线，除了宾馆就是体育馆，没出去玩过一次。这次来，心中想的就是要在场上拼，每个球每一分都要拼。在困难的时候，我要有很强的信心，不能动摇。要发扬敢打敢拼的精神，从困难中摆脱出来。"郎平的话让我很感动，她的"拼"字，不正是闪光的女排精神吗？

在日本，在准备会、训练场及赛场上，女排队员们"拼"的精神无处不在、无时不在。在准备会上，我听到了她们的誓言和心声："我们要用最大的勇气，夺取最好的成绩！""我们不能保，要拼，不能靠人家失误，要靠自己进攻！""保持战斗的情绪、顽强的斗志和高昂的士气，当一个'拼命三郎'！"

正因为女排队员赛前吃了大苦，经受了磨炼，赛场上才那样生龙活虎、不屈不挠。正是由于我有机会深入实际，有机会同教练员、运动员生活在一起，他们的精神感动了我，他们的情感打动了我，所以我在转播解说中才更有激情，场内场外的话题都能涉及，且能生动而形象地传达我的切身体会，从而感染听众、观众。

三洲鼎立，五强争霸

其实，当时中国女排的对手都十分强大，世界女排局势被称为"三洲鼎立""五强争霸"——亚、欧、美三洲鼎立，中、日、苏、美、古五强争霸。

苏联女排此前已经获得过八次世界冠军：四次世界锦标赛冠军、三次奥运会冠军、一次世界杯冠军。参加本次世界杯的是1980年奥运会获得冠军的原班人马，主力阵容平均身高为1.81米，是当时参赛队伍中平均身高最高的队。她们采用以高举高打为主的高快结合的战术，颇具实力。

日本女排和古巴女排在20世纪60年代相继崛起，动摇了苏联女排的霸主地位。日本队曾六获世界冠军、六获世界亚军。

古巴女排在1978年世界锦标赛中，凭借出众的弹跳力和高点强攻，毫无悬念地夺得冠军，获得了"黑色橡胶"的美誉。

美国女排主力队员都有两百场以上的国际比赛经验，特别是两名主攻手——身高1.96米的海曼和弹跳力超群的克洛克特，早已名声在外。

中国女排的迅速崛起、战绩飙升，引起了这些强队的高度重视。特别是在不久前的世界大学生运动会女排赛上，中国女排夺取冠军，令人刮目相看。

第三届女排世界杯于1981年11月7日在日本东京国立代代木体育馆拉开战幕，中国队首战巴西队，以15∶4、15∶5、15∶3轻松取胜。我们做了现场直播，收视率很高。第二场中国队便遭遇苏联队，这场比赛被称为"快速的攻坚战"，双方都排出了最强阵容。中国队首发阵容为：二传是孙晋芳，主攻是郎平和张蓉芳，副攻是周晓兰和陈亚琼，接应是陈招娣。全场比赛仅用时51分钟，中国队便以3∶0取胜，而且第三局打了苏联队一个 15∶0。据统计，1978 年在莫斯科世界锦标赛上，中国队曾以 0∶3 输给苏联队，三局球共得 18 分。3 年后，两队在世界杯相遇，结果正好颠倒，中国队以 3∶0 取胜，苏联队共得 18 分。3 年前苏联队明显的网上优势，被中国队高快结合、能攻善守的战术全部瓦解。虽然在第二局中国队一传出现波动，苏联队打出了一波 9∶0 的高潮，但是中国队在两次暂停用完的情况下，袁伟民教练果断采用换人战术，换上"铁姑娘"曹慧英，稳定了军心，保证了一传，大家团结奋战，在 13∶14 的关键时刻仍临危不惧，以 16∶14 奇迹般地反败为胜。而且在接下来的第三局未让对手得到 1 分，以 15∶0 速战速决。

本届世界杯比赛采取单循环赛制，共有八支参赛队伍，中国队共有七场比赛，前五场比赛一局未失，全部以 3∶0 获胜，战胜了巴西队、苏联队、韩国队、保加利亚队和古巴队。

惊心动魄的攻坚战

40 多年前的事情，如今我仍铭刻在心、历历在目。在日本的 33 天里，我们随队辗转 11 座大中城市，转播了中国女排的全部七场比赛，通过电话向北京发出 30 多篇有关比赛的新闻稿件、通讯报道和若干讲话录音，我们深知女排的比赛牵动着亿万观众的心。为了尽快报道最新战况和精彩的比赛场面，我们虽苦犹甜。

有时，我们还要紧急处理意料之外的事情。比如，原先我们没计划转播中美比赛，但因为女排一路过关斩将，打得很漂亮，于是北京方面来电，要求加播中美比赛。的确，中美之战是中国女排争夺本届冠军的关键一役。为了满足观众的期待，我们立即投入更忙碌而紧张的准备工作中。

11月14日下午,经过半天的跋涉,我们刚走进大阪饭店的大门就接到了北京的通知。导演冯一平、哈国英等人顾不上吃饭,立即向国际卫星组织申请租用卫星线路,联系借用日本的摄像人员和设备,安排我的解说位置。照惯例,这一切准备必须在代表团出国前谈判就绪。可眼下,突然加播这场球赛,我们却只有18小时的筹备时间。当天恰巧是星期六,当地许多职员已经放假,这又给协商工作带来很大困难。

但是我们只有一个信念:祖国人民在翘首企盼这场球赛,再困难也得设法播成。这一天,我们只在早上吃了点儿面包,可等到晚上才感觉到饥饿。15日上午北京时间10点,也就是比赛前两小时,"可以向全国预告"的消息终于通过印度洋上空的卫星传回了北京。

在转播中美女排比赛前,我预感到这将是一场苦战,因为美国女排近年来进步极快。美国队教练塞林格聘请日本吉田敏明夫妇协助训练,美国队掌握了中国队和日本队快速多变的战术,加上有世界著名的主攻手海曼和克洛克特,劈杀凶狠,整支队伍势头难挡。

这届世界杯由中国广播电视体育转播的开拓者张之老师担任评论顾问,他爱徒心切,看到我体力消耗过大,转播任务又这么紧张,特别是女排队员四处转移比赛,我随队奔波,吃不好睡不好,生怕我顶不住,就去找随团的医生,希望弄点儿蜂王精之类的营养品,可惜没有找到。这把张之老师急坏了。

还有一次,到距札幌20多公里的一个体育馆转播比赛时,由于行程仓促,我没吃饭就上了转播台。张之老师特意去买了一袋巧克力,他说:"吃几块巧克力吧,不然你的身体会累垮的。"我看着鬓角染霜的老师,眼睛湿润了。在日本的日日夜夜,我们也在拼搏,就是要把中国女排姑娘的拼搏精神全都宣传出去,让祖国为有这样一群好儿女而感到无比骄傲、无比自豪。

中美比赛如愿播出,当时祖国大地出现了观看比赛的热潮,真是一球牵动亿万人心啊!我们坐在转播台上也充满激情。当时排球规则还没有改革,是发球得分制,这场比赛打满五局,耗时两个半小时,是一场不折不扣的攻坚战,对我来说也是一次高强度的工作考验。

第一局,双方都是大起大落,美国队凭借海曼和克洛克特的强攻,开局就打了中国队一个8∶4。袁伟民教练请求暂停并布置战术后,中国队在加强拦网的同时采取了以快制高的打法,竟然连得11分,以15∶8先胜一局。我的情绪被完全调动起来,嗓音也越来越高。

第二局,双方争夺进入了白热化,比分你追我赶,十分胶着。美国队重整旗鼓,上来又一路领先,中国队紧追不舍,直至13平。美国队两次利用海曼的凌厉扣杀,以15∶13扳回一局。

第三局,双方更是进入你追我赶的拉锯战,3∶3时交换发球权就达16次之多。此后,从4∶4打到11∶11,仍难分伯仲。中国队的小个子"怪球手"张蓉芳一个平拉开命中,接着就是一次轻吊恰到好处,以13∶11打开局面。美国队还想故技重施,强行突破,中国队却早已有重兵压阵,两次有效拦网助中国队以15∶11取得第三局的胜利。

大比分1∶2落后的美国队在第四局仍然顽强应战,力挽狂澜,曾以7∶2领先。中国队稳定情绪,每球必争,利用重点拦防战术,追至7平。此后你来我往,双方拼到了14∶14。美国队把握住机会,以16∶14取胜,将大比分扳成2∶2。

决胜的第五局,我们也都为中国姑娘们捏把汗,总想为她们加把劲儿。但心里还是充满信心的。开局打成3平后,中国队灵活多变的跑动战术再次发挥了威力,张蓉芳、郎平、曹慧英、周晓兰的进攻和拦网连续得分,逐渐把比分拉开。美国队显得有些急躁,乱了节奏。中国队以

15∶6获胜。

那天，大阪体育馆里座无虚席，连过道上都坐满了观众，气氛相当热烈。两个半小时的比赛，我也一直处于高度兴奋状态，中国队胜利了，我也感觉不到累了，马上投入中国队与日本队决赛的准备之中。

首捧冠军杯

11月16日，中国女排与日本女排的决赛在大阪府立体育馆进行。此前，中国队已经打败了上届奥运会冠军苏联队，打败了上届世界锦标赛冠军古巴队。此役的对手是上届世界杯冠军、东道主日本队。赛前我们已经知道，根据赛程和积分，这场比赛只要中国队赢两局就能取得本届世界杯的冠军。因为，六轮比赛后，唯独中国队六战全胜积12分；日、美两队各负一场，各积11分；中国队胜日本队就会以全胜战绩夺得冠军。即使中国队失利，只要能赢下两局，就能以小分（净胜分）优势夺冠。如果日本队3∶0或3∶1胜，就排到中国队前面了。

据说，日本女排赛前进行了宣誓，主教练小岛孝治还在接受媒体采访时放出话来：要拼死拼活地打，用最好的发球来破坏中国队的一传，要全力以赴与中国队争夺冠军。而且，日本球迷的狂热是超乎想象的，日本队的顽强精神也是有目共睹的。所以，人们预测这一仗一定会精彩纷呈。

这两支经常交手的亚洲队，互相十分了解，中国队赛前做好了各方面的准备。但是让日本队没想到的是，中国队一改平时出场阵容的布局，前后排倒换了一下位置。这样一来，猝不及防的日本队有些慌乱，准备的对策来不及改变。中国队的战术不仅得到了充分的实施，而且有效遏

国际排球联合会主席利博为中国队颁发奖杯(中体在线图片)

1981年11月6日至16日,第三届世界杯女子排球赛在日本举行。最后一场比赛,经过2小时5分钟的鏖战,中国队以3:2战胜日本队,以七战七捷的辉煌战绩夺得冠军

首次获得世界冠军的中国女排回到北京,身着队服,胸挂金牌,手捧各项奖杯,在北京体育馆门前合影留念(张小京 摄)

制了对手——日本队的"轰炸机"横山树理屡屡被拦。中国队顺利地以15∶8、15∶7拿下前两局，世界冠军已经到手，队员们欢呼雀跃。但是，比赛还没有打完，中国队还必须再赢一局，才能结束比赛。

趁中国姑娘状态波动，日本女排迸发出为荣誉而战的干劲，竟以15∶12、15∶7连扳两局。

事后听说，袁伟民在第五局开始前对中国姑娘们说："你们是中国人，你们代表的是中华民族，祖国人民在电视机前看着你们，要你们拼，要你们搏，要你们全胜。这场球拿不下来你们会后悔一辈子。"队员们体力有些透支，但还是振作精神，顽强奋战，与日本队展开激烈对抗。第五局关键时刻，日本队竟以15∶14反超。此时，郎平大力扣杀夺回发球权，陈亚琼发球，对方垫到网上，郎平果断跳起猛扣当头球，15平！我脱口而出"铁榔头"。最后是周晓兰和孙晋芳的两次拦网成功，中国队终于以17∶15获胜，得到一个响当当的世界冠军。

时隔40余年，每次回想到中国女排最后夺冠的喜悦，回忆起最后一场球的紧要关头，中国姑娘的英勇顽强，我仍会激动不已。

我在采访本上记下了胜利的一刻：1981年11月16日20点5分，中国队终于以七战七胜的优异成绩夺取世界杯冠军。这时候我看到场上紧紧拥抱在一起的中国姑娘们，她们脸上挂着晶莹的汗水，她们眼里噙着喜悦的泪花，我看到中国记者们的笑脸，随团工作人员的欢呼雀跃，看到观众席上海外同胞举起的五星红旗，我的眼泪也止不住哗哗往下流，一种神圣而骄傲的自豪感油然而生。

在这个令人难以忘怀的时刻，我放开嗓子向远在千山万水之外的祖国和人民一遍又一遍地报道这一特大喜讯："各位听众，各位观众，中国女子排球队，她们在本届世界杯比赛当中，本着'胜不骄，败不馁，不松劲儿，顽强到底，争取全胜'的精神，获得了本届世界杯比赛的冠

三教练袁伟民（右）、教练邓若曾（中）与领队张一沛，在赛场观看其他队伍的比赛
（中体在线图片 周铁侠 摄）

军！"

诗人们，你们写首诗吧，作家们，你们写一篇文章吧，讴歌我们的女排姑娘，赞美她们的拼搏精神……

"五连冠"期间的一件小事

中国女子排球队赢得了世界杯冠军之后，不到一年又要出征秘鲁参加第九届世界女排锦标赛。我又开始投入解说比赛的准备工作。我在1981年至1986年间，解说了中国女排五次夺冠的全部比赛，而每一次中国女排的人员都有变化，技战术打法也有所发展，强劲的对手也各有不同，但她们团结协作、顽强拼搏、为国争光的坚定信念始终如一。

1982年5月，我去漳州采访集训中的女排。当时的条件还不能坐飞机，只能坐火车先抵达上海，再转漳州。到了漳州，还要坐三轮车才能到女排训练基地。这次深入运动员当中的时间比较长，属于一次集中采访。

我发现袁伟民教练对运动员的要求非常严格，在抓训练的时候，他还要抓组织纪律，要求队员们自己搞卫生。我看见他自己在拖地、搞清洁，还帮队员们捡球。同时，他对安全也十分重视。有一次训练，苏惠娟鱼跃救球时，袁伟民赶快跑去推开旁边盛球的铁车，以免苏惠娟碰伤。

集训期间还发生了一件意想不到的事情。5月12日晚，我突然肚子疼，而且上吐下泻数次，浑身冷汗。不单是我，还有运动员陈招娣、杨锡兰、郑美珠、姜英、苏惠娟、张玉蓉等，她们的病症和我一模一样。苏惠娟病情最严重，高烧到40℃。最凑巧的是张玉蓉，她刚从四川到达这里，而我是第七个生病的。

此时已是深夜 11 点，我们被送往 175 部队医院。从医院的门诊到住院楼要开车走上好一段土路，坑洼不平。我们这些病号完全无法顾及自己的形象，一个个捂着腹部，不声不响地窝在车里。我们望得到天上的星星，听得到路边蟋蟀和青蛙的叫声，虽说被突如其来的病毒袭击了，但我心里并不沮丧。这是个千载难逢的机会，我能从另一个角度观察、了解这些在球场上奋勇拼搏的姑娘。到了医院，没过 5 分钟，袁伟民、张一沛、邓若曾也因为同样的问题来医院了。经过诊断，我们是食物中毒。

原来是训练基地的厨师们看到女排姑娘练得太苦，没什么食欲，给她们做了冰激凌。谁知道冰激凌被鼠伤寒沙门菌污染，弄得几乎一队生龙活虎的运动员顷刻之间成了重病号，只有孙晋芳和陈亚琼两个人没吃冰激凌，逃过一劫。

我和袁伟民、邓若曾同住一间病房，条件便利，也就经常交谈。袁伟民说："一个运动队的管理很重要，管理不善就出不了成绩。"1976 年，他刚刚到队的时候，说什么话的都有，但他不理睬，只一门心思带好他的队伍。

在 175 医院里，我们是同一间病房的病友。因为正在打点滴，上厕所时，我和袁伟民轮换着给对方提输液瓶。这是什么经历？同甘苦共患难！轻易忘得了吗？

我们从 13 号住到 18 号，按医院规定，至少要一个月才能出院。但大家心里着急啊，都提前出院了。出院第二天，运动队就开始恢复训练了，19 日出操半天，20 日便全天训练。我也来到训练场，有时还和大家一起踢球、做游戏。

食物中毒使我经受了身体上的痛苦，这本是个不幸的事件，但是这次意外的经历，使我有幸得到平时采访或许涉及不到的资料。我从医院、从病房了解到女排姑娘的另一个侧面，就是在身体不适的情况下，袁伟民仍然要求运动员整理好自己的房间。我看到了她们如何同疾病抗争、如何严格要求自己、如何战胜自我的顽强毅力。她们在病床上不是考虑自己的身体如何，而是想得更远、更高，瞄准了秘鲁的世界女排锦标赛。我知道，她们要的是"两连冠"。

1982年9月25日，在利马的阿玛乌达体育馆，女排姑娘们实现了她们在漳州175医院病床上瞄准的目标——中国女排第二次获得世界冠军。袁伟民和邓若曾赶到转播台前对我说："谢谢你！"

颁奖仪式后，孙晋芳、梁艳等姑娘捧着闪闪发光的世锦赛冠军奖杯，要和我合影留念。姑娘们说："我们的金牌上也有您的汗水。"拍照时，她们特意把自己的金牌摘下来，挂到了我的脖子上。

我的眼睛顿时湿润模糊了，心里充满感动。作为一名体育评论员，这个时刻是最幸福的时刻。世界上还有什么比这更高的奖励呢？

"五连冠"里有说不完的故事，有道不完的情。我80多岁了，在体育战线工作、生活了近半个世纪。每当回忆起中国女排的风雨历程，每当回忆起和中国女排一起战斗、共同生活的日日夜夜，每当回忆起中国女排姑娘的身影与笑容，我都无限感慨。我为她们感到骄傲与自豪。她们始终将祖国荣誉放在首位，她们是中华民族的好儿女，她们是最可爱的人。

愿女排精神代代相传！

第二冠

VOLEI
PERU
82

编者按

中国女排首夺世界锦标赛冠军的比赛，我承担了后方编辑写稿的任务。

世界锦标赛是世界排球最高水平的比赛，因为参加决赛的队伍都是从各级预选赛中脱颖而出的响当当的强队。世界杯和奥运会的排球赛是各大洲冠军队参赛，各洲的整体水平不一，所以各队水平也有强有弱。1982年在秘鲁举行的第九届世界女排锦标赛，中国女排参赛的教练员和运动员与首夺世界杯冠军时相比变化不大，所以国人充满信心，女排姑娘们也是摩拳擦掌。出乎意料的是，中国女排在小组预赛的第三场，以0∶3负于美国女排，夺冠的希望突然渺茫。因为，后面的六场比赛必须一局不丢才能确保冠军，别说再输一场，即使输一局，也有可能陷入依赖其他队战绩的"看脸色"的被动局面。女排姑娘们从挫折中奋起，硬是打出六个3∶0，干净利落地捧回冠军杯，再次彰显了团结协作、顽强拼搏的"女排精神"。

赛后，报社选中我跟随回国的中国女排继续采访。我与中国女排的教练员和运动员都是多年好友，因为他们的信任和支持，我得到很多采访的机会，甚至参加了他们关起门来的全队总结会，取得很多第一手资料。报社决定，由文艺部的资深记者张晓岚牵头，联合我与在前方采访的记者刘龙江三人合写长篇报告文学《第二次登上领奖台》，分三期连载在《中国体育报》上。此后，张晓岚与中国女排接触渐多，对女排的了解也更深入，由她来撰写中国女排第二次夺冠当之无愧。

首夺世界最高水平冠军

张晓岚

(《中国体育报》文艺部原主任、高级记者、中国作家协会会员)

距离女排 1981 年夺取第一个世界冠军，已过去 40 多年了。时光荏苒，白驹过隙，我也进入耄耋之年。回忆自己的记者生涯，还有和中国女排的情谊，不禁感慨万千又备感温馨。

我大学毕业后，于 1966 年进入《中国体育报》工作，一生都和体育新闻工作紧密相连。在从事体育新闻工作的近 40 年间，和许多教练员、运动员都成了很好的朋友。

在中国女排 1981 年第一次夺得世界冠军之前，我就多次采访过中国女排，看过她们的训练，感受着她们的执着和艰难，了解她们的理想，深知袁伟民教练的雄心壮志，也曾以记者身份陪同她们出国，报道比赛，被她们冠以中国女排"编外队员"的称号。

在 1981 年中国女排第一次夺得世界冠军后，全国上下对中国女排寄予无限期望。当年的中国，改革开放起步不久——我国人均 GDP 只有不到 500 元，人们直观地感受到了自己和世界的差距。凭什么实现理想？拿什么振兴中华？人们从中国女排的这场胜利中找到了答案。

1982 年，中国女排在全中国人民无比期待的目光中，顶着巨大的压力，来到秘鲁参加第九届世界女排锦标赛。

位于南美洲西部的秘鲁，拥有三个世界之最：世界上最壮阔无比、气势磅礴的地上图画——纳斯卡巨画；世界上流域最广、流量最大的河流——亚马孙河，发源于它的境内；它与玻利维亚交界之处的的喀喀湖，是世界上海拔最高的可航行淡水湖。

不过，来到这里的众多记者关注的并不是秘鲁美丽的风光，而是即将在这里上演的一场好戏。因为 1982 年 9 月 12 日到 25 日，第九届世界女排锦标赛将在这里举行。来自 24 个国家的优秀女排运动队伍，将在这里上演一场世界冠军争夺战。

"只剩华山一条路了！"

第九届世界女排锦标赛分为预赛、复赛和决赛三个阶段。预赛分为ABCDEF六个小组，中国队被分在F组。她们将在奇克拉约市与波多黎各女排、意大利女排和美国女排一一角逐，争取复赛的资格。

开赛后，中国队果然不负众望，以两个绝对优势的3∶0，轻松战胜了波多黎各队和意大利队。只剩下最后一个对手——美国队。

这是9月15日傍晚。落日的余晖把秘鲁西海岸边的小城奇克拉约映照得格外美丽而宁静。奇克拉约市体育馆的门前却是人声鼎沸，体育馆内更是座无虚席。人们都希望能够欣赏这场号称"世纪之战"的中美女排之间的强强较量。

当中国运动员和美国运动员入场时，一向以热情著称的秘鲁人兴奋地发出巨大的欢呼声。

在可容纳8000人的体育馆看台上，聚集的不只是F组的四支队伍，苏联、古巴、日本、秘鲁等队的教练员和代表也前来观战了。中国女排对战美国女排，这是众所瞩目的一场比赛，用秘鲁《新闻报》的话来说："这是一场世界最强队之间的较量。"这场比赛之所以精彩，是因为双方都拥有世界一流的进攻好手。她们是中国队的扣球手郎平和美国队的球星海曼。此外，中国队有杰出的二传手孙晋芳，美国队则有格林。也就是说，世界上最优秀的选手将在奇克拉约较量。

两强相遇，必有一争。更何况双方都全力以赴，排出了各自最强的阵容。这与1981年11月日本女排世界杯时被称为"世纪大战"的阵容是一样的，这就更加吸引人了。美国队是把它当作一场决战来打的。赛前，美国队的训练是绝密的。可以看出美国队要与中国队决一死战的决心。

中国女排夺得第九届世界女排锦标赛冠军后，回到北京，在北京体育馆前合影留念
（中体在线图片 唐禹民 摄）

前左起：张一沛、杨希、梁艳、孙晋芳、陈招娣、张蓉芳、郑美珠
后左起：邓若曾、杨锡兰、陈亚琼、郎平、曹慧英、周晓兰、姜英、袁伟民

中国队从一开局就处于下风,以 0∶4 落后。教练袁伟民第一次喊了暂停,但局势并未缓和。海曼和克洛克特轮番跳起扣球,频频得分。美国队越打越顺,海曼连扣带吊,得心应手,简直是怎么打怎么有。而中国队却打得十分谨慎,似乎无法应对,仅 24 分钟就以 6∶15 输了第一局。

第二局一开始,中国队扣球出界、发球出界、持球,异乎寻常的连连失误,很快又出现了 0∶4 落后的严重局面。袁伟民喊了暂停,试图让姑娘们缓解一下紧张的情绪,但没有效果。

形势继续朝着对中国队不利的方向发展,0∶6 落后,队员们越打越紧张了。袁伟民把年轻的二传手杨锡兰换上场去,接替了孙晋芳的位置。可惜,节奏并没能得到改变。中国队扣球失误,又丢了 1 分,0∶7……此刻,换人也好,暂停也罢,都不起作用了。中国队以 9∶15 又失掉了一局。

对奇克拉约的市民来说,眼前发生的一切令人震惊。"这简直不是一个级别的比赛,中国队太被动了!""中国队采用的是什么战术?""中国队打的是什么哑谜?"

记得开赛前,各国劲旅在秘鲁相会之时,古巴、苏联、日本等几个排球强国都声称自己准备夺取冠军,美国队教练员和队员也表示:"这次我们一定要尝尝世界冠军的滋味。"五强之外的不少队也跃跃欲试,扬言要力争冠军。意大利队说,她们要像自己的足球队那样出奇制胜,夺取女排霸主的地位。国外媒体风趣地报道:"各国都声称要拿冠军,唯独中国队没有说要拿冠军。"难道中国队真的不想拿冠军了吗?不,袁伟民教练在临行前,曾对记者说过:"我到秘鲁可不是去拿第五名的。"

第三局一开场,中国队仍以 0∶3 落后。暂停后,中国队几个战术球奏效,追成 3 平,美国队扣球失误,4∶3。中国队曹慧英扣球得分,5∶3,中国队有了转机,领先地位一直保持到 11∶9。然而,中国队因防守失误丢掉了发球权，战机一失，再难挽回。中国队就此陷入困境，海曼扣球又拿1分，11平。

此刻，在中国队眼里，海曼一跳起来，仿佛这一分就非丢不可了。这位28岁的姑娘打得实在是太漂亮了，击球点又高，扣下的球又狠。中国队拦网不佳，全场只拦住对方3个球。而中国队的战术又显得过于单调，场上的队员过多地把球传给1号郎平，而当郎平跳起扣球时，她就看见对方两三名队员把四号位封得严严实实，密不透风！当海曼最后狠狠的一记重扣把球击打在中国队的场地上时，这个瞬间就像钉子一样钉在了中国姑娘的心上！最终，美国队大胜！0∶3啊！这个悬殊的比分会像一个可怕的阴影一样，跟着中国队进入复赛阶段。

中国队败阵了。由几百名身着印有"中国"二字黄色背心的球迷组成的啦啦队，举着"全队加油！中国必胜！"的横幅，一直在为中国队加油鼓劲。此时，有的球迷难过地背过身去。随队前来的一些同志拉着女排领队和教练的手，禁不住热泪滚滚。这焦急和忧虑，领队和教练或许比别人体会更深。"我们不能掉泪，有泪只能往肚里咽，现在不是哭的时候。"袁伟民立即叮嘱场上的几名队员，"不要哭，哭不是中国人的形象。输球不能输人。要赢得起也要输得起。我们要像前两场打赢波多黎各和意大利时那样，笑着走出去，向观众致意。这场球我们虽然输了，但我们还是有希望的。"

中国姑娘互相交换了一下鼓励的眼神后，微笑着跑进赛场向观众挥手致意，尽管她们的心在流泪。

美国队打出今天这样的水平并不足为奇。初到奇克拉约时，塞林格曾经接受了记者的采访，他从口袋里掏出了好几个小本本，一翻开，里面有各种各样的曲线和图表。"这是电子计算机画的，里面有运动员走的路线、球走的路线、运动员起跳的高度。"他自豪地拍着小本本说，"这里面有中国运动员的详细资料。"据参观过美国队训练的人说，美国队的训练场有一个像排球网那样长的银幕，电子计算机对中国运动员进行了各种分析，甚至细到把每个关节的用力情况都算了出来，必要时，可以放映到银幕上。"瞧，这是中国队郎平的情况，这是周晓兰移动的轨迹……"赛前，她们以中国队为假想敌进行了一系列的训练。

说实在的，赛前中国队也没有睡大觉，在沈阳集训期间，她们就以美国队为重点对手，进行了一系列的训练，还请优秀的男排运动员模拟美国队的扣球手，进行了反复的演练，准备也是相当充分的。也许正因为她们对美国队进行了大量的分析和准备，在赛前预备会上，姑娘们的情绪显得过于乐观了。

姑娘们和教练准备好了，要像对阵日本世界杯的那场世纪大战上发挥较高水平的美国队时那样打，通过奋斗来取胜。哪怕再打个3∶2，只要能取胜就行。她们觉得海曼的扣球虽凶猛，但她的技术不稳定。没想到，海曼这场球打疯了，居然超常发挥。由于对美国队估计不足，中国队在场上被打蒙了。

输给美国队，中国队只能以小组第二的成绩进入复赛。中国姑娘怎能忘记历史的教训！在上次世界锦标赛上，因为对苏联队的一场球没有打好，所以从有希望进入前四名的领先地位，一下子掉到了第六名。她们更忘不了第二届世界杯时，也因为一些场次的失误，落到了第四名的滋味。难道今天历史又将重演吗？

她们很清楚：为了不重蹈历史的覆辙，陷入受人摆布的境地，在之后的复赛中，必须全部以3∶0获胜。莫要说失一场，就是丢一局，名次都有掉下去的危险。可是，在复赛中，中国队的对手实力绝对不弱，战古巴队，拼苏联队，这都是在绝壁上行走，谈何容易啊！

怎样才能尽快抛掉败给美国队后士气重重受挫的思想包袱，轻装上阵呢？这对年轻的中国姑娘和她们的教练来说，将是一场严峻的考验！

比赛归来，大家心潮难平。袁伟民教练还清楚地记得上半年访美参赛时，周晓兰因为急性阑尾炎发作，做了手术，缝了9针，无法上场；张蓉芳和孙晋芳都在之前赴秘鲁比赛时腰部严重受伤，也无法上场。袁伟民面临着只能让三个新手坚持在场上打而无法换人的局面。袁伟民说："只剩华山一条路了，让新手上，让她们放开打！"领队和教练分别找队员谈话，希望新手树立信心，敢打敢拼。赛前因为过度疲劳而虚脱的郎平也表示："我能上，能打好！"就这样，访美的后两场比赛在新老队员的配合下，都获得了胜利！当时，记者请塞林格谈谈感想。塞林格说："我有什么好说的呢？中国队还有三个主力没上场呢！"可是当记者请塞林格预测一下9月世锦赛的冠军归属时，他意味深长地说："很难预测！"言下之意，美国队对夺冠还是雄心勃勃的。

中国姑娘怎能忘记塞林格的话呢？从美国归来后，她们下大力气磨炼自己，刻苦训练。谁知，这次世锦赛一开始，美国队就给中国姑娘们来了个下马威。这更显示了塞林格夺冠的决心。摆在袁伟民教练面前的局面，又是"只剩华山一条路了"。

重整旗鼓大战特鲁希略

9月15日的夜是不平静的，女排的骨干孙晋芳、郎平等人来到了教练的房间。教练是主心骨，袁伟民的话语使她们坚定了必胜的信心，她们约定："咱们都是老队员啦，又是队里的骨干，咱们回去谁也不许说泄气话，年轻的队员可盯着咱们哪！"她们回到房间后，给年轻队员鼓劲："别泄气，好好打，现在咱们重新开始，咱们一定能赢！"老队员从语言到行动都做出了榜样。第二天召开党员会，袁伟民、邓若曾两名教练和领队张一沛又分别找全队每个队员谈了话。他们欣喜地发现，虽然输了球，但新老队员都没有丝毫埋怨情绪。"我们这支队伍成熟了，能经得起摔打了！"

随队大夫田永福包了几个上场主力队员的治疗任务：孙晋芳的腰伤很严重，一天也离不了治疗；张蓉芳的肘关节在来秘鲁前还疼得无法活动，需要敷药、按摩；陈亚琼的腰也有老伤，田大夫随时待命，为她们提供治疗。奇克拉约正值暮冬，气温20℃左右，舒适宜人，人们都穿着薄外套，可田大夫却常常只穿一件背心还汗流浃背。

邓若曾教练在离京前因带着姑娘们进行身体训练时不慎损伤了膝关节的半月板，姑娘们笑他是一瘸一拐到秘鲁的，可他仍然忍着疼痛每天带着姑娘们训练。

袁伟民的压力比别人都大。败给美国队后，国际排联的一些朋友也好心帮他分析失利的原因："之所以败给美国队，就是因为你中途把周晓兰换了下去。"他太操劳了，也太辛苦了，病菌于是乘虚而入，支气管炎又发作了。队员们心疼地听着他那不停的咳嗽声，无可奈何地望着他那日渐消瘦的脸庞，不知该怎样分担一下他的压力。可他呢？出乎姑娘们的意料，在从奇克拉约前往复赛地点特鲁希略的途中，她们竟然听到这位从不唱歌的袁教练，自在地哼着歌儿。不一会儿，姑娘们全偷偷地笑了。原来，这位教练哼的歌儿，几乎句句都跑调，真难为他了！

那场比赛输给美国队后，外面盛传"经过电子计算机的计算，中国队只能拿第二名了"的说法，袁伟民的想法是："电子计算机只能算出各队的技术状况，而对人们的意志品质、潜在能力，它是无法计算的。"他了解自己的姑娘们，相信她们能够从挫折中站起来，挺起胸，迎接后面的挑战！

当姑娘们出现在特鲁希略的训练场上时，一些喜欢在失败者身上做文章的国外记者惊异地发现：这些几天前被他们描述为"惨败在美国队手中"的中国姑娘，依然是那样情绪饱满、充满信心。

在复赛中，中国队能否挽回输给美国队而造成的颓势，挺进利马呢？

特鲁希略是美丽的旅游胜地。安第斯山脉的群峰和太平洋的海景吸引着各国游客。然而，中国女排的姑娘们却是怀着另一种心情进入这座动人的城市。

中国女排下榻的旅馆叫"高尔夫"。此时，这个名字对中国队来说最恰当不过了。只有一杆进洞，才能前往利马参加决赛，否则将与冠军失之交臂。可是一杆进洞……太难了！袁伟民想："只要还有希望，我们就要付出百分之百，甚至百分之一百二十的努力。"

赛前准备会就在这家旅馆内召开。形势就是这样，输给美国队是既成事实，覆水难收。现在面临的复赛对手是古巴、澳大利亚、苏联、匈牙利这些强队，更何况，每个队都虎视眈眈地盯着中国队，稍有差池，就有被吞没的危险啊！袁伟民说："要想保证出线，四场球都必须以3∶0战胜对手。球要一分一局地打，首先必须打好第一仗。"邓若曾接着说："我们不靠天，不靠地，不靠别人给机会，就靠自己艰苦奋斗！"教练的话语激励着每一个队员，几年来的共同奋斗，已使全队的思想融会在一起，息息相通。

孙晋芳激动地说："我们现在是在走钢丝，稍有不慎就会掉下去，所以，必须保持高昂的斗志，兢兢业业打好每一个球。""现在只有豁出去，才能跳出来，我准备拼了！"郑美珠也坐不住了。梁艳在场上扣球果敢、利落，但在会上发言时却有些腼腆，她轻声细语地说："打古巴队如果让我上场，我一定想办法充分发挥自己的技术水平，有老队员在后边做替

女排姑娘们站在领奖台上,手举鲜花向观众致意(中体在线图片)

当地时间1982年9月12日至25日,在秘鲁举行的第九届世界女排锦标赛中,中国队以九战八胜的战绩,夺得冠军。这是中国队第一次捧起女排世锦赛的冠军奖杯。9月25日晚,在秘鲁首都利马的阿玛乌达体育馆,中国女排登上了冠军领奖台

补，我心里就有底了。"

是的，把梁艳、郑美珠两人安排在主力阵容里，并不是中国女排的权宜之计。袁伟民、邓若曾很有远见，他们认为，要想在大的国际比赛中立于不败之地，一要有新手，二要有新技术。

记得前几年，主攻手杨希正是挑大梁的时候，袁伟民就准备用新手郎平来取代杨希。当时，她们两人的实力相当，论临场经验，杨希更丰富。可是为了培养新手，袁伟民还是决定起用郎平。袁伟民给我打电话说，希望我写写杨希，并主动提供了杨希的一些素材，包括杨希收到日本球迷的整麻袋的信；在日本还有一个由50多人组成的"杨希接待委员会"；为了看杨希打一场球，球迷不惜从很远的地方赶过来；球迷因为杨希长得像日本的明星山口百惠，所以把杨希叫作"中国的山口百惠"；有人请她在自己雪白的新衣服上签名；每场比赛，只要杨希上场，全场观众就会喊着杨希的名字给中国队加油。我作为记者，明白袁教练的一片苦心。他既要起用新手，又不能寒了老队员的心。性格开朗的杨希欣然对教练说："让我上，我就好好打；不让我上，我就高高兴兴当好替补。"她除了自己仍然刻苦训练外，还主动给郎平出主意，讲自己的技术和心得体会。袁伟民教练每次都把新老交替安排得妥妥当当。袁伟民和邓若曾有计划地锻炼新手，像当年让郎平出来一样，在今年的出访比赛中，多次让梁艳、郑美珠和杨锡兰出来"亮相"，让她们在实践中得到锻炼。

9月18日，在特鲁希略的大奇穆体育馆里，中国队抱着破釜沉舟、背水一战的决心与古巴队开战了。这之前，素有"黑色橡胶"之称的古巴队连战告捷，士气正旺，32岁的佩雷斯和"第一炮手"鲍马雷斯等一批名手强将亲自出马。

中国队一出场，看台上议论纷纷。后来秘鲁报纸报道说："运动员们充满信心，显得十分乐观。老将孙晋芳、郎平、陈亚琼坦然自若，胸有成竹；后起之秀梁艳、郑美珠英姿勃发，虎虎有生气，俨然一支中国'新军'！"

一开局，中国队就以二、三号位的快攻掌握了场上的主动权，孙晋芳连珠式的妙传恰到好处，陈亚琼、梁艳、郑美珠轮番进攻，时而在三号位打快球，时而又打短平快，时而突如其来地来一个背溜。全队的进攻变化多端，令人眼花缭乱，目不暇接，一下子就把观众的情绪勾了起来，喝彩声、鼓掌声此起彼伏。古巴队也身手不凡，岂甘示弱？强有力的重扣不时奏效，比赛从一开始就进入白热化。你来我往，互不相让，双方转了八个轮次都没有得分，记分牌上的"0∶0"像钉在那儿似的，一动不动。时间却嘀嘀嗒嗒地跑个不停，一分钟又一分钟过去了，看台上，中国球迷的心都缩紧了。他们中不少人是从奇克拉约驾车过来助威的。他们在心里默念着、口中呼喊着："中国队加油！"

发球权的第十七次易手，"神炮手"张蓉芳纵身跃起，挥臂猛扣，球砰的一声落地开花，打破了僵局，1∶0，中国队首开纪录。现场的记者们不约而同地看了一下手表："嗬，已经过了6分23秒了，这真可谓是从开局到得分耗时最长的新纪录了。"

古巴队凭借出色的弹跳能力，在拦网上频频建功，她们强攻和防守也很出色，并利用上手平冲发球破坏中国队的一传，很快就以4∶1超出。这时，又见古巴队把球高高抛起，佩雷斯避开中国队的拦网，轻巧地转动手腕，吊了一个漂亮的小斜线，球像箭似的向三米线内的地板冲去，眼疾手快的郎平倒地扑救，球触指尖后又转向网前飞去，刚刚拦网落地的梁艳猝不及防，伸手一垫，球直向后排空当飞去。紧急关头，站在六号位防守的陈亚琼飞步赶到，抡起左臂将球扣回。古巴队本以为这个球赢定了，没有戒备，结果失误了。啊，真是太精彩了！全场观众为陈亚琼的拼搏精神和高超球技报以热烈的掌声和喝彩声，同伴们也受到鼓舞。

倘若双方实力不相上下，士气往往就是成败的重要因素之一，扑救一个濒临绝境的球，可以起到扭转乾坤的奇妙作用。古巴队丢掉了不该丢的球，显得有些慌乱。而中国队打出了信心，即使比分落后，也并不气馁。孙晋芳眼观六路，审时度势，掌握了古巴队重点防守郎平、张蓉芳的意图，声东击西，把球传给二号位的郑美珠。古巴队只有一人拦网，郑美珠抓住机会，连连得分。郎平见四号位难以得分，便让孙晋芳给她传平拉开，使古巴队防不胜防，场上战局骤变，中国队一分分地追了上来。这紧张的场面感染了每一个人。坐在场边的队友也禁不住大喊："好球！好球！"严厉的副裁判示意制止。但当他看到"暗示"已不起作用时，微笑着向场外队员出示了一张红牌。中国女排在国际大赛中，还是第一次受到这种处罚。要知道姑娘们的心啊，此时是多么难以平静。俗话说得好："两虎相斗，其势不俱生。"古巴队抵挡不住中国队的凌厉攻势，最终以8∶15、9∶15、2∶15败下阵来。赛后，古巴队教练难掩复杂情绪，对袁伟民说："这场球，我们发挥得很好，但你们比我们打得更好。"这场比赛中，给人们留下深刻印象的是两名新手郑美珠、梁艳。

　　四川小将梁艳在去年的第三届世界杯上已初露锋芒，今年刚满20岁，她技术全面，适应性强，拦网移动快，手型好，最为突出的是她跑动进攻的命中率高，比赛时令对手防不胜防。她发的勾手飘球就像长了眼睛一样，总是飘向对方准备在四号位进攻的队员手上，迫使对方放慢进攻的节奏，甚至破坏对方的组织进攻。她刚进国家队时，吃不惯北京的饭菜，吃得很少。袁伟民便坐在她旁边，盯着她吃。吃不饱，怎么能训练得好，怎么能有劲儿打比赛呢？她在4月访美比赛担当主力，刚上场时还有些胆怯，放不开手脚，但在教练和老队员的鼓励下，越打越好，现在已经成熟了。

　　身高只有1.72米的福建选手郑美珠初入国家队时，有人不解袁伟民的选拔标准，竟会挑中这个身高条件缺乏优势的运动员。别看她看起来个子矮，经过一番雕琢，现在打起球来却让对手难以招架。现在，人们把她看作中国队的秘密武器。小郑爆发力强，扣球有力，从不怯场。无怪乎能在这"翻身仗"中发挥出巨大的威力。

中国女排的姑娘们顺利地闯过了复赛的第一关，喘了一口气。这几天来，她们的脸上第一次露出了淡淡的笑容。大家互相逗趣道："我们应该感谢美国队，打掉了我们保冠军的架子，逼上梁山，从零开始！"

女排姑娘们接着以3∶0战胜匈牙利队。她们连被汗水湿透的衣服都来不及换，就又坐在冰凉的水泥看台上，掏出笔记本，观察古巴队和苏联队的比赛了。

说来也有趣，在全场大多数观众在为他们的南美同胞古巴队加油时，中国姑娘们却巴不得苏联队能赢古巴队一局。原来，她们是希望明天在与苏联队相遇时，能有点儿回旋的余地。不想，古巴队却以3∶0大获全胜。至此，姑娘们只睡了一夜好觉，刚刚露出点儿笑容的脸又绷紧了。面对这既成事实的形势，张蓉芳咬着牙，狠狠地说："明天非打她们个3∶0不可！"

回到旅馆，代表团领导和教练马上开会研究对策。姑娘们虽然躺在床上，却没有一丝睡意，一个个辗转反侧，久久不能入眠。夜已经很深了，郎平还盯着天花板出神。张蓉芳回忆着中国女排所走过的路：难道4年前里加的遭遇还会重演吗？那时候，也是打成"连环套"，最后算小分，把我们"坑"了。又是一场严峻的考验啊！领导和教练经过再三考虑，决定把这险恶的局势向队员们"交底"。虽然已是半夜了，但姑娘们都一骨碌爬起来，迅速集中到教练的房间里。袁伟民消瘦的脸显得更加严肃，他咳嗽了两声对大家说："我们对明天的比赛分析过了，仍然没有摆脱一局都不能输的困境，如果能3∶0胜苏联队，进入决赛就有把握了；

如果3∶1胜，万一美国队输给古巴队，那就要和古巴队算小分；如果3∶2胜或者输掉，那就可能掉到第四名以后……情况就是这样，我们只能从最坏的可能考虑，争取最好的结果。古巴队打澳大利亚队、美国队打匈牙利队时全上主力，全力以赴。他们也做了最后算小分的准备。大家看，我们该怎么办？"几句话言简意赅，点明了姑娘们的思路，大家你一言我一语地说开了。这赛前的"诸葛亮会"一直开到半夜1点多钟，最后全队的思想统一到"三个坚信"上：充分坚信我们自己的实力；充分坚信我们的集体；充分坚信我们的指挥。姑娘们斗志昂扬地准备奔赴战场了。

比赛马上就要开始了，中国队和苏联队的运动员都站在了场地的入口处。这时，竟然有几名古巴运动员跑过来，把大把的鲜花送到苏联运动员的手中，她们多希望苏联队赢啊！中国姑娘在心里暗暗地说："等着瞧吧！"

美国队、古巴队都赶到现场观看中苏之战。一开始，2∶2，4∶4，比分胶着了一阵子。但中国队很快突破防线，五名攻手全面开花，就连二传手孙晋芳也锦上添花，突然下手扣出漂亮的小斜线。苏联队无力抵抗，以6∶15、3∶15连输两局。中国队胜利在望，再赢一局就3∶0拿下了。第三局开始了，姑娘们恨不得一下子就打胜这一局。可是，事与愿违，越着急就越容易丢分，急于求成的情绪一抬头，就很难把它压下去。苏联队趁机组织了几次有效的进攻，比分逐渐追了上来，而中国队反而打得拘谨起来，10∶8，14∶12，袁伟民连叫两次暂停。看着姑娘们那一张张绷得紧紧的脸，他没有布置战术，也没有指责失误，乐呵呵地逗着女孩子们："怎么啦，你们的脸怎么拉得这么长，不能笑一笑吗？"队员们想："都什么时候啦，还让我们笑，哪还笑得出来啊！"她们的脸上露出了一丝苦笑，心里却想："再拿一分，再拿一分！"显然，袁伟民力图改变场上情绪的做法没有奏效。此时此刻，丢一分就像丢一块肉那么心疼啊！孙晋芳站在场内抬起双手，表示大家要沉住气。张蓉芳大声喊道："加油，抓紧！"虽然观众席上的声浪盖过了她的声音，但郎平仍然心领神会地点点头。大家只有一个想法：一定要拿下来。此时，一声哨响，袁伟民把老将曹慧英换上场了。曹慧英是中国女排的老队长，在第二届女排世界杯中，她一人独得"敢斗奖""最佳拦网奖"和"最佳运动员奖"三个奖。她也是中国女排的绝对主力，人称"铁姑娘"。但后来因为腿部受伤，又生病，病好后成了替补。但她为了在关键时刻能够上场，仍然坚持刻苦训练，付出了比别人更多的辛劳和汗水，也给年轻的运动员做出了很好的榜样。此时，在这关键时刻，袁伟民又打出了她这张王牌。多次交换发球权后，曹慧英站到了发球区。记得在去年世界杯，也是对苏联队的比赛中，中国队在0∶9落后的危急情况下，她这个铁姑娘上了场，稳住了阵脚，扭转了局面。今天，她又果断地发了一个漂亮的飘球。随着观众的惊呼声，球准确地落到苏联队的场上，苏联队员手忙脚乱地接飞了。15∶12，全场比赛结束。袁伟民巧妙地使用新老队员的特点，游刃有余地让她们在节骨眼儿上起作用，真是太棒了。"我们胜利啦！"姑娘们高兴地跳了起来。她们抱作一团，眼睛里闪动着幸福的泪花，这是饱尝艰辛后的胜利。她们靠自己的力量，走过了坎坷的道路，在意想不到的逆境中奋起拼搏。

第四天，中国队与澳大利亚队相遇，中国队三局均以15∶2轻取。她们终于甩掉了负于美国队的沉重包袱，轻装向半决赛和决赛地点利马进军了！

飞机从特鲁希略机场起飞，沿着浩瀚的太平洋海岸线飞往利马，疲惫至极的姑娘们第一次真正地沉睡了。袁伟民、邓若曾凝视着舷窗外：群峰起伏，突兀峥嵘，犹如这六天六夜所走过的艰苦历程，真是攀过一座高峰，又是一座高峰；闯过一个关口，又是一个关口。前面等待他们的，是更高水平的四强夺魁战。

决战在利马

中国队来到利马了。

这回，她们是以小组第二的战绩拼入了前四名的争夺战中。国际排联主席利博在利马见到中国女排教练袁伟民的第一句话就是："你们终于来到利马了，这是你们的姑娘自己打出来的！"是的，既然已经打到了利马，她们夺取冠军就有希望了。

同样进入四强的美国队也同机而来，她们一路上说说笑笑，喜气洋洋，似乎已经稳居榜首了。

虽然，根据赛制规则，中美两队半决赛中的对手是另一组复赛的冠亚军，但中美双方都认为中美之战势在必行，都准备把最大的力量放在夺取桂冠的最后一战上。排球界人士和各国观众也怀着焦急的心情，期待着另一场"世纪之战"的到来。

之前，另一个小组的复赛是在利马进行的。在秘鲁女排以0∶3败给韩国队后，几乎所有人都认为她们进入前四名的征程到此为止了。一些性急的行家已经以"三个亚洲队和一个美国队将进行半决赛"为题发表议论了。特鲁希略一家报纸甚至发表文章，表示欢迎秘鲁队到那里参加比赛，并希望她们战胜苏联、古巴等强队，获得第五名。第五名，就已经算是秘鲁排球史上的"奇迹"了。

然而，一个更大的奇迹出现了。在复赛的最后一天，秘鲁队竟然以3∶1战胜了日本队。一算韩国、日本、秘鲁三家胜负局的比值及净胜分数，竟然是韩国队垫底！秘鲁队闯入半决赛。这样，在半决赛中，我们的对手是日本队。论实力，中国队略胜一筹，但领队和教练及时提醒大家：万万不可掉以轻心，"行百里者半九十"，球场上可来不得半点儿马虎。

中日双方运动员入场时，为了答谢现场观众的热情，日本运动员从包里掏出崭新的排球，向观众席上抛打过去，场上观众一片欢腾。这时，中国队教练邓若曾也拿出两个崭新的排球，向场中间跑去，这位中国男排的前队长、著名的二传手铁臂一挥，球被击出去几十米远，直飞到观众席最高处中国球迷啦啦队的人丛之中。邓若曾英姿不减当年！顿时，喝彩声从观众席中腾起⋯⋯

比赛开始了，双方比分交替上升：2∶2，5∶5⋯⋯观众席的一侧，数百名日本球迷用力呼喊着；另一侧，中国球迷啦啦队则把锣鼓敲得震天价响。因为中国女排在赛前做了充分的准备，队员们在场上显得格外沉着。比分终于拉开了，中国队以15∶8先胜一局。第二局，中国队一直领先，日本队教练小岛孝治频频换人，却未能奏效。12∶6，张蓉芳连扣三大板，日本队奋力救起，待张蓉芳第四次重重地踏地准备起跳时，二传手孙晋芳已把球稳稳地拉到了背后的二号位，梁艳手起球落，球狠狠地砸在了对方的场地上。接着郑美珠单人拦死日本队老将横山的重扣，14∶6。日本队接连失误，丢掉了第二局。

日本队的顽强和韧劲果然名不虚传。第三局打到2∶11落后的境地时，竟能死死咬住，连扳4分，袁伟民及时叫了暂停，稳住了姑娘们的情绪。中国队以15∶6拿下了最后一局。

中国姑娘又朝着冠军奖台迈出了坚实的一步。在夺魁的道路上，只剩下最后一个对手了。再战美国队的念头在姑娘们的心中燃烧。

9月24日之夜，可能会载入秘鲁体育运动的史册。因为秘鲁姑娘竟然以 3∶0 战胜了夺魁呼声甚高的美国队。喜讯很快传遍了整个秘鲁，各大报纸都在头版的显要位置上刊登了这场比赛的报道和立功队员的大幅照片。

秘鲁队不仅进入了半决赛，还冲进了冠军的争夺战，创造了一个又一个奇迹。战胜中国队，夺取这届锦标赛冠军的渴望，一夜之间，充满了秘鲁球迷的心。

对于这突如其来的战局变化，中国队该怎么办？

在格里雍旅馆五楼的一个房间里，中国女排本届比赛的最后一个赛前准备会正在进行。

中日比赛结束后，袁伟民曾把姑娘们留下来，让她们适应一下美国队和秘鲁队比赛时现场的气氛。那是怎样的场景啊！袁教练回忆说："我走过那么多国家，经历过不少场比赛，但如此热烈的观赛场面还是见所未见、闻所未闻的。"

由于秘鲁队坐拥东道主优势，现场观众几乎都是本土球迷。在美国队和秘鲁队开赛之前，有专人向观众大把大把地散发哨子。当发哨子的人问在看台上看球的美国队运动员格林的父亲是哪国人时，他灵机一动忙答："澳大利亚。"于是，一把小哨子递到他手中。他悄悄地对中国记者说："我真想再多向他们要几个哨子。"他的心情不难理解，他多要几个，秘鲁观众手里就会少几个，场上的干扰就会减小若干分贝！

开赛前，场地上出现了一个身着秘鲁队红色运动服的中年人，手持无线话筒在场上跑来跑去，利用比赛馆的扩音喇叭向全场万余名观众讲解如何把口号喊响喊齐。他就是 1978 年在世界杯足球赛上被评为"南美最佳职业啦啦队队长"的拉米列斯，专门应邀来担任本届排球赛的啦啦队队长。

秘美之战在观众热烈的欢呼声中揭开了战幕。秘鲁观众在啦啦队队长的指挥下，发出有节奏的呼喊，强大的声浪充满整个场馆。尽管现场乐队全力吹奏着，却听不见铜管乐器中发出的任何声响！一些妇女和儿童用双手捂住了耳朵。就这样，他们也还在为秘鲁队呼叫加油。

美国队开局打得不错，但年轻的秘鲁队员面对海曼、克洛克特等世界名手强将毫不畏惧。身高1.72米的琼皮塔斯居然多次封死了比她高出一头的海曼的重扣，"金左撇子"塔伊特灵活多变的左手扣球连连奏效。美国队慌了，连连失误，竟以12∶15的相同比分连丢两局。

在观众的哨音中，美国队发挥失常了：运动员弗拉基米尔发球的手在发抖，海曼的球扣出界外，克洛克特发球落网……此时的美国队士气大受影响，攻防被瓦解，8∶15再失第三局。怀着喜出望外的心情进入前四名的秘鲁队，又大喜过望地进入了最后的冠亚军决赛。

秘鲁的观众被这意想不到的胜利惊呆了！他们激动地欢呼、歌唱，素不相识的人们流着热泪相互拥抱，更有一些观众冲进场地，把他们的女排英雄紧紧抱住，高高举起……

夜已经很深了，在安静的体育馆B门入口处，塞林格一个人吸着烟，在冷风中踱着步子。他怎么也想不通，自己的队伍怎么会败在秘鲁队的手下。

中国女排曾多次与秘鲁队交手，虽然在实力上，中国队是有一定优势的，但前一天美国队的"翻船"使她们提高了警觉。

领队、教练和运动员的看法是一致的："要经得起这场特殊的考验，他喊他的，我打我的！"领队张一沛风趣地跟姑娘们说："咳，反正秘鲁话你们也听不懂，他们喊叫时，你们就只当在喊'中国队加油''中国队加油'，不就得了！"

"姑娘们啊，在这场拼意志、比思想的特殊战斗中，你们可要顶住啊！"这是在美国队败给秘鲁队之后，远隔万里的祖国人民的心声。

还记得，在国内我常去看她们训练。有时去得早些，训练还没有开始，姑娘们会调皮地喊："晓岚，晓岚在哪里？"于是，有人指着我说："在这里！"也有人指着周晓兰说："在这里！"此刻，我真想对她们说："晓岚在这里，坚定地和你们在一起！你们一定能打好这最后一仗，胜利一定属于中国女排！"

用座无虚席来形容25日决赛的阿玛乌达体育馆已经不够准确了，因为除了座位上已经满员外，从观众席的各个入口处到席间的过道上通通坐满了人。

经过组委会的协调，今晚的比赛不允许啦啦队队长用场地的扩音设备，不过会场又增加了十几个啦啦队的分队长。他们分片包干，每个人分管一片观众，向观众分发哨子。在观众席最前排的一些人则手拿长号，吹个不停。

中国队和秘鲁队入场了。秘鲁观众有节奏地喊着他们国家的名字，助威声盖过了中国球迷啦啦队的哨音和锣鼓声，只有中国球迷手中不停舞动的中国国旗像一片火焰在看台上燃烧。

比赛开始了，中国队只用了不到一刻钟的时间，就以15∶1结束了第一局。第二局，中国队以15∶5轻取。第三局，秘鲁队咬得很紧，4平、5平、9平！"砰！"张蓉芳一记重扣，球落地开花，13∶11。"好球！"杨希失声叫了出来，"毛毛（队友对张蓉芳的爱称）今天打得特别好！"是的，张蓉芳这场球打得十分出色，谁能想到她是在腰部严重扭伤的情况下，打了一针才上场的。谁又能想到，在第三局的关键时刻，药效已经过了呢！不要说别人，连她自己也忘了，只是在比赛结束时，她才感到腰痛难忍。

胜利了！记者们把国际排联裁判委员会主席霍尔维团团围住，十几个话筒伸到他的嘴边，他两手一摊："今天的比赛用不着多加评论，中国

颁奖仪式后,郎平、孙晋芳、郑美珠合影

队打得好，拿世界冠军是当然的！"

中国姑娘们再一次登上了高高的冠军领奖台！当她们从国际排联主席利博手中接过熠熠生辉的金杯的时候，当她们戴上光芒四射的金牌的时候，当她们在中华人民共和国的国歌声中肃立，注视着五星红旗徐徐升起的时候，她们的心飞过太平洋，飞回了万里之遥的祖国。她们在心里说："亲爱的祖国，是您在危急的关头给了我们勇气和信心，是您在最困难的时刻给了我们希望和力量！我们终于走完了这段艰难的历程，我们终于攀上了世界排坛的又一座高峰！"

几个小故事

我和中国女排交往日久，在训练比赛之余，也看到了他们生活中的喜怒哀乐：袁伟民教练不再是那个"冷面教头"，女排姑娘们有赛场上的"刚"，更有场下的"萌"。讲几个赛场外的小故事吧。

到袁伟民家做客

我和袁伟民教练相识已久，了解他的不容易。记得有一次我到袁伟民家采访的时候，他正拿着儿子的作业本教育小家伙。他对我说："你看，我平时没有时间管他，早上我出去时，他还没有起床，晚上我回来后又要忙着翻阅资料，准备教案。等我忙完了，他早就睡着了。星期天，他放假，我却常常要去指导训练。这不，我昨晚刚从赛区回来，趁今天有点儿空，抓抓他的功课。"我看了一眼小家伙的作业本，见他的字写得十分工整，便说："写得挺不错嘛！"袁伟民却说："不行，有些字不合

张晓岚采访中国女排，和教练、队员合影（张晓岚 供图）

左起：中国女排助理教练李勇、领队姜伯因、张晓岚、郎平

张晓岚和运动员们合影（张晓岚 供图）

左起：杨锡兰、姜英、体操运动员童非、张晓岚、周晓兰

比例，有的太宽，有的太长。"之前就听说袁伟民写得一手好字，如今瞧他对儿子的字也是按书法的规范要求呢。他没有工夫管儿子，小家伙刚满9岁，就自己坐公交车去上学。

当时，他们一家住在办公楼一间不大的房间里，屋子里除了一张用两张单人床拼起来的大床和一个堆满了报纸、资料的书桌，就没有别的东西了。我没有想到，这样一个知名教练的家竟会如此简朴。他舍小家顾大家，一心扑在排球事业上，不计较个人得失和待遇的精神令我十分感动，我便写了一篇《在袁伟民家做客》的文章刊登在《中国体育报》上。

后来，袁伟民换了新居，我买了一束鲜花，和女排姑娘们一起来到袁伟民家。

两居室的小房间顿时热闹了起来，袁伟民和夫人郑沪英准备了面和肉馅，要和大家一起包馄饨。姑娘们兴高采烈，袁伟民也兴致勃勃。我打趣地悄悄问袁伟民："你知道姑娘们私下里管你叫什么吗？"他笑着说："知道，管我叫'袁大头'呗！"

原来，在场下，袁伟民和颜悦色，和姑娘们有说有笑，一起做游戏，玩打手板什么的，较起劲儿来，谁也不认输。可在训练场上，他却板着脸，一丝不苟，发起狠来让姑娘们好"恨"！陈招娣跟我说："有时候，真恨不得上去打他几拳才解气！"

袁伟民搬进新居后，邻居几乎没见过他，说他整天都不在家。也难怪，他早上6点就出去了，晚上10点多才回家。他的夫人对我说："家里的事就别指望他管，但队员的伤病和情绪却时常挂在他心上。"

有一次，我晚上到女排宿舍找她们聊天。梁艳告诉我，袁伟民、邓若曾和领队张一沛都很关心她们，管得可严啦！在郴州集训的时候，袁伟民晚上过来催姑娘们关灯，姑娘们淘气，等他一走就又把灯打开。袁伟民会吓唬她们："看来，得给你们增加训练量了！"梁艳说："到晚上9

点，领队和教练就会来宿舍看我们都回来了没有。"果然，刚刚9点，领队张一沛就来了。等我下楼时，看见袁伟民也骑着自行车来了。这两人一直坐在楼下，等着晚归的两名队员，一直到10点，那两名运动员才回来。她俩被狠狠地批评了一顿，认了错，做了检讨。

"编外队员"和"最佳领队"

我去日本采访女排比赛时，女排比我们记者早到一天。我们下了飞机还得坐很长时间的汽车才能赶到她们的住地。天已经很晚了，我们还饿着肚子，正愁没饭吃呢，就看见女排的教练和队员给我们送来了吃的。他们说："知道你们来得晚，怕你们没饭吃，给你们买了点儿吃的。"我顿时感到非常温暖。

此后，在整个采访期间，无论是在训练场、赛场，还是在休息之余，他们都会招呼我一起吃饭，我俨然成了女排的"编外队员"。

每年，由首都20家新闻媒体主办的"全国十佳运动员"评选活动的颁奖大会上，报社都会因为我熟悉运动员，让我带领运动员、教练员们上台领奖。有一届评选，袁伟民获得了"最佳教练员"称号，郎平获得了"最佳运动员"称号，他俩跟我开玩笑说："那你是我们的领队，你就是最佳领队啦。"

乐天派邓若曾

邓若曾的儿子邓刚患有智力残疾，他们夫妇精心呵护着这个孩子。

有一天，我正在训练馆看女排训练，突然有人急急忙忙跑进来说："邓指导，快去看看你家邓刚吧！他爬到自行车棚顶上去了，怎么也不肯下来。"邓若曾赶快跑去把儿子从自行车棚顶上弄了下来。

尽管有一个需要特别照顾的孩子,但邓若曾从不耽误正事,每天尽心尽力地带领女排队员完成身体训练任务。他是个乐天派,爱说,爱笑,爱唱歌。姑娘们有时逗他:"邓指导,给我们唱一首四川歌嘛!"他会毫不犹豫地开嗓就唱,虽然有时也会跑调,但他的声音洪亮,音色也很美。他说:"姑娘们练得很累,也很辛苦,我唱歌也可以调节一下气氛嘛!"

第三冠

编者按

第九届世界女排锦标赛夺冠后，中国女排面临着新老交替的重大课题。曹慧英、陈亚琼、陈招娣、杨希、孙晋芳五位作为中坚力量的老队员同时退役时，离洛杉矶奥运会仅有一年多的时间了。

队里换了几位新人，首发阵容变了，战术特点也要变。特别是矮个子接应郑美珠的入选，引起不小的轰动。这使我想到了我在北京女排时参加的最后一次全运会。我们队借1974年获得全国联赛冠军之势，早就把奋斗目标锁定在勇夺1975年全运会冠军上。因为我们这一批"文化大革命"前入队的近30岁的老队员组成的主力阵容都在，而其他省市队都处在新老交替时期。而且在1970年全国联赛恢复后，我们队一直保持国内较高水平。在公安礼堂举行的全运会誓师大会上，我们老队员都满怀信心，决心要共同努力，拿到这个冠军再退役。没想到全运会前发布了限制参赛选手年龄的规定，为了给年轻队员更多上场锻炼的机会，提出了以23岁为界的"三七开"的规定。也就是说全队超过23岁的运动员不得超过30%。按一队12人为例，只能有4名超过23岁的队员，而上场队员只能占总人数的50%，也就是3名。我们队12名队员中，11名超过23岁。所以我们在"大换血"后，最终只获得第三名。

袁伟民当然懂得新老交替会给队伍带来多大的困难，即使他每一年都在物色优秀的年轻选手。参加奥运会时的主力阵容是二老带四新，特别是郑美珠也在其中，他是顶着巨大的压力的。在夺取了洛杉矶奥运会冠军后，我采访他时，他说了一句悄悄话：选1.72米的郑美珠打接应是根据我们的战术要求，也是根据对手情况。有人说这样的队员全国一抓一大把。如果我没拿到冠军，会被质疑的。

袁伟民怎么选人，怎么安排战术，怎么打败强劲的对手，最终带领中国女排首夺奥运会金牌，《中国体育报》资深记者颜世雄在三十多年后仍印象深刻。在与颜老师探讨稿件的过程中，我深深感佩颜老师认真严谨的工作态度和一丝不苟的求是精神。

在本书即将付梓之际，最让我难过和遗憾的是，原本计划在2021年出版本书，以纪念中国女排首次夺得世界冠军40周年的初衷未能实现，而颜世雄老师也未能见证本书正式出版，就因病永远离开了我们。我多希望把这本书亲手送到他的面前，我们再次一起讨论书中的每一个细节。我更希望新的中国女排能在前辈夺冠的故事中汲取力量，不懈努力，再登高峰。

沉甸甸的首枚奥运会金牌

记录：杨玛琍
（《中国体育报》原记者、《中国排球》杂志编辑部原主任、中国排球协会原委员、中国排球协会新闻委员会原副主任）

口述：颜世雄
（《中国体育报》原高级记者、享受国务院政府特殊津贴专家）

"你算找对人了!"

当我拨通颜世雄老师的电话,说明想请他撰写有关1984年中国女排首次夺得奥运会冠军,完成"三连冠"伟业的文章时,他的嗓音一下子洪亮了许多:"你算找对人了!"我从他爽快的答复中感受到他迫不及待想动笔的心情。

那是2020年冬天,我正在寻找亲历中国女排十次夺冠现场的知名记者、解说员,希望可以由这些当事人回忆、记录每一次夺冠时激动人心的故事,而颜世雄老师正是1984年在现场采访的资深记者。听完我的介绍,颜老师马上反问我:"你知道中国女排参加决赛前的那顿饭是我做的吗?"我兴奋地回应道:"那您一定得把这个故事告诉读者朋友们!"颜老师告诉我:"我八十多岁了,身体也不好,现在行动全靠轮椅了。但是,我脑子很好,当时的事情历历在目,我做的每道菜都是有寓意的。"我说:"太好了,一言为定!但您一定要保重身体,不能太累,稿件内容咱们可以慢慢聊。"

颜老师在一开始就表达了他的想法。

中华儿女英姿飒爽,在1984年洛杉矶奥运会上,顽强拼搏,奋发崛起,为国争光,获得历史性突破,谱写了奥运史新篇章。他们一举拿下15枚金牌,填补了世界奥运史长达88载的中国空白,实在难能可贵,不能忘怀。虽然一切早已事过境迁,但还是值得温故知新。

1984年8月7日,我在美国洛杉矶长滩体育馆现场报道中国女排奥运夺魁战,那时囿于时效和认知,都是平面化、粗线条的即兴发挥,现在再看当时的比赛录像,发现那时的报道还有很多不足。趁着脑子还管用,我这个已经80多岁的老报人有兴趣接受挑战,多绞点儿脑汁,用老闻新说的形式，多视角、立体讲述中国女排这次奥运夺冠的艰难历程。

最大号的"零"突破

　　颜世雄老师在回忆、构思期间，几乎每隔两天就会打来电话，把他写好的一段文字读给我听，再把当年的情景讲述一遍，然后和我商量接下来要写什么内容。其实，在我还是运动员，没有到《中国体育报》工作之前，颜老师就已经是著名的体育记者了。我在记者通联部工作期间，和《中国体育报》驻各地记者接触颇多，在为他们服务的同时，也向老记者学习了许多采访和写稿的方法、角度与思路，颜老师更是手把手教我的老师之一。这次为了撰写第三冠的故事，我在与颜老师交流的过程中，仍然受益良多。

　　颜老师在回忆当年时，常常陷入沉思和感慨。

　　众所周知，现代奥林匹克运动会始于1896年的希腊雅典，可是出现中国运动员的身影却是36年后的事情了。在被视为"东亚病夫"的年代里，国穷民弱，受人欺凌，中国人连参赛资格都没有，更不要说获得奖牌了。1932年，也在洛杉矶，中华民国政府派出的六人代表团亮相，其中唯一的运动员来自东北，名叫刘长春，尽管他在100米和200米跑的预赛阶段就被淘汰，国人还是给予他很高的评价。用后来的流行语形容，他也带来了"零"的突破呀！很可惜，刘长春也是生不逢时，同是姓刘本家，同是田径选手，刘翔就幸福多了。何止是他这个后生，得到新中国沃土甘霖滋润培育扶植的体育优苗良材数以万计，袁伟民和中国女排就是他们中的佼佼者！

我记得1989年国庆采访时，有位老体育工作者对比今昔，慨叹道："没有新中国，就没有中国女排！"我立马举双手赞同，记录下这句话。为了中国女排及其他体育项目的发展，国家不知花费了多少力量……别人也许不了解，在国家体育总局主办的《中国体育报》工作了40年的我，是一清二楚的。

多少耕耘，多少收获。1984年洛杉矶奥运会中国健儿荣获的15枚金牌，哪一枚都来之不易，都有足够的含金量，当年各大媒体已有不少深度报道。这些奥运冠军各有各的特色，各有各的亮点。许海峰射击实现"零"的突破，李宁体操三金，马燕红高低杠夺尖，曾国强、吴数德、陈伟强、姚景远举重力拔四金，栾菊杰成为首个获得奥运击剑金牌的亚洲人……以上都是个人比赛项目。在这届奥运会9个球类比赛中，我们只有女排一枝独秀，女子篮球和女子手球都只拿到铜牌。

大家都知道，每到奥运会都有实时滚动更新的每日奖牌榜，十分吸引眼球。这种独有的"奖牌榜效应"，在世界杯和世界锦标赛里是没有的，说明中国女排这"三连冠"还是各不相同的。

这次夺冠还有个"啦啦队效应"也要多给笔墨。和前两次夺冠的城市不一样，洛杉矶是个移民众多的美国西部大城市，居住在那里的华人比在大阪、利马的更多。女排决战当晚，我特意站在赛场门口一侧，看到有些观众手持小尺寸的纸质五星红旗进入看台，心里暖意顿起，预感我们中国人的啦啦队也要彰显实力了。随着奥运赛程推进，中国军团接连夺金，终于在当地华人中引起了强烈的共鸣。洛杉矶各家华文报纸天天有大量报道，有的社团争相举办招待会，增加与选手的交往。

在洛城奥运会的两周里，中国代表团的奖牌数据接二连三更新，增加最多的一天是8月4日，仅体操一项就加了四金。直到最后的收尾阶段，仍有几个看点。中国女排得到第14枚金牌时，大会已进入倒计时，

中国女排队合影（中体在线图片 柯时 摄）

前排左起：张蓉芳、朱玲、梁艳、郑美珠、张一沛（领队）。中排左起：李延军、杨锡兰、苏惠娟、姜英、邓若曾（教练）。后排左起：袁伟民（教练）、杨晓君、侯玉珠、郎平、周晓兰

接着周继红在跳水池里，压轴锦上添花。更巧的是这两个项目都是东道主美国队主攻金牌的项目，结果赛后颁奖时，却奏起了中华人民共和国国歌，升起了五星红旗。看到这精彩的场面，在现场的我既激动又自豪！回国后，人民体育出版社要编奥运画册，我特意推荐用那张现场直拍的颁奖照片做封面，希望把它留作永恒的纪念。

我们中国体育代表团在1984年奥运会上共夺得15金8银9铜，奖牌总名次进入前四，实现了超大号"零"的突破，载入奥运史册。要知道，亚洲传统体育强国日本，这次奖牌总数同我们一样，也是32块，可是金牌数却少了我们5枚，其中一枚就是他们的强项——女子排球金牌！

都有一本难念的经

1984年奥运会女排赛，中国、美国、日本三强角逐金牌。在备战的岁月里，各家都碰到了被称为"令人头疼的二传手"的问题。排球比赛里，二传手的灵魂作用众所周知。主攻手需要她的配合，如同弹头不能缺少火箭的运载。这个核心人物要求反应敏捷、脑子机灵，刚柔并济弹跳好，还要身材高挑。那时，中国队的孙晋芳具备这些条件，可惜已年满27岁，再加上伤病的困扰，必须找到合适的人选顶替。美国队的格林太矮，身高只有1.62米，轮转到前排是个大漏洞。日本队的小川和子眼明手快，技艺不俗，能把难度很大的来球传到位，而且还能跳传，使对手难以判断，美中不足的是，她更矮小，只有1.61米。回想1982年的世界锦标赛，各队培养主攻手都卓有成效，美国队的海曼，古巴队的佩雷斯，中国队的郎平和张蓉芳，日本队的横山树理都很有实力，差异明显的是二传手的水平，这成了各队比赛胜败的决定因素。为此，在女子排球追求大型化的年代里，各路劲旅都在千方百计寻找二传手问题的突破口。日本队教练山田重雄尝试走捷径，用 1.82 米的主攻手白井贵子改打二传，没有成功。后来，好不容易找来个手艺身高两全的中田久美，却是嫩竹，没有挑过奥运大赛的重担。美国队发掘了高个二传——1.83 米的贝克尔，结果屡试不灵，使她们的教练塞林格感到十分棘手。中国队早有准备，物色到孙晋芳的接班人选——杨锡兰，她身高超过前任，手上也有活儿，就是缺少调度指挥能力，需要有个漫长的磨合过程。能否在短短的一年内和球队配合得天衣无缝？依旧是个谜。在大赛前一年的亚洲锦标赛上，中国女排出师不利，输给日本女排，丢了洲际冠军，给备战奥运蒙上了阴影。有位日本教练当时评论说，中国女排今后会碰到很多困难，她们会以被动的精神状态，背着包袱参加奥运会。日本媒体则报道说，明年奥运是日美之争……中国女排压力之重，不言而喻。

当时的美国队作为东道主，对金牌更是寄予厚望。教练塞林格是心理学博士，早在 20 世纪 70 年代中期，就苦心经营美国青年女排，把队员集中在海拔 2000 米、空气稀薄的高地训练 3 年，可是后来带队访问日本，仍以三个 0∶15 输给日立队。前后 10 年工夫，这支队伍终于有了强队雏形，对世界冠军有了一争之力。为了备战奥运，他花了不少心血，开创电脑训练的方法，用高速摄像机拍下了中国女排主力的技术录像，通过慢动作回放，分析研究郎平的动作及扣球线路，寻找对策。在大赛前一年，他又把海曼和克洛克特送去日本，加入了那里的全国冠军队——大荣队，打职业联赛。外国记者对他这一招数感到奇怪，问他："洛杉矶奥运会迫在眉睫，你为什么还要将她们送去日本呢？"塞林格回答说："日本女排两次夺得奥运冠军，我们却未曾登顶一次，这次奥运会的比赛，我们当然要全力以赴。我绝不会做有损奥运会捧杯的蠢事。我派海曼她们去日本打球，是为了提高她们的防守能力，美国队的进攻不

比赛中，郎平大力扣球（中体在线图片 王洪俊 摄）

比中国队差，拦网也比她们强，就是防守弱。我已经无法再提高她们的防守能力了。要是她们还在美国练，很难指望防守能力进一步提高了。"事后证明，塞林格的做法还是起到了作用，海曼和克洛克特后排起球的能力有很大提高。只不过得到提高的也只是她们两个，还有更多上场队员没能补上这一课。塞林格万万没想到，自己也帮了日本队的大忙。日本女排借此机会，整体提高了网上争夺的能力和后排起球的功夫，通过这两位美国名将"东渡留学"，一举两得，既找到了对付海曼的钥匙，又操练了应战郎平的本领。

一直向往东山再起的日本女排，这次也不想错失夺魁良机，竞争对手毕竟只有中国队和美国队两个，比起世界杯和世锦赛要容易一些。挂帅的山田重雄教练，早年曾为这支队伍夺得"三连冠"立下汗马功劳，足智多谋，雄心勃勃，一直想在洛杉矶奥运会有超人作为，恢复昔日"东洋魔女"的霸主地位。他此番采取的各项备赛措施，要比塞林格高明得多。电脑训练听起来既科学又时尚，可是一旦郎平扣球改变路线落点，塞林格事先收集的数据就失效了。山田重雄早已察觉这个纰漏，没有如法炮制，而是另找出路，频繁安排练兵。他先是出高价邀请海曼、克洛克特、秘鲁左撇子塔伊特和日本两位老国手，组队和日本队操练、对抗。后又召集男排队员组成模拟的中国女排，为日本女排陪练。这些努力还是给日本女排带来了成效，在奥运前一年的香港超级女排赛中，日本队直落三局战胜美国队，后又在亚洲锦标赛以3∶0打败中国队，重登亚洲冠军宝座。山田重雄认为日本女排的转机来了，夺冠可能性很大。但是，一些国际排坛人士不这么看，日本女排的弱点在于身高，致命伤是没有郎平、海曼这样的强攻手，这是多少年都没有解决的大难题。巧妇难为无米之炊，山田重雄使再多的劲儿，也是心有余而力不足。另外，有位外国行家在几次热身赛里，还发现这茬"东洋魔女"今不如昔，有退化迹象，心理素质不如前辈坚强，遇重大比赛经不起挫折，包袱很重，容易紧张失常。果然，不出所料，日本队在洛城奥运会上遇到中国队时，连输三局，一局比一局打得差，失误很多，第三局只得了4分，最后几乎无力招架，赛后抱在一起大哭。山田重雄后来发表谈话，直言不讳，提到今后应提高队员斗志和信心，培养她们的责任感。

1984年奥运会体现了女排人才培养的竞争！就看中国、美国、日本三家，谁得力了。体育队伍人才更新有特殊规律，在竞争激烈的年代里，如果处理不当，就会一失足成千古恨！

热身赛里知己知彼

现代世界排球比赛要连续作战，想打好硬仗，光靠六七条枪，远远不够，必须动用更多后备替补，轮番上场，储存、调节比赛能量，在关键时刻使用。六人制排球赛又需进行位置轮转，把有技术特色的后备队员留作主力替补，更能出奇制胜。所以，这次中国女排换血，袁伟民既要着力充实后补，又要费劲更新主力。1982年世锦赛夺冠时，除了孙晋芳（27岁），中国队还有曹慧英（27岁）、陈招娣（27岁）、杨希（25岁）、陈亚琼（26岁），另外，周晓兰（24岁）虽年轻些，却受伤病困扰——她们加在一起，几乎就是一半队伍，都需寻找合适的接替人选。面广量大——这个难题要在洛城奥运会前短短不到两年时间里全部解决，谈何容易。亚洲锦标赛失利后，国内有球迷写公开信，强烈要求孙晋芳等几位老国手重披战袍，袁伟民压力之大，可想而知。

在这一年多的时间里，除了强化常规基础训练，袁伟民还带领球队频繁参加各种热身赛。1983年年初，中国女排在联邦德国的两场邀请赛里，均派出主力上场，与美国队一胜一负。后来访美，中国队用好几套人员配备出场，五胜一负，其中两场，郎平、张蓉芳都坐在替补席上当高级观众。到第五场，周晓兰、杨锡兰、姜英、侯玉珠、殷勤、杨晓君上场，这个全新组合都能拼足五局，赢得比赛。五场的访问比赛用了不同的阵容，袁伟民这样做就是要在实战中，了解、考察、熟悉自己的队员。此刻他的知己知彼，内容很丰富，不仅了解对手美国队和日本队，还包括他手下诸多新秀。善于识材、练材、用材，这是高水平教练必须具备的基本才干。袁伟民如今也为此做出很大努力，从郑美珠三进三出国家队，就能看出他选材的用心良苦。

有时，颜老师还会和我探讨一些排球技术术语和对一些战术打法的解释。我惊奇地发现颜老师对30多年前的比赛仍然记忆深刻。听到我的疑问，颜老师发出爽朗的笑声，然后得意地揭秘："我在网上找到当年那些比赛的录像，重新看了一遍，什么都想起来了。"颜老师对文字的严谨和对事实的尊重历来如此。这样的工作作风再次令我肃然起敬。

给我印象最深的是1983年到香港参加超级女排赛，与美国队、日本队实战交锋。这两场赛事，中国队屡屡在比分落后时，急中生智，变换奇阵，更多年轻队员上场担当主力，挑重担。她们在老国手的带领下，团结奋战，化险为夷，赢球完胜。特别是她们把拼搏精神继承了下来，令人十分欣慰。中国队这次不光是比赛的胜者，更重要的是她们初探了奥运夺冠的入门之道。原来在大家的印象里，美国队将是奥运会上最难应付的对手；通过这次面对面的较量，姑娘们嗅到了日本队的潜在威胁，有了警惕，对备战很有好处。

看过香港两场比赛，有行家指出，中国女排要在洛杉矶放光彩，必须着眼四个高度：士气高度、身材高度、技术高度和体能高度。与日本队对阵时，中国女排尽管身材占优，拼劲也足，但是网上争夺和防反技术并不占上风。原来这是因为山田重雄采用"速度弥补高度"的招数，从接发球开始就控制传球的弧度，加快节奏，球到二传手中田久美那里再次加速，对手就很难适应了。要掌握这种低弧度的垫球、传球技术，难度很大，要有很好的体能素养。我们的一些国手还欠火候。同美国队交锋时，中国队后排起球还不过硬，有些新人缺乏足够的救球意识，只等待前排同伴拦网成功。一旦网上落空，再有动态反应就慢了一拍，只好眼睁睁看着排球落地开花。

众所周知，凡是场地中间隔着球网的比赛，如网球、羽毛球、排球……都看重发球这个撒手锏，攻方要想得分，发球是关键，即使不直接上分，能破坏对手一传也是好的。守方想要不失分，必先接好对方发球，输送到位，发动有效进攻。国际排坛早就有"第一回合"决定比赛胜负的战例，也有外国教练公开声称：要拿发球来切断中国女排孙晋芳和郎平之间的"黄金通道"。山田重雄和塞林格这次当然也不例外，给中国女排的"第一回合"制造了重重困难。尤其对日本队的比赛，我们几位新秀接发球技术还不成熟，被对方抓住了机会，比较被动。不言而喻，强化"第一回合"的本领，已经成为中国女排此次奥运夺魁的重要环节。

此时此刻，新老交替的中国女排好似一台经久耐用、进入保养期的大型机床，不仅零部件要更换，还要磨合整理，更要不断试车，才能运转自如。袁伟民和中国女排争分夺秒，团结拼搏，力争登顶。

我为姑娘们做了夺冠前的那一餐

　　为中国女排做决赛前午餐这个故事，颜老师把前因后果都交代得明明白白。他因为年轻时工作环境的特殊性和对美食的偏爱，练成了高超的烹饪技术；又因与中国女排的相互了解和信任，才会在那么重要的时刻受邀担任主厨；还因对运动员、教练员的口味十分熟悉，才选择了那些菜谱。怪不得与颜老师第一次交流时，他就提到了这件常人不可想象的事情。

　　为了采访 1984 年的奥运会，我在洛杉矶待了近一个月，生活既紧张，又兴奋，还单调。每天的行动轨迹就是三点一线：旅店—新闻中心—赛场，唯有 8 月 7 日女排决赛这一天，格外丰富多彩。我应邀与中国女排一起去长滩的美籍华人滕医生家里做客大半天，在主人家的厨房里小试手艺，给她们做了出征前的午餐，也旁听了赛前准备会。

　　那是她们领队张一沛三天前向我发出的邀约。因为决赛场地离队员居住地有一个多小时的车程，若遇堵车，耗时更长，为了避免旅途劳累，影响休息，他们决定全队上午就离开奥运村，先到离长滩体育馆不远的滕医生家小憩半天，午餐由我来做，傍晚前再进赛场，晚餐推迟到比赛之后。这对我来说，可是难得的独家近距离采访、接触女排的机会。我怎能错过呢？人生最大的安慰莫过于大家对自己的信任。我立马接受了这个做梦也想不到的美差。

　　我是 1956 年到《中国体育报》工作的，先立业，10 年后才成家，婚后又和妻子两地分居，晚婚晚育，单身汉生活长达 17 年之久，有更多时间勤奋工作（常常每周上班七天，不要加班费，不要调休），钻研业务，也有更多条件接触美食。最初，我的宿舍在礼士胡同，下班回家，从崇外体育馆路，经过花市、东单，到东四，一路有那么多美食可选，我当然不肯轻易错过。每到周日，机关食堂只供应早餐和晚餐，中餐要自己解决，这给我上大饭店打牙祭找到了理由，让我接触了全国各地迁京的名店佳肴，四川饭店、广州酒家、上海老正兴、晋阳饭庄里常有我的身影。无论哪盆菜送来，总要先品味，再琢磨配料、刀工、火候……点点滴滴，无师自通，学到不少厨艺知识。那时，每月工资收入不多，好在我常利用业余时间，应北京、上海几家报纸的邀请写稿，有报酬，经济不成问题。1966年成家后，为节省开支，我开始自力更生，自己动脑动手做美食，正好宿舍里有煤气灶具，提供了条件。久而久之，买菜做饭成了我的业余爱好，在国家体委机关系统里，好多熟悉的同志都知道我还有这一手。与我同期到国家体委工作的张一沛了解到这些情况，所以才对我委以重任。现在想来，他也是够大胆、够冒险的，万一我这个业余低级厨工做砸锅，或是搞出个食物中毒，后果不堪设想。幸运的是，决赛日这个小插曲演绎得非常顺利！

  女排国手走遍天南地北，尝遍世界各种美食。我要做好这顿午餐，使她们满意，还得多下点儿功夫。那几天采访写稿之余，我还去了解奥运村供膳和市场供货情况，分析了女排队员的口味，着眼耐饥饿的比赛要求，出菜流程还要快速简便，最终选择了一份少而精的菜单。冷菜有怪味鸡、酱牛肉、蒜泥白肉、泡菜，热菜有鱼香肉丝、红煨牛肉、干烧大虾、麻婆豆腐、蚝油生菜、干煸四季豆，再加酸辣汤和什锦炒饭，最后是八宝饭和水果羹。本来还有椒盐蹄髈，我怕太费时，取消了。好的是，这些菜我平时常做，比较熟练，只要作料得当，咸淡合适，火候用好，制作难度不大，容易讨好食家。我之所以多选川菜，也是看中它能刺激味蕾，增进食欲。另外，队员中有三个川妹子，当然更喜欢家乡菜式。还有两位闽籍队员，口味清淡，所以我上灶操作时，尽量把握辣味和麻味的用量，微辣微麻。做鱼香肉丝，多用了点儿香醋，做酸辣汤，不用辣椒粉，用少量胡椒粉，做红煨牛肉多用洋葱和番茄酱，什锦炒饭用料有虾仁、鸡蛋、青豆、鸡丁、胡萝卜丁，还有火腿丁，色香味俱全。这还得感谢主人滕医生，这位祖籍山东的老乡，提前给我备货备料，完成两道牛肉菜的半熟加工，还好不容易找到了必需的豆瓣辣酱，可惜原产地不是四川郫县。他又找了个留学生来端菜送饭，助我一臂之力。他们的厨房间很宽敞，用的是电灶和平底炒锅，我很是不习惯，好在这几道菜火候变化不多，影响不大。我熟能生巧，越来越得心应手，一道连一道，走菜很顺畅，在一旁当助手的留学生总是满盆端出，空盆收回，偶尔还描述几句用餐现场的情景，为我加油。

炊事完工后，我来到餐厅，见几位国手向我伸出大拇指，心里多了几分暖意。但美中不足的是，关于她们赛前准备会的情况我了解不多，听到晚上出场的人选和小组赛时一样，顿时又有点儿纳闷。四天前那场比赛，我们是1:3失利的，今晚还会重演历史吗？离开滕医生家，坐大巴去赛场的途中，我一直在想这个问题。

前哨战似真似假

万事开头难，中国女排的夺魁历程也是如此，小组赛就遇到美国队。这场前哨战，我们上场的是两老带四新——郎平、张蓉芳、杨锡兰、梁艳、杨晓君和郑美珠。开局，双方都有点儿拘谨，上分较慢，后来中国队加强拦网和快攻，一度以13:9领先。突然，美国队奋起直追，海曼等人高点强攻，竟然连得6分，反败为胜。第二局，我们改变对策，吊打结合，打成5平后，一路领先，以15:7扳回一局。后来两局，小分落后的美国队临危不惧，加强防守反击，每当郎平、张蓉芳在前排扣杀时，总是用三个高人纵起，伸出六臂封堵。中国队进攻受挫，防守失误，比分被对手反超，以 14∶16 和 12∶15 输掉后两局。为什么这三局都是中国女排领先后受挫，而美国队却是前弱后强呢？袁伟民在赛后记者会上说自己队员情绪不稳，打得太过急躁，而且不是少数几个队员。他还称许了美国队每局后半段放得开，特别是防守反击很成功。

洛城决赛那一仗，中国女排还是推出这个四天前刚吃过败仗的阵容应战，足见袁伟民的"敢劲"！在体坛从业 40 年，我见过不少能干过人的教练，他们都具备一种难能可贵的气质——"敢劲"和"搏劲"，比魄力、拼搏更高一个档次，可以克服攀登事业高峰途中遇到的各种艰险。养兵千日，用兵一时，如何体现袁伟民教练"敢搏"的气概？只有无私，才能无畏，才敢在胜负难料、一切都是未知数的时候，冒很大的风险来下这个决断！

经过挫折考验的中国姑娘变得坚强起来。输给美国队后，她们连夜总结，把失利的原因理得一清二楚。第二天打日本队，姑娘们又生龙活虎地出现在比赛场上，好像什么事情也没有发生过。赛前，中国队制订了三条措施对付日本队：打战术，多变化；制强攻，堵快攻；抓发球，破一传。这三条基本都奏效了，郑美珠和杨晓君打出不少漂亮的快攻，连担负强攻任务的郎平和张蓉芳，都时高时快，跑动进攻频频奏效。她们的拦网也十分成功，共得 10 分，平均每局得 3.3 分。中国队以快制快，以 3∶0 战胜日本队。通往奥运会金牌之路，展现在中国姑娘的脚下。

决赛中，郎平跳起扣球（中体在线图片）

这个直落三局有玄机

在谈及中美女排决赛时，颜世雄老师仍然是先回看了当年的比赛录像。这次采访给我的感觉是颜老师一直处于亢奋状态。虽然我时时提醒他注意劳逸结合，量力而行，但是他总觉得写好历史是他的乐趣和责任，是他力所能及和最想做的事情。

3∶0！光看比分，这场人们期待已久的奥运对决，似乎双方实力悬殊，可是仔细回顾比赛全过程，还是玄机多多，难解难分，扣人心弦。尤其第一局，我们一度14∶9领先，居然被美国队追到14平，好悬呀！当时，中国姑娘如果处理不当，将会功亏一篑，出现大逆转、大翻盘，也是可能的。美国女排占有天时地利人和的优势，什么样的结局都可能发生。这是一场冗长的拉锯战，采用发球权得分制，跌宕起伏，第一局就用了38分钟，对阵双方施展浑身解数，每发必争，每球必争，打了七次平分，七八十次交换发球。难怪赛后有人称之为"世纪之局"。

场内12000多名观众眼福不浅，上来就有好看的。美国队发球，杨锡兰传给右侧，郑美珠跃起快扣，美国队格林接飞，竟被同伴韦肖夫在后排侧卧单臂救回，漂亮极了。接着副攻手马杰斯在中路快扣，首开纪录。中国队也不甘示弱，张蓉芳、杨晓君在前排快扣，一次次夺回发球权，经过七轮交换，扳成1∶1平。

开赛5分钟后，场上比分还只是1∶2，你来我往，我去你回，为争得一个发球权，她们都要用好多次攻防来回拼杀，十分精彩。美国队摸透我们的基本打法，用1.88米的马杰斯在前排拦击郎平很奏效，她们的地面抢救险球也出色。中国队也有新招，增加郑美珠右边出击，以快制高，郎平除了自己的撒手锏高举高打，还参与快攻。这样，以点带面，或声东

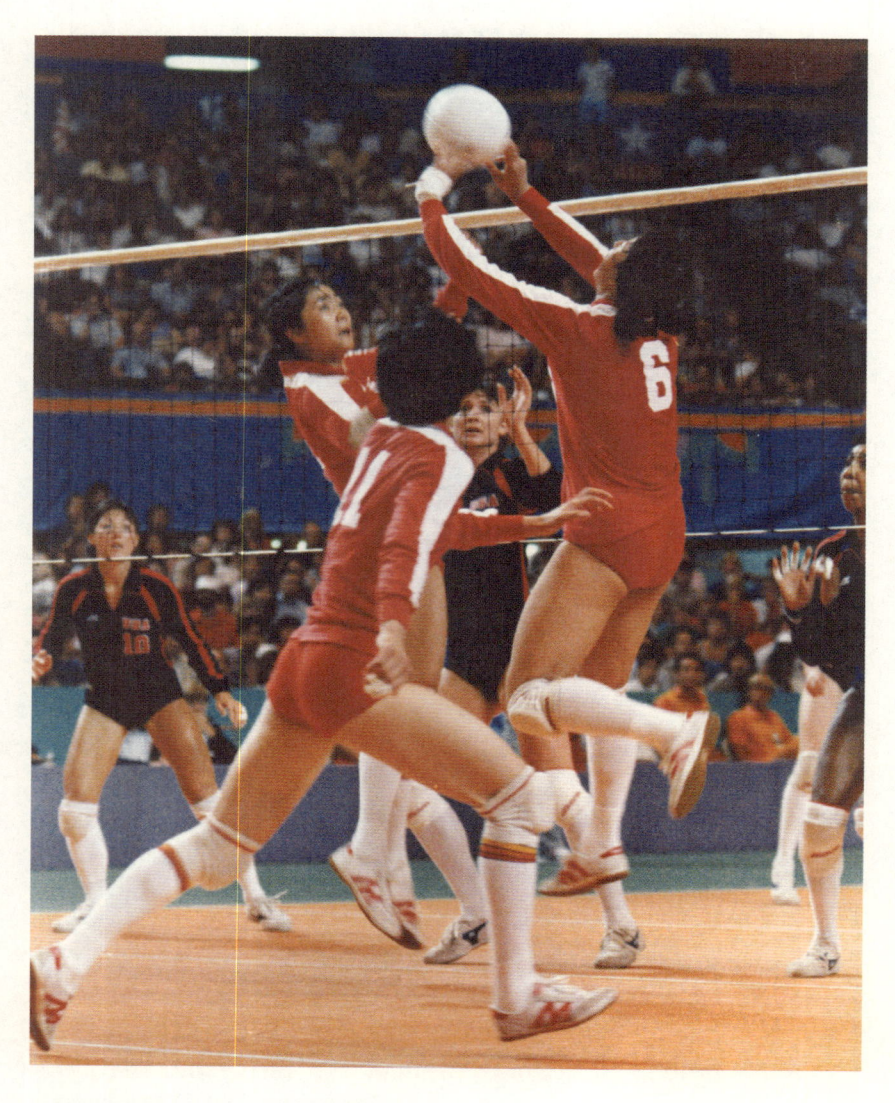

决赛中，中国队员组织快攻（中体在线图片）

击西，或左右开弓，到第 8 分钟，由张蓉芳梅开两度，先在四号位快扣夺回发球权，后又在那里一记轻吊，才把比分追成 2∶2。好费劲哪！

短短开局亮相，让我看到中国队的竞技状态比小组赛时好一些。郎平、张蓉芳各显神通，风华依然，四名年轻队员也有不俗表现，杨锡兰穿针引线很称职，输送恰到好处；郑美珠老练沉着，处理困难球破僵局；梁艳以矮对高，扣拦有绝招；杨晓君前排反应敏捷见功夫。直到比赛 10 分钟之后，郎平成功牵制住对手拦堵，自己不能得分，却让张蓉芳有了更多机会快扣快吊。中国队以 5∶4 首度领先。美国队紧咬不放，拉锯好几个来回后，海曼开网强攻，再加上发球得手，又以 8∶5 逆转。在分差随时可能拉大的紧急时刻，我们临危不乱，先是张蓉芳快扣，再是郎平强攻，又把比分改写成 9 平。

又是五次交换发球，梁艳发球，美国队回传，杨晓君在中路眼明手快，对准矮个格林打了探头，10∶9！我们又领先了！海曼有点儿疲劳了，扣球出现失误，送我们 1 分，美国队后又拦网失误加扣失，9∶14 落后中国队。

就在这个当口，塞林格用高二传贝克尔换下格林，改变了整队常规的运行轨迹，中国队有点儿不适应，被海曼开网佯攻变轻吊和克洛克特打手出界，美国队连连得分，比分追到 13∶14，又是八换发球权，中国队拦网失误，14 平！够悬了！就在这千钧一发之际，袁伟民教练调兵遣将，让发球有术的侯玉珠上来试阵。只见她气定神闲地站在发球线后，发出了一个长距离的砍式飘球，飘飘忽忽地向对方一号位底线飞去，看起来像个界外球，美国队员抽身一让，球却忽然下沉落在线内，中国队打破僵局，终于以 15∶14 领先。侯玉珠继续发球，球似装了定向器直飞对方两名队员之间，对手慌忙垫球，心急力大竟把球垫过网来，郎平不失时机一记探头球得分，16∶14，中国队转危为安，拿下了关键的第一局胜利。

在高水平的球类比赛中，有时一个精彩的球，能让人记一辈子。1984年洛杉矶奥运会侯玉珠的那两个发球，就是这样的。

出人意料的是这场决战的第二局赛情突变，双方拼了两分钟，交换五次发球权，才见郎平扣球得分，1∶0。又是四度易主发球后，美国队连连失误送分，先是格林垫飞，后是马杰斯前排拦击出错，中国队取得4∶0，也有了一帆风顺的心理优势。美国队虽有海曼探头球打破"鸭蛋"，1∶4，却还是没有连续涨分的福分。反而是我们这边，郑美珠发球，竟然也能直接得分，5∶1。塞林格采取紧急措施，接二连三地调兵遣将，格林下场休息；没奈何的是换上场的替补队员，实力稍逊，得分不成，失分不少，1∶7。中国队越打越顺，一气呵成，得心应手，发球、一传、快攻、高打……予取予求，成功地把比分拉到11∶1，其中3分是拦网成功所得。这局比赛的最大亮点是我们的几个新人，整体拦网发挥了高水平，杨锡兰、杨晓君、梁艳网前如有神助，每拦必成，甚至连身高只有1.72米的郑美珠，也拦死了一次海曼的高点开网进攻，直接得分，漂亮极了。其实郑美珠的排球之路不算平坦，身材矮小的她，在刚进入国家队的时候是年龄最小的，才16岁，加上身高问题，受到很多人的质疑。"三进三出"的她本是打后排的，却不安分守己，喜欢进攻，不合教练的要求，被退回省队后，她没有放弃，还是照常训练。1985年世锦赛前，袁伟民重召她回国家队。这些经历磨炼了郑美珠的性格和技术，让她成为中国女排"四连冠"的功臣。她说："现在想起来，袁指导还是非常有魄力的，我要感谢他。"

这一局，网上火力受制，给美国队的打击很大，她们情绪波动，动作走样，乱了阵脚，又是频频失误，几乎没法招架。打到13∶3，中国队遥遥领先时，袁伟民再次换上侯玉珠，两次发球，迫使美国女排失误失

袁伟民在赛中暂停时面授机宜（摄影师王洪俊 供图）

分。中国女排顺利拿下第二局。

易边再战，美国女排还是很努力，伺机争取有利开局，海曼和克洛克特强攻快扣，又显威风，一度以2∶0、4∶1领先。不过中国女排还是能沉着应对，加固拦网，一次又一次夺回发球权，郎平的高点强攻和战术攻、张蓉芳和郑美珠令人眼花缭乱的跑动进攻、副攻梁艳的快抹、杨晓君的快吊和强悍的中路小强攻，纷纷发挥威力，连得7分反超，后又以14∶5占上风。即使败局近在咫尺，美国队都不想缴枪，依然抓紧反扑，马杰斯、海曼、克洛克特近网受阻，就开网强攻，居然追加4分，扳成9∶14。关键时刻，美国队在三号位打了一个短平快，朱玲跳起拦网有效，减缓了球速，杨锡兰将球传给梁艳，梁艳再将球传给张蓉芳，张蓉芳一个漂亮的四号位斜线扣杀，直接将球打死，美国女排队员拼命跑向后场去救球无果，中国女排姑娘们欣喜若狂，拥抱成一团庆贺……长滩体育馆响起了经久不息的雷鸣般的掌声！袁伟民赛后接受记者采访时表扬队员甩掉包袱，无论领先还是落后，都能正常发挥。

饮水不能忘记思源

中国女排"三连冠"的辉煌，让颜世雄老师十分感慨。他认为，中国女排的崛起离不开背后许许多多默默付出的无名英雄。

墙内开花，墙外也香！在洛城奥运颁奖仪式后的记者会上，美国队教练塞林格说："中国女排的组织工作，包括人才培养等各方面，都比我们强。在他们国家，打排球的人比我们多，基础比我们扎实！"他这段话显然不是奉承，确是由表及里点出了中美女排差距所在。想想也是，

女排队员站在冠军领奖台上（中体在线图片）

领奖台上的梁艳、郎平、张蓉芳（摄影师王洪俊 供图）

塞林格这 10 年里花的心血不比中国同行少，可是得到的却是这等结局，怎能不感慨万千呢？人家有的，我们有；我们有的，人家没有！在全国一盘棋、一条龙的"举国体制"大环境中成长的中国女排，凸显人才资源优势，别家谁也无可比拟！难怪她们的领队张一沛分析夺冠原因时，特意提及要感谢全国排球界的支持！

众所周知，培养优秀体育人才是一项复杂的系统工程，一环紧扣一环，哪一环都耽误不得。无论哪个中国女排队员都得有"启蒙、成材、成器"的三段经历，在这个漫长过程里，参与任教指导的，还有省队教练、少体校教练、基层体育老师……现在谈论女排"三连冠"，也得饮水思源，不能忘记前后这数以百计的无名英雄！四川之所以连出好几个女排国手，就离不开一生奉献女排事业的省队总教练王德芬和她身边助手们的辛劳。当年给孙晋芳在启蒙阶段打基础的是苏州市少体校教练陈新雷，杨锡兰初学排球是在天津市一个少体校，周晓兰也是先在太原一个少体校受训……由于收集资料有限，不能一一列举，以一代全，略表心意。

吃饭不忘种田人！几年前郎平曾经写过这样几句话："我们将永远记住漳州人民对中国女排的特殊感情、特殊理解、特殊支持。"由此，我就想到他们中间的牵线搭桥人，也是漳州体育训练基地创建人——钱家祥。他与排球结缘一辈子，自小在兄长带领下在上海弄堂里打排球，以家住的静安区华严里命名，组成"华严排球队"，参加全市联赛，战绩斐然。后来，他被选为新中国第一代男排国手，之后又到国家体委球类司排球处工作。由于采访报道需要，我们打过不少交道。从早期言谈中可以看出，他很羡慕中国乒乓球队那样的大集训，又流露出三大球仿效有困难的想法。直到 1965 年，经周总理批准，中国排球协会邀请"东洋魔女"的教练——大松博文，来北京、上海讲学、示范一个月，才提升了社会各界对排球的关注度。

转机终于出现在1972年,在"文革"创伤后,国家体育事业百废待兴,以王猛为主任的国家体委,从山西屯留干校调回了大批干部,办了不少实事,包括规划在我国南方建立一个排球训练基地,正中我们这位排球园丁的心意。钱家祥一行为选定基地地点折腾了好几个月……

经过反复调查论证,漳州以"领导重视,群众喜爱,气候宜人,物产丰富"16字成为首选地点。这座历史文化名城有得天独厚的优势:粮丰鱼肥花香,佳果长年不断,气候四季如春,排球运动群众基础好,曾涌现了好几位男排国手。国家体委经过认真研究,正式批准了建立漳州体育训练基地的计划。当时,由漳州军分区司令员兼体委主任的于克钊亲自参与,调来千军万马,组织群众义务劳动,仅用23天,就盖起一座有6块"三合土"场地的"竹棚馆",还整修了附近4块场地。冬训队伍如期开进漳州,中国第一次排球大集训就这样在这座闽南古城拉开了序幕,钱家祥的夙愿终于得偿。通过每年的冬训大练兵,从身体素质到专项技术,从实战比赛到单项测试,各队可以取长补短,年轻的苗子可以逐渐成材。为此,他和助手刘化聪(20世纪60年代中期国家女排副教练),调度运作长达三月之久。他们年复一年,都扎根在漳州的第一线,连着十个年头,春节都没能回家与亲人团聚。曾经有人戏言,排球对他们来说,比亲人还要亲!日本女排教练山田重雄一直不解,为什么中国人要把基地设置在这个不是很多人知道的地方,难道那里有先进设备?直到1980年,他走访漳州后说:"论基地设施,不过是日本50年代中学的水平,但集中队伍统一训练,全国一盘棋争送队员的做法,是世界首创。"

幸运的是,当时我作为《中国体育报》驻华东记者,曾先后六度去漳州采访女排冬训。20世纪70年代中期,从上海到漳州交通十分不便,坐火车卧铺，半夜三更在一个小车站下车，等天明后，才能转车去目的地。尽管如此，这点儿旅途之苦比起女排队员们的辛劳，真是微不足道。

岁月如流，转眼40多年过去了。事实证明了当年编织"冠军摇篮"的人们的高瞻远瞩。现在，具有现代化水平的漳州体训基地，已接待国内外排球队伍共计万余支、球员10万多人次，磨砺了一茬又一茬女排人才。中国女排于1976年在漳州重新组建，曹慧英、杨希、陈招娣、张蓉芳、孙晋芳等名将，就在这批集训者之中。中国女排数十次到这里集训，不断拼搏，夺取了世界大赛一座座金杯。女排姑娘们都深情地称漳州体育训练基地是"中国女排的娘家"。

漳州人民的奉献，漳州基地的奉献，大家不会忘记，历史永远记住！

第四冠

编者按

中国女排首夺奥运会金牌后，在全国引起了巨大的轰动，特别是"三连冠"殊荣，更是几代人忘我奋斗的硕果。这也激励了我国年轻一代立志发扬女排精神，努力拼搏，为国争光的决心和自信。同时，主教练袁伟民也成为亿万人民心中的英雄和楷模，他被任命为国家体委副主任。

谁来接替中国女排主教练这个位置？在接到袁伟民要离开中国女排的消息后，副教练邓若曾就公开表态：辞去教练的职务。有人提议，可以选一位执教男排的年轻教练，这也是一些世界高水平队伍的选择。正在辅助邹志华执教中国男排的上海籍教练张为堤进入决策人的视线。

1984年年底，排球协会借男排联赛冠亚军决赛的契机，在郑州举行了全国男、女排甲级队主教练会议，国家男排教练也正好要去看决赛并选拔国家队选手，张为堤接到了在会上谈一谈中国女排后期训练的议题。就在会议即将举行之时，老教练邓若曾忽然表态，希望继续担任中国女排教练。排球协会便将这次会议改为两位教练的竞聘会。

我是以采访男排决赛的记者和竞聘会记录员的双重身份去郑州的。记得在全国男排联赛决赛赛场，当国家体委副主任徐寅生和袁伟民出现在主席台入口时，现场观众全体起立，报以极其热烈的掌声，而且持续了近半小时。因为这是袁伟民晋升后第一次在公开场合露面。袁伟民请徐寅生主任入座后才坐下来。这场面已经过去了40年，我仍记忆犹新。

全国男、女排甲级队主教练共24位，首先开了一个大会，由中国排球协会主席袁伟民主持，讨论了关于中国男、女排日后发展的议题，大家畅所欲言，各抒己见。然后，请竞聘中国女排主教练的两位教练谈了"如果我执教中国女排将如何做"。其后，参会者分为4组进行评判和投票。我是其中一组的会议记录员,小组会后我们再向领导小组汇报4组的讨论和投票情况。结果出乎意料——2:2,只能提交领导层定夺。

最终,辅佐袁伟民多年的老教练邓若曾出任新一届中国女排主教练。他率中国女排顺利夺得了第四冠。

在现场采访的《人民日报》体育部主任刘小明,提及当年,感触颇多。

难忘的第四度登顶
——回忆中国女排征战1985年世界杯

刘小明
(《人民日报》体育部原主任)

最近，中国女排聚集在北京又开展了新一轮的集训。记不清这是女排姑娘备战大赛的第几次集训了，看着姑娘们热火朝天的训练场景，笔者不由得回想起 40 年前第一次现场采访中国女排征战 1985 年女排世界杯的日日夜夜。

女排世界杯是仅次于奥运会、世界锦标赛的国际排联三大赛事之一，创办于 1973 年，每四年举行一届。1977 年，由于日本浓厚的排球氛围和雄厚的经济实力，国际排联将这一赛事"承包"给日本排协，固定在日本举行，一直持续到 2019 年。

中国女排与世界杯十分有缘，1981 年第一次夺得世界大赛冠军就是当年的第三届世界杯，40 多年来总共十次获世界大赛冠军，其中有一半是世界杯冠军，是夺得这项赛事桂冠最多的队伍。

1981 年女排世界杯举办时，笔者尚为体育记者"预备队员"，正在读新闻专业研究生，在人民日报社实习。虽然未能亲历中国队首度夺取三大球世界冠军的历史时刻，但在后方接收、编辑报社前辈记者从日本前方发来的稿件，并观看了中国队的每一场比赛直播。记得那难忘的夺冠时刻，应当是 11 月 16 日傍晚，领导指示我赶写一篇祝贺女排夺冠的评论员文章，当晚比赛结束后一小时左右我即交稿。报社副总编辑王若水接过稿子马上审阅修改，不大工夫，我看到一页一页的稿纸就被改"花"了。王若水修改后的这篇评论员文章比原稿提升了不止一个档次，文字简练，富有激情，立意高远，题目为《学习女排，振兴中华》，文章见报后反响很大。夺冠后第二天，《人民日报》头版用一个整版，图文并茂地报道中国女排夺冠，神州大地掀起女排热。

1985 年女排世界杯举办时，笔者已在人民日报社从事体育新闻采编工作 3 年多，其间采访过亚运会、奥运会等重大国际赛事，见证了中国女排在新德里和洛杉矶夺取冠军，却从未自始至终专项采访世界女排大赛。其中一个原因，是我平时不分管排球项目。1985年世界杯我能去采访，主要是因分管排球的同事当年已到日本采访了世界大学生运动会，这个任务便交给了我。

第四届女排世界杯于1985年11月10日至20日举行，有东京、仙台、札幌、岩见泽、苫小牧、福冈等赛场。共有八支队伍参赛，包括各大洲的冠军加上国际排联排名靠前的两支队伍以及东道主。八支队伍分别是：巴西、中国、古巴、韩国、秘鲁、突尼斯、苏联、日本。和前几届一样，比赛采用单循环赛制。值得一提的是，1985年作为新的奥运周期的第一年，许多队伍均做了新老交替，阵容变化不小。而前一年的奥运会亚军美国女排由于主教练塞林格辞职，主力队员有的退役，有的赴海外打球，队伍散了架，在中北美和加勒比赛区没能出线，未获得参赛资格。中国女排因为提前于1983年开始新老交替，孙晋芳、曹慧英、杨希等老将那时退役，杨锡兰、侯玉珠、郑美珠等新秀陆续补充进队，与前一年奥运会时相比，主力阵容只更换了一两个人，队伍稳定性相对不错。主教练袁伟民此时已升任国家体委副主任，队伍交给他的副手邓若曾带，也是熟人熟路，而且世界杯赛时袁伟民担任中国女排代表团团长，队伍更有了主心骨。

东北小城，安营扎寨

那年女排世界杯之前，中国队没有像以往那样总在漳州或郴州基地备战集训，而是选在离北京较近的兴城集训一个月左右。笔者10月上旬赴河南采访了第一届全国青少年运动会后，匆匆来到兴城探班，熟悉女排情况。

位于锦州西南 75 公里的辽宁兴城，是一个新开辟的旅游胜地，濒临渤海，细软的沙滩连绵 10 公里，每到夏季都吸引着众多的游客。中国女排当年 8 月访问德国归来后，到兴城海滨休息 10 天，随后便在此地安营扎寨，开始了世界杯赛前的紧张集训。我来到兴城的前一晚，女排出外打表演赛，次日清晨 5 点多刚回到兴城。火车上的颠簸使队员们睡不着，早饭后大家多么想睡一觉。可是邓若曾教练哨音一响，全队马上集合，到兴城空军疗养院健身房训练。邓若曾的指导思想是，为了培养和锻炼队伍适应各种环境的能力，平常出外比赛表演，不管路途远近、旅途劳累与否，只要有条件，一下车就安排训练。这样既抓了作风培养，也适应了国际大赛的需要。

次日，我约好利用晚饭后的一点儿休息时间，请邓若曾介绍一下女排队伍的最新情况。邓若曾说："去年奥运会以后，袁伟民教练上调，谁来接任主教练的位置呢？我想了很久，考虑了各种困难，也想到了有利条件。我跟队时间相对长些，对队员状况和袁伟民的一套训练方法较为熟悉，就下决心克服困难挑起这副重担，同时挑选了胡进、江申生两位年轻一些的教练作为助手，为今后教练班子过渡打基础。"

邓若曾接着说："教练班子更换后，外界对我们很关心，也有点儿担心女排水平下降。但我的信念很坚定，只要我们发扬自己的优良传统，不断发展新技术、新战术，中国女排在世界排坛上是能够保持先进的。"

集训中的一天，女排全队开会讨论对苏联队作战方案。这次会议属于女排作战"军事秘密"，破格允许我旁听，但必须保证赛前"军机"不外泄。会议开始，队员们面对墙上的一张张挂图，从双方的打法、彼此临场的心理状况、两队的特点到可能采用的战术，分析得头头是道。看到年轻的女排队员竟有如此之高的分析能力，真让人暗暗高兴。

二传手杨锡兰的发言逻辑清楚，更有深度，引起了我的兴趣。这位天津姑娘被伙伴们亲切地称作"杨子"。两年多以前,老队长孙晋芳离队后,杨锡兰担负起"场上灵魂"的重任。记得刚担任二传手时,她与主攻手、副攻手的配合不那么默契,1983年亚洲锦标赛决赛输给日本队,有人认为就是输在杨锡兰身上,说她不是当二传手的材料。

袁伟民教练一直鼓励并指导她,杨锡兰终于渡过难关。当奥运会上战胜美国队夺得金牌后,她激动得哭了,而且是全队哭得最厉害的队员之一。经过两年多的锤炼,"杨子"变得更加成熟起来。她在发言中详细地分析了苏联队几名主力队员的扣球路线和打法特点,还谈到了苏联队5月来中国比赛以后,几个月内可能会有哪些新变化。她说,不能用老眼光看苏联队,要估计到她们的进步。

1984年秋天,刚从洛杉矶奥运会回国不到一个月,郎平突患阑尾炎,住院做了手术。人们担心这次手术对郎平今后的身体素质和体力带来消极影响。记得老队员周晓兰1982年访问秘鲁时做了一次阑尾炎手术,之后始终没有恢复元气。郎平能否经受住伤病考验呢?带着这个问题,一天晚上我采访了郎平。

"我原来也担心自己身体从此不能适应比赛的需要,但从后来一系列比赛看,没有受太大影响。"郎平说,"当然现在体力不像20岁上下的年轻队员了,我已快25岁了,一天大运动量训练下来恢复得比较慢,这也是老队员要克服的困难之一吧。"

"你是怎样为这次世界杯做准备的呢?"我问道。

"我是一名老队员,又是队长,应当主动协助教练搞好工作。邓指导压力很大,在他这个位置很不容易,他是从'三连冠'的起点接手队伍的,全国人民对女排要求高,只能上去不能下来。所以我认为从某种意义上讲,这次参加世界杯,最大的困难不是来自对手,而是来自各方面对我们的压力。如果我们摆不正自己的位置,就会背上包袱。我虽然是

女排队员训练合影(姜英 供图)

比赛暂停时邓若曾指导队员(邓若曾 供图)

主攻手，但是取得胜利，要依靠集体的配合去战胜对手。中国女排的一个优势也就在于全队合作比别人更默契。"

关心中国女排的人们热切地期待着女排姑娘向"四连冠"的目标迈进，能够再捧金杯。这种心情不难理解，可是这种热切的期望，加上"三连冠"的包袱，无形之中给女排队员心理上带来很大的压力。外界似乎已形成一种固定的看法：我们的女排不能输，只能抱金杯回来。

郎平说，上半年中国女排同古巴队六战五胜一负，当她们出访古巴归来时，有人见面第一句话就问她：你们怎么输了一场？人们好像对取胜的那几场比赛都没有什么印象，只记住了失利的那一场。胜了不足为奇，输了便大为惊讶。郎平问："为什么我们女排就不能输球？"

这次世界杯，中国女排主要对手的情况发生了很大的变化。美国队和日本队实力下降，而古巴队和苏联队却处于咄咄逼人的上升势头。古苏两队共同的特点是有高度、有力量，网上优势明显。古巴队队员手臂长，身体素质好，弹跳力强，主力阵容平均身高1.81米，比中国队高1厘米；苏联队队员年轻，体力充沛，平均身高1.83米，两名主攻手都比郎平高。

与这两个队相比，中国女排在强攻上处于劣势，拦网也处在很不利的位置。中国队的长处是快攻战术变化多，团队配合默契，攻防全面，技术较好。但是如果中国队队员临场紧张，发挥不好，或者对方用发球破坏了中国队的一传，中国队的快攻就要受到影响。特别是当古巴队一旦"打疯了"，打得格外顺手时，中国女排输给对手也不是不可能的事情。

甫抵赛场，争分夺秒

袁伟民团长率领中国女排于当年11月5日离开北京飞抵东京，主教练是邓若曾，教练胡进、江申生，12名队员是郎平、杨晓君、侯玉珠、郑美珠、梁艳、巫丹、姜英、杨锡兰、殷勤、李延军、苏惠娟、林国清。由于组委会7日才正式接待各代表队，中国女排下飞机后，乘车前往距东京100公里左右的埼玉县训练和住宿。这是日本女排前著名教练大松博文的夫人帮助联系，由伊藤洋华堂公司负责安排接待的。

笔者也于当天乘坐另一航班抵达东京。采访这次女排世界杯的中国记者共有30多人，是除了东道主日本外媒体人数最多的。日本组委会给记者提供了不错的采访条件，准许我们与各代表队住在同一酒店，到东京之外的赛区时，让记者和各队乘坐同一航班。

世界冠军中国女排抵达日本后，即将开幕的世界杯排球赛的气氛一下高涨起来。早在几天前，一些国家的女排已经不声不响地来到日本，展开了紧张的赛前练兵。古巴女排11月1日就到了大阪大荣公司的排球训练馆，几天来吃住和训练都在那里，并同大荣公司女排打了练习比赛。

夺标呼声甚高的苏联队11月3日抵达东京，一下飞机马上乘车前往千叶县日立女排的训练场，进行赛前训练。日本记者见到苏联女排教练帕特金时，帕特金的脸上好像蒙着一层阴影。因为苏联队18岁的主攻手、9号卡恰洛娃来日本前五天右手突然受伤，手背至今仍然疼得厉害，训练时缠着纱布，不敢用力击球；苏联队主力副攻手、11号切布金娜从大雪纷飞的莫斯科一下飞到比较温暖的东京，适应不了天气变化，患了感冒而无法训练。

各路女排精英纷纷抵达日本之际，东道主日本队却正在汉城参加一场国际女排邀请赛，但战绩不甚理想，先后以0∶3的比分负于韩国队和秘鲁队。

不知从哪里传出的消息说，中国女排在日本的赛前训练对外保密，任何人不得参观。于是，有的日本记者做文章说：连世界冠军中国队也紧张，看来本届世界杯的争夺必将十分激烈。实际上，中国女排11月5日晚上在埼玉县春日部体育馆进行第一次训练时，并没有将冒雨赶来观看的日本记者和当地球迷拒之门外。邓若曾教练说：我们的训练允许参观，只是我和队员们很忙，没有时间接受采访。

几年前，中国女排老队员杨希以其落落大方的风度和精湛的技艺，以及酷似日本著名演员山口百惠的相貌，曾在日本风靡一时。现在，中国队的新秀姜英又引起了日本球迷和记者们的兴趣。也许是1985年4月来日本参加排球赛时，姜英穿上和服后那美丽的身姿，脸上常常露出的纯真的微笑，也许是她在场上那股初生牛犊不怕虎的拼劲，使她在日本赢得了越来越多人的好感。难怪有的日本记者称她为"小杨希"。

日本女排此次由小岛孝治担任主教练，前主教练山田重雄卸任后担任日本排球协会女排强化委员会主席。赛前，山田重雄显得很轻松，面对记者侃侃而谈，详细分析了世界女排诸强现状。山田在论及古巴队时说，18岁的路易斯是近年涌现的世界级扣球手，简直是个天才，说她已经超过中国队的郎平并不过分。她的扣球反弹起来可达15米高，球打在地板上的咚咚声甚至可以压过1万名观众的掌声。路易斯身高只有1.74米，摸高却可轻易达3.35米，她仿佛要把地板砸个窟窿的重扣，任何人都不得不脱帽表示敬佩。

关于苏联队，山田认为她们是中国队的劲敌。苏联队已在短短两年内恢复到高水平，与教练帕特金的努力分不开。他的指导思想是建立一支大型化、具有男子风格、高快结合的队伍，今年开始见到成效，今后这支队伍潜力还很大。

山田对中国女排的分析，充满了一片赞扬声。他说观看中国女排打球是一种高度艺术享受。无论从什么地方进攻都很难攻破中国队坚强的堡垒。山田认为年轻主攻姜英、侯玉珠已完全可以代替引退的名将张蓉芳。中国队二传手杨锡兰的传球技术，郑美珠的攻守技术堪称全面，中国队夺冠呼声最高。

在讲到日本队时，山田说新的日本国家女排建立10个月来已打了近百场比赛。小岛教练体系的特点已经开始形成。日本队的战术组成以二传中田久美为核心，队中缺少突出的强攻手，主要依靠全队的集体配合作战。日本女排起用1.69米的新秀佐藤伊知子这位超小型攻击手，似乎与世界排球队伍不断大型化的潮流背道而驰，但只要看看佐藤的出色表现，看看她的精神气概，就知道小个子运动员也能取得好成绩。他说，佐藤的确是一位不可多得的人才。

先遇弱旅，小试牛刀

本届世界杯开幕式于11月8日晚在东京京王饭店举行，巴西、中国、古巴、韩国、秘鲁、突尼斯、苏联、日本八队按顺序入场，国际排联主席阿科斯塔首先将一个精巧的小纪念杯授予上届冠军中国女排，而赛事的流动大奖杯由中国队队长郎平交还国际排联。正式比赛于11月10日打响。

10日中午，本届世界杯的第一声哨在仙台吹响，古巴队对韩国队，接着巴西队对苏联队。下午5点，中国队在东京代代木体育馆首战突尼斯队，随后日本队迎战秘鲁队。中突之战正如人们所料，是一场一面倒的比赛，中国队仅用35分钟就以3∶0（15∶0、15∶2、15∶1）结束战斗。其中第一局，侯玉珠先发球，一气连发13个球，场上队员轮次没动，比分就成了13∶0。中国队首发六名队员是：郎平、梁艳、侯玉珠、杨锡兰、杨晓君、巫丹。

这次世界杯中国队拉练式的七场比赛先后在东京、札幌、苫小牧、福冈、东京展开，前两轮较为轻松，关键的两场比赛是11月16日、17日在福冈同苏联队和古巴队的交锋。

北上札幌，渐入佳境

11月11日上午，八支女排队伍分别从东京和仙台两地飞抵札幌。中国女排到达旅馆放下行装后，匆匆吃了午饭，马上乘车前往比赛场地训练。队员们精神饱满地完成大会规定的两小时训练后，球兴犹浓，又跑到另外一个学校的场地练了一个多小时，才返回旅馆休息。

11月12日，第二战，中国队用了69分钟才战胜韩国队。对于韩国队的顽强抵抗，中国姑娘有充分的思想准备。她们在赛前准备会上提出，场上不能急躁，要经得起"磨"，比分被咬住也不能紧张。中国队上场的是郎平、梁艳、姜英、杨锡兰、杨晓君和郑美珠。第一局，中国队强攻和拦网打得顺手，以15∶6取胜。第二局，中国队先以9∶3领先，但后因进攻变化少，被对方防守反击，追成8∶10。邓若曾立即叫暂停，让队员们加强跑动进攻，郑美珠、梁艳在二、三号位快攻连连得手，以15∶11拿下第二局。接着，中国队又以15∶5胜了第三局，顺利拿下韩国队。

而后，在同一场地，古巴队以凌厉的攻势战胜巴西队，三局的比分是15∶6、15∶7、15∶6。

不出意外，前两轮的战况比较平稳，从第三轮开始，比赛进入了高潮。中、古、苏三强之间的角逐，场场是好戏。

苏联队和古巴队首先在第三轮交锋。从赛程分析，这对中国队有利。因为苏古两队的主要战术打法和主力队员的特点，都会暴露无遗。不过，由于中国队同时在另外一个场地进行比赛，实际上未去现场观看苏古之战。

13日，古巴女排在札幌仅用67分钟，就直落三局击败强硬的对手苏联队。古巴队赢得如此干脆利落，是许多人赛前没有料到的。

比赛一开始，苏联队就把最好的队员9号卡恰洛娃、11号切布金娜放在前排，这两位勇将从球网左右两侧开弓打得相当出色。苏联队很快以6∶2领先。可惜好景不长，古巴队很快稳住阵脚，11号奥鲁蒂涅尔发球连连得分，3号路易斯、9号卡波特、10号冈萨雷斯三名扣手轮番进攻，比分很快追成6∶6。苏联队队员这时显得沉不住气，接连五次发球失误，把好不容易得到的发球权拱手送给古巴队。另外，拦网原是苏联队的特长，可是在古巴队3号路易斯的四号位强攻面前完全失效了。苏联队竟一气连输13分，以6∶15交出第一局。

首局的失利，大大影响了苏联女将的士气。第二局，她们又处在被动的地位，很快以1∶7落后。苏联队在前两轮比赛中得分最多的切布金娜几次扣球被封回之后，手软下来，动作变形。帕特金教练只好在第二局上半局，就把她换下来，此后一直没再用她。这一局，苏联队曾努力追成9平、13平，然而在关键的时候没有咬住，发球失误，连输两分，丢掉了重要的第二局。第三局比赛古巴姑娘越战越勇，一路领先，以15∶8结束了战斗。

三局比赛，古巴队主动得分的手段——发球、扣球、拦网都多于对手，获胜是理所当然的。在这场较量中，古巴队的进攻为什么能轻而易举地突破对方高大队员的拦网呢？古巴队原来从两边进攻多，特别是四号位的强攻多。对苏联队时，却一反常规，接发球后多次在三号位打快攻球，使对方的拦网顾此失彼。苏联队在比赛中打得拘谨，一味地高举高打，特别是接发球失误多，一传不到位，无法组织有效的快攻。

比赛以后，古巴队主教练欧亨尼奥悄悄走开，让副教练安托尼奥面对记者。安托尼奥说："苏联队今天有些失常，我们发挥比较好，已接近最高水平。明天对中国队，中国队很有经验，技术发挥比较稳定，攻守全面，我们只是在扣球方面好些，其他技术还不行。当然，如果我们发挥得特别好，也有希望打败中国队。"

同日，中国女排在苫小牧市以3：0战胜了第三个对手巴西队，结束了在北海道的比赛。中国队对巴西队比赛的开局，靠拦网封住了对方的进攻，连得5分。随后，巴西队采用跳起大力发球，将比分追上来。在打成6：5之后，中国队连拦带扣得了9分，拿下首局。第二局，巴西队打得有些慌乱，以2：15败北。第三局，巴西队开始打得很猛，特别是8号桑德斯的左手扣杀使中国队很不适应。巴西队曾一度以6：1领先。中国队加强了后场防守和前排拦网，用打吊结合的战术把比分追了上来，最后以15：10结束了这场比赛。

关键两战，经受考验

11月14日上午，各国女排从北海道飞往福冈。中国队主教练邓若曾候机时对记者说："苏联女排对古巴队打得失常，不等于同中国队比赛时也会失常。我们要做好苏古两队都发挥出最高水平，同我们决战的思想准备。"

期待已久的中苏、中古两场关键之战就要来临，这是中国女排自洛杉矶奥运会夺冠后面临的最艰苦的两场比赛。14日下午2点多，中国队住进福冈的全日空旅馆，匆匆吃过饭，就来到比赛场地——福冈市体育馆，进行针对苏联女排的模拟训练。

虽然前三战赢得顺利，人们对于中国队即将迎来的两场比赛，特别是与古巴队一仗还是有些担心。这种担心主要不是在技术方面，而是怕中国姑娘精神上有负担，上场缩手缩脚。出发来日本前，袁伟民对队员说："你们在场上要有一股拼劲，要有那种让对方看了害怕的生龙活虎的面貌。"袁伟民团长和邓若曾教练在抓紧训练之余，分别找队员们谈心，把大家的情绪调动起来。中国队自从孙晋芳等老队员退役后，郎平、杨锡兰和郑美珠等人的担子更重了。在出现逆风球的情况下，全队能不能顶住，扭转局势，这些核心队员的表现非常重要。

前面同巴西队比赛时，袁伟民就特别提出：这场比赛的意义不在于赢球，因为取胜问题是不大的，主要在于打出士气来。迎战劲敌，中国队首先要稳定接好发球。苏联队输给古巴队的一个重要原因，就是一传到位率低，无法组织快攻。中国队要想发挥自己快变战术的特长，必须有良好的一传做保证。其次是拦网，中国队队员的身高和弹跳高度，不如苏联队和古巴队队员，只有靠选择正确的拦网时机和位置，才能组织起有效的网上封堵。

中苏、中古女排大战前夕，记者在福冈还采访了几位排球界人士，请他们谈了对这两场比赛以及本届世界杯前景的看法。

国际排联规则委员会主席马启伟（清华大学著名体育教育专家马约翰之子）告诉记者，他们仲裁委员会的委员经常在一起议论，认为通过前三轮比赛，各队的实力已初见分晓，中古之战很有可能就是冠军之争。究竟谁能夺冠，关键要看临场的发挥。总的来说，中国队的实力略强，但古巴队士气高，特别是3号路易斯表现非常出色。他们认为，中国队如果能够顶住古巴队的前三板斧，把对方的气势压住，就有希望获胜。国际裁判、巴林人纳西布对记者说，中国队技术水平是最高的，古巴队是中国队的强硬对手。对于中古之战的结果难以预料，但这肯定是一场非常激烈的高水平的比赛。

11月16日，中苏之战并没有想象中的激烈，中国队以3∶0打败苏联队。赛后中国队队员也没有表现出特别的兴奋。队长郎平、教练邓若曾平静地接受了记者们的采访后，便和队友们一起乘车回旅馆吃饭，然后又返回体育馆，观看古巴队同秘鲁队的比赛。

中苏女排比赛的第一局稍有曲折，一度令人提心吊胆。这一局开始时，中国队没有费劲就把比分打到11∶1。正当观众以为中国队马上就要拿下首局时，苏联队教练叫了暂停。随后，苏联队连续运用上手重飘发球，破坏中国队的一传，并加强拦网，比分直线上升。由于中国队前一段赢得轻松，突然遇到困难后，便有点儿措手不及，越打越拘谨。苏联队则正相反，放得开，很快把比分追成13平，接着发球成功，以14∶13反超一分。在这关键时刻，中国队两次暂停机会已经用完，场上气氛十分紧张。中国队接发球后，杨锡兰将球传给郎平，郎平急中生智，佯装重扣，却轻轻将球吊到拦网手后，夺回发球权。接着郑美珠发球破攻，郎平一个当球重扣命中，14∶14。其后，双方经过六次转换发球权，无法突破比分。邓若曾换侯玉珠上场发球，对方垫球不到位，只得将球高高传到四号位强行重扣，没想到竟被郑美珠拦网成功，15∶14，中国队扭转逆境且一鼓作气，由郎平一锤定音，以16∶14险胜首局。

此后两局，苏联队似乎失去了胜利的信心，竟然来了个大换人，让12名队员轮流出场，致使场上未能形成一个有力的阵容，中国队比较轻松地以15∶2、15∶5连胜两局结束战斗。

24小时后，同一场地上，中国女排在近5000名热情的福冈观众面前，经过四局110分钟的苦战，以3∶1战胜了咄咄逼人的古巴队。比赛开始后，古巴队攻势凶猛，3号路易斯和9号卡波特频频大力劈杀，很快以7∶3、9∶5领先，中国队奋力追成9平、10平。可惜又连失4分，10∶14落后，眼看就要丢掉第一局，中国队竟奇迹般地连拿6分，夺下首局。

第二局，中国队士气上升，以15∶7再胜一局。第三局，中国队又先以2∶0领先，这时，似乎稍微松了一口气，马上被古巴队抓住战机，连得10分，中国队虽然努力追赶，但为时已晚，以5∶15输掉此局。第四局，双方争夺达到白热化，比分差距始终没有超过3分。中国队在10∶12落后时，郎平重扣成功，又发球得分。接着，侯玉珠打探头球，落地开花，郎平再扣中一个球，反以14∶12领先。最后，古巴队3号路易斯扣球出界，才结束了这场比赛。一位国际排球界人士说，已经一年多没有见到这么精彩的比赛了。

此役中国队布阵有新变化。第一局双方阵容一亮相，观众便发现中国队的第二主攻手姜英不见了，取而代之的是4号侯玉珠。人们记得，前一年奥运会中美女排决战时，侯玉珠在第一局14∶14时上场，发球连连得分，被称为秘密武器。如果说当时袁伟民起用侯玉珠，意在改变一下节奏，并非有意把她当作秘密武器使用，那么，邓若曾这次却是有意识地把侯玉珠当作秘密武器。起用侯玉珠打古巴队的想法，早在兴城集训时，他就考虑了许久，布下了这一步棋。为什么不用前几场打得非常出色、日本报界评价很高的姜英呢？比赛后邓若曾披露，古巴队的拦网和后排对位防守，对于斜线扣杀很适应，而对于四号位打出的直线球不适应。侯玉珠扣球的特点就是手腕动作较好，善于打直线球。比赛中，仔细的观众可以发现，侯玉珠和郎平扣直线球得分很多，并且利用打手出界球也得了不少分。中国女排在比赛时还使用了一种新技术——高压吊球。这种技术介于快球和吊球之间，似扣非扣，似吊非吊。用五个手指迅速把球压到对方场地中，它比快球和吊球都难防。

这场比赛扣人心弦。第一局中国队还差一分就要输掉时，我在看台上真为中国队捏着一把汗。如果第一局输了，中国队后几局就更难打，古巴队很可能越打越"疯"。在这关键时刻，只见中国女排队员反倒显得格外沉着冷静，一传到位率很高，快攻、拦网都赶在点子上，一分一分地追上来，终于连得 6 分，以 16：14 反败为胜。

正如袁伟民团长所说，这次比赛对中国女排是个新的考验。在对方打得好、形势不利的情况下，会不会乱套，核心队员能不能发挥作用，有没有办法和措施扭转局势，这些都很重要。这几个球可以说是中国队在整场比赛中打得最好的，体现了中国女排在困难面前敢于拼搏的顽强精神，也打出了中国队能攻能守、能高能快的技术特点。郎平一个人连扣带拦，得了 4 分，充分发挥了核心队员在场上的骨干作用。其他人也都打得很好。杨晓君拦网得 1 分，郑美珠发球拿下最后 1 分。

赛后技术数据表明，四局下来，双方的小比分加在一起，中国队的优势很小，只多 3 分。中国队扣球得 24 分，比古巴队还少 1 分；中国队拦网得 10 分，比古巴队多 1 分；在扣拦方面，两个队可以说不相上下，但是古巴队的实际扣球成功率高于中国队。古巴队总的扣球次数为 198 次，成功率达到 49%；中国队是 202 次，成功率 45%。中国队发球得 5 分，比古巴队多 1 分，而在失误方面，古巴队比中国队多 2 分。由于自己失误丢失发球权，古巴队比中国队多 6 次。恰恰是在这方面表现出古巴队的弱点，说明这支队伍还不成熟。古巴队攻击力虽强，但在攻守转换、串联技术、小球处理上不如中国队。这正是古巴队这场比赛失利的一个主要原因。

赛后第二天日本报纸评论说，中国队打败古巴队，是向着夺取世界杯的最后胜利迈出了决定性的一步。八支队伍中，保持全胜的只剩下中国队，后面对秘鲁队和日本队的两场比赛，中国队取胜也不会有大问题。评论普遍认为，中国队战胜古巴队的关键因素，在于以郎平为首的核心队员发挥了作用。中古之战可以认为是郎平与路易斯的一次较量，郎平以经验和技巧占了上风。

重返东京，七战七捷

结束了福冈赛区的比赛，世界杯进入尾声，18日各队转场回到东京。19日开始第六轮比赛。中国女排以3∶0（15∶7、15∶7、15∶10）战胜秘鲁队。中国队同秘鲁队的这场比赛打得比较沉闷。中国队队员由于前两场连续苦战，体力消耗非常大，显得有些疲倦。主攻手郎平打到第二局上半局就下场休息。前晚，郎平在旅馆突感不适，头部剧痛，几乎晕过去，经医生治疗才有所好转。

中国队六战六胜，只剩下20日与日本队的最后一场比赛。古巴队是五胜一负，苏联队、日本队都是四胜二负。最后一轮，古巴队对突尼斯队是稳操胜券。中国队如果能胜日本队或仅以2∶3失利，都稳获冠军；如果以1∶3失利，与古巴队计算小分决定冠亚军；如果是0∶3失利，古巴队获冠军，中国队就只能获第二名。日本女排教练小岛孝治在同古巴队的比赛结束后对记者说，日本队20日会拿出全部力量同中国队决一死战。他说，日本队输给古巴队是由于士气不高、配合不好，但主要原因是缺少强有力的扣球手。

20日，中国女排又经历了一次考验，面对代代木体育馆内1万多名

女排队员们夺冠后领奖（邓若曾 供图）

观众为东道主加油的叫喊声，以及日本队的顽强奋战，中国队沉着镇静，正常地发挥了水平，直落三局战胜日本队，以七战全胜的成绩再次荣获世界冠军。

中日女排比赛是本届世界杯的最后一场比赛。战局拉开后，日本队在观众的声援下发挥不错，顶住了中国队的重扣，以5∶3领先。中国队加强拦网，用攻击性发球破坏对方的一传。队长郎平虽身体有些不适，仍坚持奋战在场上，给队友们极大的鼓舞。大家齐心协力，很快扭转局势，以15∶8拿下第一局。第二局和第三局，中国队的士气越打越旺，网上占据了明显的优势，以15∶5、15∶6结束战斗。

1985年女排世界杯至此全部结束。中国队夺冠，古巴队获得亚军，苏联队获第三名，日本队第四名，第五至八名依次为秘鲁队、巴西队、韩国队、突尼斯队。

看似顺利，暗藏隐忧

11月20日晚，世界杯结束后，中国女排代表团团长袁伟民向随队记者发表了看法。

袁伟民说，这次比赛强弱队比较分明，因为许多队还不成熟，场上的发挥起伏比较大，这是年轻队伍的常态。用发展的眼光看，欧美各队未来几年可能会有较大进步，特别是古巴队。该队雄心勃勃，技战术水平提高很快，正趋于成熟，是本届比赛表现比较突出的一支队伍。苏联队是一支有实力的队伍，这次发挥不太正常，对中国队和古巴队两场关键比赛打得不好，估计除了队伍还不成熟，基本技术不够全面等原因外，主要是精神和心理状态不太好。

从技术、战术方面看，奥运会以后还没有出现大的变化，明显的新技术是巴西队使用的跳发球，女子选手在大赛中应用这一技术还是首次。世界女排技战术总的发展方向是全面、快速、变化、高度和力量。这次比赛高水平的球赛只有一场，就是中古之战。双方发挥得都很不错。我们胜在技术全面上，四局总比分我们赢3分，就是赢在失误比对方少。

十多天来，我辗转于日本数座城市，白天看球采访，晚上写稿发稿，此时感觉非常疲惫，但依然要打起精神，为本报赶写这一届比赛的述评，谈个人的一些看法。

世界杯闭幕当晚，我采访了国际排联主席阿科斯塔。他称赞中国队是国际排球界的一个榜样，认为中国女排之所以能成为一支"超级球队"，不仅仅在于具备良好的技术和丰富的经验，还和中国姑娘们表现出的那种惊人的意志分不开。他说，中国队每一次都是经历了十分艰苦的较量，战胜很强的对手，最后登上冠军宝座。

自从中国女排1981年第一次夺冠以来，换了几茬队员，但是全队勇于拼搏、不怕困难的光荣传统却始终保持着。这种拼搏精神来源于女排姑娘对祖国、对事业的高度的责任感，同时也和队里坚持进行深入细致的思想工作密切相关。这次比赛，中国队面临着实力日渐上升的古巴队和苏联队强有力的挑战。赛前，一些队员精神负担重，前两轮比赛全队的士气显得不那么旺盛。队里领导和教练及时开展有针对性的谈话，帮助队员全面分析困难和有利因素，增强大家的斗志，做到人人放下包袱，轻装上阵。

对古巴队和苏联队的第一局，中国队都遇到差一分就要失利的险境，但最终还是能够反败为胜。这看起来带有一点儿侥幸成分，然而，如果没有平时在意志和作风方面的磨炼，没有坚定的自信心的培养，没有扎实的技术基础，是不可能在重大比赛的关键时刻经受住考验的。

洛杉矶奥运会后，世界女排诸强的格局开始发生改变，本届世界杯进一步证实了这种变化。美国女排由于塞林格教练以及海曼、克洛克特、格林等主力队员相继离队，在短期内已不可能恢复元气。日本女排自江上由美、三屋裕子等老将退役后，也处于青黄不接的境地。日本队为缺少理想的高大队员而苦恼，然而即使找到身材较高的年轻队员，也还有一个能否培养成全队栋梁的问题。

取代美国队和日本队位置与中国女排抗衡的是古巴队和苏联队。古苏两队的飞速进步，使人不得不刮目相看。古巴队在网上攻击力方面已达到甚至超过中国队和全盛时期美国队的水平，只是在攻守衔接以及经验方面略显逊色。国际排球专家一致认为，待到1986年世界排球锦标赛时，古巴队对中国队来说，就是很大的威胁了。苏联女排在这次比赛中没有表现出应有的水平。从发展的眼光看，苏联队提高技术水平的潜力甚至超过古巴队。苏联女排最令人羡慕的是那批年轻选手的身体条件。虽说光靠身高威胁对方是不够的，但是一旦这些高大而灵活的运动员掌握了小个选手擅长的快攻技术和防守技术，苏联女排就会像苏联男排一样难以对付。

其他各路女排劲旅，如南美的巴西队、秘鲁队，亚洲的韩国队等，都在不断进步。但总的来讲，这些队的实力与中、古、苏三队尚有一段距离。因此今后一段时间内，世界女排将保持中、古、苏三强鼎立的局面。

日本报纸对参加本届世界杯的八支队伍做过统计，中国女排平均年龄为22.5岁，是各队中最大的。苏联队平均年龄为21.9岁，古巴队只有20.9岁，秘鲁队最小，只有19.9岁。中国队12名选手中，20岁以下的仅有巫丹一人，且在整个比赛中很少上场。而古巴队18岁的路易斯，苏联队18岁的卡恰洛娃、20岁的切布金娜，都已成为队里的主力，场场都上。

　　从这一点来看，中国队的后备力量显得不够雄厚，若不引起重视，将是中国队今后的一个隐忧。当郎平退下来后，谁能顶替她？这是人们非常关心的一个问题。中国女排前几年的新老交替比较成功，基本上没有影响全队的实力。同样的课题又摆在中国队面前。这次第四度夺冠为中国女排增添了新的光荣，同时在某种意义上说，又增加了新的压力。

　　世界女排此后十几年的发展态势，印证了本届世界杯所展示的诸强格局变化。苏联队于1988年、1990年先后夺得奥运会和世界锦标赛冠军。古巴女排参加1986年世锦赛时，由于主力路易斯怀孕生子，影响了发挥，延后至1989年首夺世界杯冠军，其后统治了整个90年代女子排坛，从1991年起连夺女排世界大赛八个冠军。而中国女排在郎平退役、主教练连续更迭的背景下，队伍青黄不接，未能涌现如郎平那样的出色新秀，渐渐陷入低谷。

　　回首当年采访第四届世界杯的每一天，令人难忘，让人感慨。中国女排历经风雨，几起几落，目前水平仍然保持在世界前列，无愧是体育战线的一支标兵队伍。往后，女排姑娘将无数次踏上新的征途，我们祝福她们，关注她们，期待她们取得更好的成绩。

第五冠

编者按

中国女排在"四连冠"后，世界女排强队的实力升降趋势日益明显，特别引人注目的是古巴女排的崛起，随着路易斯等超级名将的不断成熟，中国队受到了显而易见的威胁。加之主教练邓若曾赛前三个月因病辞职，中国女排前景堪忧。而我们选择撰写这次不寻常的夺冠之旅的记者，也遇到了出乎意料的困难。查看当年的新闻稿，三名长期报道排球比赛的德高望重的资深记者竟有两位去世，一位封笔。

新华社记者高殿民身兼数职，其中，国际排联新闻委员一职确定了他在世界排球宣传工作中的地位和权威。我常常在世界大赛赛场见到他，也常与他交换意见和探讨问题，他不仅工作能力令人信服，为人更是和善且平易近人。这次比赛他以新华社记者的身份发了不少稿子。但就在国际排联专门为他颁发终身奖的当天，他突然离世。《中国体育报》特派记者黄稚文也因病去世。令人遗憾的是，一位优秀资深的著名记者此前已封笔。

不得已，我只好将他们公开发表的文章编辑成一稿，因细节较少，我又专门采访了宋世雄老师，以真实地记录那些难以忘怀的历史。

这次夺冠，多少都有一些"运气"成分。临时上任的主教练张蓉芳是中国女排的大功臣，技术全面出众，比赛经验丰富，但她首次执教，不免心慌紧张。因为她带领的"四冠王"的目标是"五连冠"，压力非同小可。已身为国家体委副主任的袁伟民虽是代表团团长，但比赛期间常常参加队伍的准备会，比赛时就坐在场地旁边，时时刻刻鼓励着姑娘们，也给这位新教练吃了一颗定心丸。而那个意外的"运气"是中国队与古巴队决战之时，古巴核心得分手路易斯刚生产不久，这大大影响了她的体力和实力，甚至使她无法完成全场比赛。

袁伟民率高徒创"五连冠"纪录

杨玛琍

1986年9月2日至13日，第十届世界女排锦标赛在捷克斯洛伐克举行。中国女排以八战八胜的战绩取得冠军，创立"五连冠"伟业。

第五次夺冠，虽然没有产生1981年首获世界冠军和1984年首夺奥运会金牌那样的轰动效应，但也出现不少难忘的、引人注目的事件。其一是中国女排赛前三个月换帅，"三连冠"功臣张蓉芳首次率队就出征世界锦标赛；其二是立志战胜卫冕冠军中国队，勇夺世界冠军的古巴女排，赛前其主要得分手路易斯在教练不知情的情况下生下女儿，并在月子里便随队出征；其三是中国女排冲破重围，八战全胜，成为第一支在世界排球三大赛中取得"五连冠"的女子排球队；其四是诞生了首位"五连冠"选手——中国队的梁艳。细想比赛的全过程，确有许多热点和值得永记的场面。

新老强队虎视眈眈

尽管中国女排已经享有威震四海的"四连冠"殊荣，但队伍的新老交替，特别是新教练、新队员、新阵容都存在着许多不确定因素，这为老对手和新强队都增添了不少遐想和取而代之的动力。老牌劲旅苏联、日本、美国等队看到了可乘之机，新锐古巴、民主德国等队也是虎视眈眈，跃跃欲试，似乎打败中国女排的希望出现了。

1986年1月举行的世界明星联队对中国队的比赛结束后，日本《排球》杂志邀请了世界著名教练山田重雄（日本）、欧亨尼奥（古巴）、帕特金（苏联）进行座谈，重点议题是展望1986年世界女排锦标赛。其中，欧亨尼奥信心满满地表示，尽管这几年世界各队水平提高迅猛，夺冠愈加困难，但他们的目标仍然是在1986年世界锦标赛上拿奖牌。但是，比赛结果与小组赛排列、抽签等因素有密切关系，他认为，如果没有大的意外，中、古、苏、美将会进入前四名。其中有实力挑战卫冕冠军中国女排的是古巴女排，苏联女排也有可能。

帕特金也不甘示弱，他认为，世界女排锦标赛有可能与1985年世界杯赛相似，再次出现中、古、苏间的决战。

山田重雄也有同感。他说，古巴队、苏联队的目光都集中在金牌上，现在美国队进步惊人，秘鲁队的塔伊特归队，荷兰队也具有一定实力，还有正在备战汉城奥运会的韩国队。这些队伍对日本队都存在着潜在威胁。然而，他仍然觉得冠军非中国队莫属。

当被问及"哪个队能率先打败中国队"时，欧亨尼奥说："我们队最有可能。1985年，我们与中国队共打了七场比赛，两胜五负，我们队的实力还远不如中国队，但比赛中确实出现了许多激烈的场面，我们有可能打败中国队。"苏联队如果真正发挥水平也是有可能与中国队激战的。帕特金说："在大型世界比赛中，我们想打败中国队的愿望比哪个队都迫切。"但现在古巴队抢先了一步。

山田重雄却说："二位雄心勃勃、争先恐后要打败中国女排，依我看现在不是谁先打败中国女排的问题，而是中国女排不会轻易输给哪个队。去年世界杯中古、中苏两场比赛，让我再次领教了中国女排那种坚不可摧的顽强斗志。中国女排在两场比赛中都是开局不利，对苏联队的第一局以10∶14落后，关键时刻中国队场上场下毫不惊慌，这种潜在力量已经超出了一般人的体力和技术。要想摧毁这种精神实力谈何容易。"

帕特金再次回忆那场比赛，他说："那场比赛的第一局败给中国队完全出乎意料，我们第二、第三局仅拿到2分和5分。"欧亨尼奥承认："不管我们打得多么漂亮，结果都是输了。我对中国女排的评价很高，山田先生的评价更高。"

山田重雄说："中国女排成为世界女排的霸主对我们是很大的激励。她们除了郎平外，姜英、郑美珠、梁艳这些队员的高度和力量，与日本队的队员没有大的区别。人家能拿世界冠军，我们加把劲也能做到。这才是我称赞中国女排的真正意图。"

欧亨尼奥坦言："总而言之，不打败中国队我们就无法称霸世界排坛。在这一点上我们三人的观点是一致的。"

至此，可以看出，世界最强队伍的教练几乎达成了共识，就是要全力战胜中国女排。在世界锦标赛之前的半年多时间里，各路强手似乎已经形成了对中国女排的围攻之势。

5.5 与 4.5 的实力对比

在第十届世界女排锦标赛前，国内外各新闻媒体纷纷发表预测文章，围绕着"中国队能否卫冕""古巴队是否能取而代之"各抒己见。其中，新华社记者《从"难"说起》的文章颇有见地。

文中写道：中国女排能否夺得世界锦标赛冠军，实现"五连冠"？随着第十届世界女排锦标赛的临近，这已成为牵动亿万球迷的热门话题。但从国内新闻媒介的赛前报道来看，无论在规模，还是声势上都远不如以往。究其原因，可归结为一个"难"字。

该文章在论述世界女排格局的一段中，特别强调古巴队的崛起。文章指出，在当年 5 月中国举办的"海鸥杯"上，古巴队曾以 3∶0 战胜中国队，说明她们已经成熟。用袁伟民的话说，古巴女排的表现，说明其实力已经在中国女排之上。然而，更重要的是这个 3∶0 对双方心理的巨

女排成员合影（梁艳 供图）

大影响。古巴女排教练欧亨尼奥也认为，3∶0并不重要，其意义在于打破了古巴队队员心中"中国女排不可战胜"的神话，使她们建立起在世界锦标赛上战而胜之的信心。文章指出，有人说，古巴队与中国队的实力已达到5.5∶4.5，并不过分。

文章提出，代表欧洲力量型的苏联队，在帕特金执教后，一改过去高举高打的传统打法，吸收亚洲的快攻和平拉开战术，利用身高的优势，加强网上的实力，进步不可低估。本次比赛，中苏两队分在同组，小组赛成绩直接带入第二阶段，苏联队必然会全力以赴。帕特金甚至表示，他们打败中国女排的心情，特别是在重大的世界比赛中打败中国女排的心情，比哪个队都迫切。这次无疑是一次机会。

郎平退役，主教练易人，老队员杨锡兰、梁艳有伤，新手尚难独当一面。张蓉芳和郎平首次挑起教练员的重担，而且仅带队进行了三个月的训练，能否胜任也众说纷纭，难下定论。

新华社文章还首次提及了"要允许中国女排输球"的观点，有人说起中国女排输球，就觉得是很难理解的事情。实际上，中国女排自1981年首次夺得世界杯冠军后，就一直在胜与负的反复中闯荡，从来没有一帆风顺的时候，正是在这些曲折的、惊心动魄的奋斗之中，中国女排才一步一个脚印地走到今天。这中间显示了教练员的智慧、运动员的团结和对理想的追求，形成了中国女排的拼搏精神。

文章特别提及：实力不等于金牌，中国女排的实力稍逊古巴女排，但并非没有战胜的可能。在世界最高水平的大赛中，每个队都将接受技术、心理、意志、体力等多方面的考验，而不仅仅是实力的较量。上届世锦赛，实力明显高于对手的美国队大意失荆州，在半决赛中败给秘鲁队，失去了与中国队争夺冠军的机会。这说明在错综复杂、瞬息万变的激战中，各种情况都可能出现。古巴和苏联两队都急于在世锦赛中打败中国队，哪个队能担保这种急于求成的心理不会干扰运动员的情绪？

中国女排打逆风球从不手软，全队配合默契，基本功扎实，攻守均衡，战术灵活多变，有团结一致、顽强拼搏的作风，夺魁实现"五连冠"并非无望。

《中国体育报》也连续发文，认为中国女排将"面对五年来最严重的挑战"，并提及：（20世纪）70年代后期，世界女排的基本形势是我进彼退。从1976年袁伟民重新组建中国女排到1986年世锦赛，已经过去了整整十个年头。这十年，我们又可以把它分成前五年和后五年两个阶段。70年代后期，称霸世界排坛多年的苏联女排，由于打法陈旧、青黄不接，实力明显下降。日本女排度过了鼎盛时期之后，由于队员身材高度跟不上世界形势的发展，也于1978年著名选手白井贵子等人退役之后，开始走向下坡。而由塞林格率领的美国女排，虽然实力雄厚，但由于种种原因，始终未能全面具备夺取世界冠军的条件。世界各队的强弱也开始分化，由袁伟民率领的中国女排，集中了一批优秀选手，几易寒暑，砥砺春秋，终于在组队的第五个年头获得1981年世界杯冠军。

此后几年，作为众矢之的的我国女排虽几经调整，但实力不减，历尽艰辛，又先后获得1982年世锦赛冠军、1984年奥运会冠军，从而实现了"三连冠"大业。

文章指出，1984年洛杉矶奥运会后形势的发展是彼长我消。在这以后，袁伟民另有新职，张蓉芳宣告退役。应该说，这两个人的离职对我国女排产生了空前的、举足轻重的影响。1985年，中国女排虽挟"三连冠"余威又一次夺得世界杯冠军，但主力队员年龄偏大，伤病较多，年轻队员一时补充不上，队伍的状况远不如80年代初期。冠军得来已十分吃力。

文中这样写道：与此同时，苏联队从单纯的高举高打的死胡同里走出来，发展了快速打法，实力迅速增强，已构成了对中国队的严重威胁。古巴队后备力量培养取得实效，随着路易斯的出现，卡波特、拉·冈萨雷斯等人的日益成熟，全队防守反击能力明显提高，使欧亨尼奥教练信心百倍。当年年初，中国队访问古巴时，曾以0∶3失利。5月份，古巴队到中国参加国际邀请赛，又以3∶0再胜中国队。教练欧亨尼奥说："我们有信心、有能力夺取今年世界锦标赛的冠军。"

中国女排确实面临着1981年以来最严重的挑战。

赛前中国女排在接受记者采访时，就有了中国队与古巴队实力之比是4.5∶5.5的说法。而《中国体育报》的《5.5与4.5的实力对比》一文，在分析中国队与对手的实力差时，用了两次这个数字，即中国队与苏联队的实力之比是5.5∶4.5，而中国队与古巴队的实力之比是4.5∶5.5。

中国队在小组赛、复赛和决赛阶段共有八场比赛，其中实力最强的对手就是小组赛相遇的苏联队和之后可能遇到的古巴队。苏联队队员平均身高为1.84米，身体素质好，扣球力量大，扣球和拦网都占一定优势。攻击手切布金娜和卡恰洛娃都曾入选世界女排明星队。年轻选手尤莉雅身高达1.93米，左手进攻，发球和二号位扣球都颇具威胁。但二传手技术不够理想，战术组织水平不及中国队。另外，苏联队技术不够细腻，串联衔接不够熟练、默契。总之，苏联队有实力但不十分成熟。而且，他们急切想战胜中国队，很难摆脱心理压力，往往打得拘谨，不能充分发挥水平。因此，从身体素质、技术水平、战术意识、比赛经验、意志品质、替补力量、竞技状态、临场发挥等八个方面对比，中国队以5.5∶4.5占有优势。如果双方都正常发挥，中国队应能取胜。

然而，古巴队的情况却不同。自1978年获得第八届世界锦标赛冠军之后，由于运动员青黄不接，古巴队在历次世界大赛中没有再进过前四名。但是，一批条件出众的年轻选手涌现出来，经过一段时间的锤炼，已达到世界一流水平，而且接近巅峰状态。她们不仅网上优势明显，防守反击水平也有很大提高。中国队郎平退役后，强攻能力下降，双方实力相比，中国队处于微弱劣势。

古巴队比赛兴奋性高，持久性不足，不善于打"逆风球"，在久攻不下的情况下容易急躁。中国队虽缺少突出的主攻手，但技术全面，配合默契，场上没有明显的漏洞，失误少，比赛作风也十分顽强。此前双方比赛七场，中国队五胜二负，不少场次是在比分落后的情况下反败为胜。可见只要放下包袱，摆正位置，主动去拼，不被对方的气势压倒，以坚韧不拔的毅力顶住对方强大的攻势，力争拿下第一局，在气势上压倒对方，中国队战胜古巴队的希望仍然很大。

"定海神针"心系女排

中国女排提前一周到达第十届世界女排锦标赛的举办国捷克斯洛伐克。

1986年8月25日，中国女排代表团到达布拉格的鲁津机场，团长袁伟民将中国女排在第九届世界女排锦标赛夺得的冠军杯，郑重地交给前来欢迎中国代表团的组委会代表胡穆·哈尔先生。胡穆·哈尔先生接过奖杯并表达了希望中国女排能够重新拿回这座奖杯的祝愿。中国女排在布拉格未做停留，便连夜赶到小组比赛所在地皮尔森，第二天上午就进行了第一堂训练课。

参加本届世锦赛的十六支队伍先分为四个小组，分别在不同城市同时进行单循环比赛，小组赛前三名取得复赛资格。第一、三组前三名和第二、四组前三名再分别组成两个小组进行复赛，小组赛相遇过的队伍不再进行比赛，成绩带入第二阶段复赛。第二阶段复赛获小组前两名的四支队伍进入交叉半决赛。半决赛的两支胜队争夺冠军，两支负队决出第三名。

中国队分在第二小组，同组还有苏联、民主德国和突尼斯三队。

参加本次比赛的中国女排，领队是杨希，主教练是张蓉芳，教练是郎平和江申生，运动员是杨锡兰、梁艳、郑美珠、杨晓君、姜英、侯玉珠、李延军、苏惠娟、巫丹、殷勤、胡小凤、刘玮。

这个名单里的教练员和运动员，与1985年夺得世界杯冠军时相比，主教练和主要得分手易人是最大看点。所以《中国体育报》在全面分析了世锦赛前中国女排面对的现实困难后，在《艰难的使命》一文中，主要提及的是赛前更换了主教练这件事。战前易将一向是兵之大忌，带兵作战如此，体育比赛同样如此。当年6月主教练邓若曾因身体原因请求辞职，当时离世界锦标赛已不足三个月。面对这一突发情况，有关方面决定将此重任交给中国女排原队长张蓉芳和现任队长郎平。

在如此困境之下，上任两个多月就要出征最高水平的排球赛事，一向豪爽开朗的张蓉芳也不禁沉思良久。她深爱中国女排，同时也深知当前的难处，挑起中国女排主教练的担子，确实要承担很大的风险。可是，她还是满怀信心地接受了这项任务。事后她在接受采访时对记者说："我有14年打球的经验，对中国女排也有深刻的了解，在老教练的帮助下，我有信心把队伍带好。"她原来的职务是四川省体委副主任，接受中国女排主教练的职位后，张蓉芳白天带队训练，晚上研究工作，和队员谈心，星期天也很少休息，表现出很大的干劲。杨锡兰、杨晓君等老队员都感动于张蓉芳的献身精神。她们说："教练敢抓、敢管，训练抓得很细，而且以身作则，大家都信服她。"

郎平和张蓉芳是肝胆相照的战友。接到任命时，郎平正因为积劳成疾在接受治疗，立即从医院赶回队里，和原教练江申生一起全力协助张蓉芳工作。训练计划共同研究制订，有问题一起研究解决。共同的理想，共同的愿望，使这两位本来就亲如姐妹的主攻手，配合得更加协调、默契。张蓉芳、郎平走马上任不到三个月就迎来了世界锦标赛这样的大考。面对自身实力不如以前，对手却越来越强的局面，她们能否把控？作为心系女排的团长、老教练、国家体委副主任，袁伟民也担心：她们作为教练经验太少，时间太短，要驾驭一支荣获过世界冠军的队伍，谈何容易？袁伟民有空就会到训练馆去转转，有机会就找她们谈心，谈谈自己当年的体会，再三强调做教练的心态和指挥比赛的艺术，反复交代需要注意的点，并告诉她们，最重要的是，即使困难再大，也要不失信心地尽最大努力，争取最好的结果。他说，现在场上没有郎平这样"一锤定音"的明星，就要靠大家相互弥补、取长补短来打集体战术。

两位新教练有问题就向老教练请教，他总是耐心传授，甚至提到了连丢3分就要考虑暂停，指挥语言要简明扼要，布置战术要及时果断，关键时刻要用人不疑，疑人不用等细节。

张蓉芳和郎平都特别敬佩袁伟民，决心要像袁指导当年带她们那样把队伍的技术练精，作风练硬。备战期间，她们决定改变原来到外地夏训的计划，留在北京，希望能够更多地得到袁伟民的指导和帮助。而袁伟民也常常参加她们的会议，观看她们的训练和比赛，不时为她们出主意、想办法，解决困难。本次比赛袁伟民又以代表团团长的身份一起来到捷克斯洛伐克。其实，袁伟民就是她们的定心丸，是中国女排的定海神针。出征世锦赛的中国女排有一个临时的、团结的、坚

主教练张蓉芳（中）和队员梁艳（右）、巫丹（王文泉 摄）

来自福建的第五冠运动员侯玉珠（左）和郑美珠（王文泉 摄）

强的领导小组，由团长袁伟民，领队杨希，主教练张蓉芳，教练郎平、江申生等人组成。

临危不惧，团结拼搏

1986年9月2日，中国队迎来首战对手民主德国队。

中国队是卫冕冠军，民主德国队是公认的后起之秀。如果双方正常发挥，中国队取胜应该是没有问题的。

然而，事与愿违。比赛一开始，平均年龄21岁，平均身高1.83米的民主德国队，就摆出了一副"初生牛犊不怕虎"的架势，打得很放松，很兴奋，斗志昂扬，敢打敢拼，充分发挥了水平。特别是身高1.9米的主攻手奥尔登堡，其凌厉的高点强攻颇具威胁，给中国队打了个措手不及。中国队则显得有些拘谨，放不开手脚，失误偏多，以12∶15先失一局。这是赛前万万没有料到的。第一场比赛，第一局便失利，这也是以往参加世界大赛很少遇到过的状况。

民主德国队似乎是打"疯"了，大有乘胜追击之势。坐在场边的中国记者都有些心急火燎了，担心开赛首日便爆出"冷门"。可是，场上队员并没有慌乱，自第二局发球开始，她们就冷静下来，打得有板有眼，在技术上互相弥补，在情绪上互相鼓励，齐心协力。队员们每球必争，以快速多变的战术，打乱对方的节奏，很快就化险为夷，并一鼓作气，以15∶6、15∶10、15∶4连扳三局。赛后，主教练张蓉芳并不满意，在新闻发布会上，她说，中国队虽然取得本场比赛的胜利，但并没有充分发挥出自己的实力。

这场比赛，是张蓉芳出任中国队主教练指挥的第一场大赛。去赛场前，她特意多加了一条裤子，但紧张起来还觉得腿在发抖。郎平似乎很镇静，赛前一再给张蓉芳壮胆，叫她放松点儿。可是，比赛一打响，她坐在张蓉芳身边做场记，手里的笔总是滑落到地上。赛后，袁伟民却表扬她们"表现不错"，他说："紧张是正常的。"

　　小组赛的首场比赛顺利渡过难关，第二场对突尼斯队的比赛没有任何悬念，3∶0轻松过关。然而，中国队在皮尔森还有更强的对手，就是9月4日举行的小组赛第三场中，自称最迫切要打败中国队的苏联队。

　　现场记者曾采访苏联队主教练帕特金，他满怀信心地表示苏联队已经做好充分准备。但开赛前他却改口，说女人的心思最难琢磨，比赛谁胜谁负只能由她们自己决定。

　　然而，比赛并未如帕特金所愿，苏联队在小组第二场对民主德国队的比赛中便大失水准，也可称之为"大意失荆州"。开始苏联队打得很顺，连胜两局之后，似乎感觉胜券在握，第三局精力分散，被民主德国队以15∶11扳回一局，接着第四局又以0∶8落后。帕特金涨红了脸，暂停后，用四名替补队员换下了大半的主力队员，仍无回天之力，6∶15再负。决胜的第五局，民主德国队仍然很兴奋，而苏联队却很沉闷，又以9∶15失利。此役失利，使苏联队陷入十分尴尬的境地，如果此后民主德国队保持不败，苏联队就很难取得进入前四名决赛的机会。她们完全失去了掌握自己命运的主动权，成绩排名均要看民主德国队的胜负。所以，小组赛最后一役对中国队的比赛成绩就举足轻重了。

　　中苏交战受到当地观众、记者、专家的高度关注，皮尔森市的2000多名观众，在火车头体育馆兴致勃勃地观看了这场扣人心弦的精彩比赛。这场比赛对双方来说都至关重要。苏联队以2∶3输给民主德国队后，不得不背水一战。中国队要卫冕成功，也必得闯过这一关。

比赛一开始，双方就摆出了决赛的阵势。中国队仍然和首战阵容一样，梁艳、杨锡兰、杨晓君、姜英、侯玉珠和郑美珠首发出场，苏联队也尽遣卡恰洛娃、切布金娜、奥古廷科等六名主力上阵。第一局，斗志昂扬的中国姑娘旗开得胜，打得十分顺手，侯玉珠和杨晓君在四号位、二号位的重扣和梁艳的快攻频频奏效，很快就以10∶2领先。不甘落后的苏联队发挥网上优势，又扣又拦，连得7分，追成9∶10。中国队沉着冷静，加强拦网和防守反击，连得4分。最后，凭借梁艳的一记快攻，夺回发球权。中国队发球直接得分，以15∶9获得首局比赛的胜利，用时26分钟。

第二局，苏联队换上身高1.93米的重炮手朱丽娅，场上六名队员不仅进攻打得漂亮，防守也非常出色，曾以10∶4遥遥领先。中国姑娘在局势十分不利的情况下，不慌不忙，在队长杨锡兰的带领下，团结一致，奋起直追，采用打吊结合战术，使对方连连失误，扭转了战局，一口气连得10分，以15∶11再下一城。

第三局，中国队开局打得很成功，凭借姜英的轻吊与重扣，梁艳的快攻和郑美珠的灵活穿插，中国队很快就以6∶2领先。但是苏联姑娘也毫不示弱，切布金娜等人凭借有力扣杀，连连得分。而后，双方争夺愈加激烈，6平、7平、8平、9平，苏联队反以12∶9超出。在这关键时刻，姜英毫不手软，几次四号位平拉开命中，将比分追平并以14∶12反超，最终中国队以15∶13取胜。比赛结束时，全场响起长时间的雷鸣般的掌声，许多热情的观众向中国队表示祝贺。至此，中国队小组赛三场全胜，仅负一局。

纵观全场比赛，虽然只打了三局，却耗时近100分钟，双方比分交替上升，说明争夺激烈，是一场十分精彩的比赛。由于两队思想准备较为充分，技术发挥正常，都打出了较高水平。苏联队教练认为，他们输在没有把握好关键分、关键球。其实，更重要的是他们未能发挥自己的特长。中国队在强攻威力不足的情况下，依靠全队的紧密协作，顽强防守，快速反击，打吊结合，尽可能地发挥集体优势，网上争夺仍然占了上风。三局比赛，发球双方各得6分；扣球（包括吊球）中国队共得18分，苏联队只得12分；拦网中国队得11分，苏联队得8分。两项网上技术应该是苏联队的特长，中国队却比对方多得了9分，主要是进攻点分散，声东击西，姜英、侯玉珠的平拉开，郑美珠、梁艳、杨晓君的跑动快攻，不仅有力地突破了对方的高拦网，也大大地提高了命中率。苏联队失误送10分，中国队仅失7分。这些数字说明，与苏联队相比，中国队的各项技术相对细腻、熟练。

意外的"运气"

中国女排复赛的对手是美国、意大利、日本三队。这三支老牌劲旅均处于新老交替时期，但都在赛前做好了充分准备。到达赛区后，令人尤为关注的是"侦察战"不断升级。在小组赛期间，美国排球协会训练中心主任比尔就曾专程到皮尔森详细记录了中国女排每场比赛的状况；日本著名教练山田重雄也在4日匆匆赶到皮尔森，观看中苏之战，并做了录像，以便备战复赛。9月8日，中国队在复赛第二场对意大利队的比赛当天，却不见了领队杨希和教练郎平。据说，她俩清晨出发，要在下午1点前赶到400公里之外的古巴队所在赛区俄斯特拉发，去进行"火力侦察"，并落实突然传来的"路易斯正在坐月子"的传闻。

中国队在复赛阶段的比赛可谓一帆风顺，美国队（15∶4、15∶10、15∶5）、意大利队（15∶4、15∶4、15∶13）和日本队（15∶6、15∶8、

15∶4)未对中国队形成任何威胁,中国队以相同的 3∶0 速战速决,连下三城,顺利取得决赛资格。另外三支进入决赛的队伍是古巴队、秘鲁队、民主德国队。

此时,传出的最大的爆炸新闻无疑是世界头号强攻手、古巴队的路易斯不久前做了妈妈。杨希和郎平第二天带回了古巴队的比赛录像和关于路易斯生子的确凿消息。

国际排联新闻委员会委员、新华社记者高殿民在现场采访了古巴队教练欧亨尼奥和著名强攻手路易斯。他这样写道:1986 年 9 月初,参加第十届世界女排锦标赛的各路娘子军在捷克斯洛伐克激战正酣时,忽然传出消息,古巴女排主攻手路易斯确实喜得千金。

这突如其来的新闻使人们大吃一惊。熟悉排坛动向的人都清楚,仅仅在三个多月前,路易斯——这个被誉为继海曼、郎平之后的世界第一重炮手,以超人的弹跳和非凡的技艺,为古巴队击败连获四次世界大赛冠军的中国女排,夺走"海鸥杯"立下奇功。谁能想到当时她已经身怀六甲呢?

这个消息是古巴队教练欧亨尼奥为麻痹"先遣队"放出的"烟幕弹",还是确有其事?当记者向欧亨尼奥提问"您认为古巴队在本届大赛上的前景如何"时,得到的回答是:"我们能否重新夺得世界冠军,将取决于路易斯的竞技状态。"他在介绍路易斯的情况时说:"路易斯在 8 月初生了一个女孩,已有两个月未打比赛。这次她虽然随队参加世界锦标赛,但身体尚未恢复。目前她的身体状况还不错,已同队员们一起训练,不过不到关键时刻是不会派她上场的。"记者问:"三个多月前,路易斯还参加了在中国举行的'海鸥杯'国际女排邀请赛,当时并没有迹象表明她已怀孕。"欧亨尼奥说:"'海鸥杯'时她一切都很正常,我确实不知道她已怀孕,只是觉得她看起来稍胖了一些。当初,她同其他队员一样训练，所以仍派她上场比赛。路易斯结婚一事，我根本不知道。去年年底，世界明星女排赛结束之后，我即带队去荷兰等欧洲国家访问比赛，因为古巴队中有一些当了妈妈后归队的老队员，她们的状态如何要通过比赛来检验。路易斯因参加世界明星女排赛，未随队出访。这期间她与古巴青年男排队员索托隆戈结了婚。作为一名教练，我当然负有责任。这次世锦赛她不能每一场比赛都打了，不过路易斯还很年轻，今后还有很多机会参加世界大赛。目前，我队的其他队员状态不错，仍可与中国队较量一番。"在古巴女排所在的布尔诺赛区，高殿民还采访了路易斯。路易斯告诉他，女儿的名字叫伊达赖希·索托隆戈，8月12日出生时还不到7磅。路易斯还把女儿英文名字的拼写写在了记者的笔记本上。

　　本届大赛期间，路易斯还在"坐月子"，欧亨尼奥考虑到她的身体状况，只是让她随队一起活动，偶尔作为替补队员上场。路易斯一旦上场便显示出实力犹在，使得欧亨尼奥大为惊讶。

　　9月12日，也就是路易斯的孩子刚好满月的这天，古巴队同民主德国队在半决赛中相遇了。古巴队开局打得不好，对新崛起的民主德国队有些束手无策，在先失一局、面临险情的形势下，欧亨尼奥只好派路易斯上场，以挽回局面。路易斯上场三局，打得非常漂亮，她的飞身扣球命中率极高，古巴队终以3∶1获胜进入决赛。

　　比赛结束后，路易斯抱头大哭起来。欧亨尼奥说，路易斯自己也没想到体力恢复得这样快，她为古巴队获得参加1988年奥运会资格尽了自己的努力，并因此感到高兴。

　　第二天，古巴队与中国队争夺冠军。路易斯一开始上了场，但由于前一天运动量太大，清早肚子痛，下午虽然有所好转，能勉强出场，但是，在中国队超常发挥的情况下，路易斯也显得力不从心，连连失误，最后被换下场。尽管路易斯同中国队决赛时未发挥出高水平，但作为一个正在"坐月子"的运动员，在世界大赛中如此顽强拼搏，这在世界排球史上不能不说是一个奇迹。

后来大家才了解到，其实当时中国女排主教练张蓉芳也身怀六甲，还泰然自若地指挥了如此激烈的世界锦标赛，且一举夺冠，也相当不容易。为了纪念这不平凡的经历，她为儿子取名胡时，"时"与"十"谐音，因为他与妈妈一同参加了第十届世界女排锦标赛，并见证了中国女排夺冠的全过程。

经受考验，拿下"五连冠"

自从爆出古巴队的路易斯正在"坐月子"的消息后，人们已认为中国队夺得本届世界锦标赛冠军的可能性大于古巴队，双方综合实力比已然颠倒。因为，古巴队的核心队员路易斯虽然实力还在，但体力明显不足，古巴队的自信心也受到不小的影响。但是，古巴队战胜民主德国队一役，路易斯的高水平发挥使舆论再次回到了原点，甚至国际排联主席阿科斯塔也认为古巴队夺冠的希望很大。

在众说纷纭的环境中，中国队并未被左右，我们的基调始终如一——充分发挥自己的水平，去争取胜利。准备会上，队员们将双方实力对比定位在5:5，哪个队临场发挥好，把握住机会，哪个队就可能获胜。

中古两队交战前，有记者采访了中国女排代表团团长袁伟民，他认为，当时世界女排运动处于低潮，世界强队都在进行新老交替，有的已经调整完毕，有的还在调整。他说，1981年世界杯到1984年奥运会，是世界女排发展的高峰期，那时世界女排是中、日、美"三足鼎立"，中国队一举夺得"三连冠"。在三强激烈夺魁的同时，亚欧打法互相学习，博采众长，精彩纷呈。中国式的亚洲打法，从技术、战术等方面，为世界排球运动提供了一些新的东西。靠着经验和"三连冠"的余威，中国队又夺得了1985年世界杯冠军。本届世锦赛，世界各队都面临很大的困难。中国队郎平退役当了教练，美国队海曼去世，古巴队路易斯结婚当了妈妈。中国女排二次"大换血"获得成功，但新生力量一时还上不来。今后中国女排面临的困难，将比现在更大。对于与古巴队的决赛，他认为，中国队做好了充分的准备，不怕输，要打出风格，争取好成绩。

9月13日，中古决赛准时打响，两队均全力以赴，派出了各自最强首发阵容，古巴队的焦点人物路易斯也首发出场。前两局，双方争夺激烈，中国队配合默契，防守严密，利用快速多变的反攻战术，打了对手一个措手不及，以15∶6、15∶7轻松取胜。古巴队并没有施展出网上优势。第三局，古巴队拼命发球，终于利用平砍式大力上手飘球突破僵局，不仅发球直接得5分，而且打乱了中国队的一次攻节奏，重炮手卡波特、冈萨雷斯和路易斯先后发威，以15∶10扳回一局。第四局，中国队调整了一传站位，接发球到位率回升，在二传手杨锡兰的组织下，一次攻打得有声有色。同时加强防守，快速反击，主攻手姜英、侯玉珠四号位强攻显威；副攻手梁艳、杨晓君的拦网和快攻令对方防不胜防；接应郑美珠的穿插跑动声东击西，令人叫绝。全队团结奋战，把握住场上的主动权，再未给对方机会，以15∶9结束了这场耗时100分钟的比赛。

赛后，中国女排代表团团长袁伟民和古巴队主教练欧亨尼奥接受了现场记者的采访。袁伟民认为，中古夺冠之战是一场高水平的对决，是本届世锦赛的高潮。中国队在比赛一开始就遏制住了对方的锐气，接连拿下两局。如果不是这样，后面的球就不那么容易打了。第三局古巴队占上风，中国队事先有准备，尽管输了这一局，但并没有因此慌张。他认为，古巴队实力相当强，中国队虽然没有古巴队路易斯、冈萨雷斯那样强劲有力的主攻手，但中国队每个队员都发挥了既可攻又可守的特点。队员们没有思想包袱，放得开，打得主动，精神抖擞，斗志昂扬。同时，他表扬了首次指挥大赛的两名年轻教练，称其"经受住了考验"。

古巴队主教练欧亨尼奥认为，中国女排是世界上最好的球队，第一、二局的拦网和防守很漂亮。古巴队没有发挥出最高水平，冈萨雷斯膝关节受伤，路易斯前一天打民主德国队后有点儿不舒服。他表示，在没有打败中国队之前，古巴队决不甘心就此罢休，要在第二十四届奥运会上再见分晓。

中国女排的姑娘们走上领奖台，手捧金杯向上万名观众致意。在现场观战的中国同胞也激动万分。队长杨锡兰在接受采访时表示：这次夺冠经历了严峻考验，郎平离队对全队实力和心理都曾产生很大影响。过去郎平是核心，可以依靠她，现在我们要充分发挥每个人的力量，互相帮助、互相鼓励。每场比赛，从思想到技战术，大家都要做几手准备。在赛场上，大家只有一个念头，就是努力拼搏。尤其最后与古巴队的比赛，全队发挥出了很高水平，这个冠军展现了集体的力量。

中国女排不仅夺得第十届世界锦标赛冠军，也成就了"五连冠"的伟业。这是世界第一支连续获得五次世界女排三大赛冠军的队伍。同时，第一次作为主教练指挥大赛的张蓉芳，获得了本届世锦赛最佳教练员奖，杨锡兰获最佳运动员和最佳二传两个奖项，杨晓君获最佳接球奖。

五连冠金牌（梁艳 供图）

五冠选手梁艳（王文泉 摄）

独一无二的五冠选手

同时，世界女排选手中也出现了一位"五连冠"运动员——身穿2号队服的中国女排副攻手梁艳。

梁艳来自四川，常常面带微笑，人送绰号"黑娃"。她是中国女排从捧回第一座金杯至今40余年中，唯一连续拿到5枚金牌的运动员。但她似乎不显山不露水，见诸新闻媒体的宣传文章也不多。借本书出版之际，正好再向各位读者介绍一次梁艳。

记得当初梁艳是噘着嘴进国家队的，那是1979年，她18岁。别人进国家队都是高高兴兴的，只有她在哭，为什么呢？她说害怕，因为听说国家队的运动量很大。的确，那时中国女排正处在艰苦奋斗的攀登时期。四川女排教练王德芬鼓励她："我相信，你一定能够坚持下来。"她了解梁艳，梁艳作风踏实，很能吃苦，一定能成为一名优秀的副攻手。

梁艳到了国家队就下定决心，既然来了，再苦再累也要顶住。她放弃一切爱好，全身心投入排球训练，承受超大运动量，身上常常被摔得青一块、紫一块的，磨破一层又一层皮，但再苦再累，她在球场从不掉泪，始终咬牙坚持着。只有回到宿舍，没有别人的时候，她才默默地流泪。

梁艳的技术进步很快。1981年的世界大学生运动会排球比赛中，梁艳开始作为替补出场了，而且在中国队与古巴队的比赛中表现出色，为中国大学生队夺冠出了力。

1981年的世界杯，又是中国队对古巴队，双方战得难解难分，古巴队的超手强攻屡屡奏效，中国队在14∶13领先的关键时刻，换上2号梁艳。古巴队又把球高高地传到了四号位，中国队二传孙晋芳卡住拦网位置，梁艳尽快并位，把拦网手高高地伸到排球网上，以更快的速度将古巴队重重的强攻拦到了古巴队的场地上。15∶13！中国队胜利了。"好样的！梁艳！"队友们都围上来，对年轻的替补队员梁艳表示祝贺。

1982年9月，在秘鲁举行的世锦赛上，梁艳上场的机会增加了，在关键时刻她也能沉着应战，顽强拼搏，有时老队员体力不支，她就替补出场。对日本一役，教练袁伟民特意安排她和郑美珠首发出场，替下周晓兰和陈招娣，竟达到了"奇兵"之效。不仅老队员得到了休息，以利再战，两位年轻队员也得到了大赛的锻炼，逐渐成熟。甚至，当地媒体称她为"继周晓兰之后的又一座中国长城"。

世锦赛后，曹惠英、杨希、陈招娣、陈亚琼、孙晋芳五位老将联袂退役。但全队的奋斗目标并未改变，在一年半以后的奥运会上，中国女排仍然要拿冠军。梁艳说，那时心里真的没底。不仅邀请赛连续输球，就连1983年的亚洲锦标赛也输给了日本队，丢掉了冠军。梁艳认为，两位主攻是老将郎平和张蓉芳，发挥得很好。问题出在几位年轻选手身上，特别是自己，前排打不下、拦不着，后排一传和防守也不理想。这时又有风言风语，说她个子太矮，打三号位太吃亏了等等。当时梁艳情绪低落，生怕自己拖累了队友。

教练袁伟民看出了她的心事，让她向同是来自四川的矮个子主攻手张蓉芳学习，梁艳一下子豁然开朗。心想：毛毛（张蓉芳）才1.74米，比我还矮，非但没有被大型化的潮流所淘汰，反而成为世界公认的一流选手。我还有什么话可说？她又想到袁伟民经常说的一句话："一个人有目标和没有目标大不一样，下一般决心去实现目标和下死决心去实现目标大不一样。"她要战胜自己内心的怯懦，向新的高峰攀登。

1984年奥运会上，梁艳作为主力队员发挥出了应有的水平，为中国女排首次夺取奥运会金牌立下汗马功劳，成为中国女排这个光荣集体中不可或缺的一员。

1985年，梁艳与队友齐心协力再夺世界杯冠军后，又迎来了1986年世界锦标赛。此时，梁艳已经成为队里的元老级人物。1981年首次夺冠的队友都先后离队，杨希做了领队，张蓉芳和郎平做了教练。梁艳仍然在场上打副攻。副攻是场上快速多变进攻战术中跑动最多的角色，也是拦网战术中移动最多的角色，转到后排还需要参与一传和防守，所以非常辛苦。随着年龄增大、训练年限增长，伤病也会不期而至。而梁艳想的并不是这些，她认为，作为老队员，不仅自己要努力发挥正常水平，还要带动其他队友，充分发挥集体的力量。关键场次、关键分上，自己首先不能急躁，要多鼓励，多带动。

她是这样想的，也是这样做的。她曾在日记中这样写道：排球伴随着我度过了人生中最美好的黄金时代。欢乐和痛苦交织在一起的岁月，使我逐渐变得成熟起来，也懂得了人生的哲理。奋斗之路没有捷径，也不会一帆风顺，要想在事业上取得成功，第一必须有坚定的信念，第二必须勤奋。

国际排坛，众说纷纭

当时的国际排联主席阿科斯塔先生在观看完中国队对古巴队的决赛后，首先对中国女排表示祝贺。他说："在小组比赛结束后我就对袁伟民先生说，希望在决赛中看到中国女排。中国女排不仅参加了决赛，而且夺取了冠军，这说明中国女排仍然是世界上最优秀的球队。在本届世界锦标赛中，最精彩和最高水平的比赛就是中国队对古巴队的决赛。古巴队近年来进步很快，她们拥有世界第一流的扣球手，确实是一支实力很强的排坛劲旅。今天古巴队的失利原因主要是在防守上失去了控制，出现了漏洞，反映出其经验不够丰富。相反，中国队明显占有网上优势，拦网和防守的成功率都很高，技术全面，情绪稳定，头脑清醒，失误较少，这是中国队的特点。中国女排的技战术仍然代表世界女排的发展方向。"

阿科斯塔先生还说："听说郎平不打球了，教练也更换了，本来很为中国队的前景担心。现在看来，中国排球协会选择的新教练是有能力的。郎平过去是用'榔头'打球，现在当了教练，是用脑子打球。郎平留下的空白也填补得比较好。"

国际排联副主席、亚洲排联主席松平康隆先生说："中国队以3∶1胜了古巴队，连续五次获得世界冠军，这是难能可贵的，是中国的光荣，也是亚洲的光荣。中国队夺得本届世界锦标赛冠军当之无愧。我只看了中国队在决赛阶段的两场比赛，这两场比赛无疑是本届世锦赛最精彩的比赛。中国队最大的特点是竞技状态始终那么稳定，士气总是那么高涨，很少失误，更少失常，特别是在关键场次和双方比分比较接近的时候，中国队总能顶住，这是一支队伍成熟的表现。中国队的另一个特点是技术娴熟，战术变化多，防守反击非常出色。二传杨锡兰在对古巴一战中，起了重要作用，她的组织能力和救球技巧都给我留下很深刻的印象。我觉得她的水平已经与孙晋芳相差无几。更令我没有想到的是，郎平退役后，中国队的水平没有大幅度的下降，这是令人惊叹的。顶替郎平的侯玉珠，球扣得凶，速度也快，打吊结合，路线变化莫测，是位很有潜力的选手。中国教练的高超水平就是在短时间内便能使二传手和主攻手配合默契，让队员互相理解和信任。"

连续直播了中国女排"五连冠"的著名播音员宋世雄在回忆中国女排第五次夺得世界冠军时，感慨地说道："第五次夺冠，是1986年在捷克斯洛伐克举行的第十届世界女排锦标赛。当时的主教练是张蓉芳，教练是郎平，实际上那次比赛还是袁伟民在那里坐镇。我记得很清楚，每场比赛袁伟民都坐在排球场挡板的外边，不是坐在主席台，也不是观众席，更不是运动员、教练员席。当时，世界女排的整体水平不算巅峰，我在捷克斯洛伐克采访了美国女子排球队前教练塞林格，他当时跟我说，世界女排水平最高的时期是1981年。因为当时世界上出现了两个著名的球星，一个是身高1.96米的海曼，一个是身高1.84米的郎平。她们是世界女排发展的一个标杆。有一个细节我印象特别深，就是当时古巴队的主要得分手路易斯刚生完小孩，还没有得到全面恢复，所以，古巴队的整体实力受到很大的影响。在中国队对古巴队的比赛之前，我曾采访了袁伟民，他就讲到古巴队发球非常厉害，特别是力量很大的重飘球，对中国队的一传是个很大的冲击。另外古巴队的冈萨雷斯、路易斯等强攻手的能力都非常强。中国队要在这场比赛里取得主动，必须发挥自己的战术打法，就是要发挥好快速多变的集体战术。在这场比赛中，中国队的主二传杨锡兰起到了至关重要的作用。她组织了全队的进攻，特别是杨晓君、梁艳两位副攻手的快攻和拦网，接应二传手郑美珠的跑动进攻非常出色，姜英和侯玉珠的强攻也给对方很大的威胁。"

宋世雄老师特别强调，这场比赛对中国队是一个大考验，因为那个时候，场上没有郎平那样的强攻手，所以要靠集体的团结协作，取长补短，要靠集体的攻防战术的组合。这是很难的。再有，全队的信心是至关重要的，因为临阵换将，本是兵家大忌，而两位年轻的教练虽有赫赫战功，却都是首次出任教练，还率队参加了世界最高水平的比赛。这对中国队是一个极大的考验。

宋世雄老师认为，1986年世界锦标赛是中国女排最困难的一次攻坚战。但中国队靠着团结协作、顽强拼搏的精神，把握住机会，取得了最后的胜利。

每一座冠军奖杯都来之不易，都是经过我国排球工作者前赴后继的艰苦奋斗和不懈努力，用汗水和心血换来的。而"五连冠"又是难上加难，是奇迹般的、富有创造性的辉煌历史。

第六冠

编者按

中国女排取得"五连冠"后，17年都与冠军无缘，人们无法理解，为什么会有这么长的低谷期呢？先看看这17年中，中国女排参加的11次重大比赛的成绩：1988年奥运会第三名；1989年世界杯第三名；1990年世界锦标赛第二名；1991年世界杯第二名；1992年奥运会第七名；1994年世界锦标赛第八名；1995年世界杯第三名；1996年奥运会第二名；1998年世界锦标赛第二名；1999年世界杯第五名；2000年奥运会第五名。其中有五任共四位主教练：1987—1988年李耀先；1989—1992年胡进；1993—1994年栗晓峰；1995—1999年郎平；1999—2000年胡进。四位教练都是我的朋友和采访对象，他们在接受我的采访时都会敞开心扉，直言不讳，不仅因为他们中的多数都和我是同时期的运动员，更因为彼此间多年的了解和信任，还有我落笔时把握分寸的能力。他们给我印象最深的一个共同特点就是"把夺取世界冠军作为任期唯一的奋斗目标且竭尽全力"。而且，除了栗晓峰执教时间短、成绩不佳外，其他教练都拿到了奖牌。胡进和郎平都曾两次指导女排夺取世界亚军。所以，并不能说中国女排17年都在低谷期，她们始终在攀登的路上顽强拼搏，前赴后继，力争上游，把为国争光作为己任，并使中国女排基本保持在世界强队之列。

在此期间，还有一个特殊的客观原因，就是古巴女排崛起，出现了路易斯等一批超级明星，给中国女排再次登顶设置了难以逾越的障碍。回想中国女排第五次夺冠的经历，那时，路易斯已经成为世界级女排运动员，只因她刚生完孩子影响了发挥，中国队才能抓住机会一举夺冠，创造"五连冠"的丰功伟绩。

2003年中国女排再夺冠军，也是经过重重困难，一波三折。值得一提的是，2001年被破格聘任的主教练陈忠和，不仅继承发扬了袁伟民的传统技战术思路，还另辟蹊径，取得了一鸣惊人的业绩。

阳光总在风雨后
—— 时隔十七年再铸辉煌

杨玛琍 杨玛琍

1986 年到 2003 年，整整 17 年，中国女排度过了从跌宕起伏到脱胎换骨，从重新起步到蓄势待发的艰难阵痛期。甚至一度从"五连冠"顶峰，跌落到世界二流球队的行列。

其间，教练员、运动员的新老交替，古巴女排的异军突起等主客观因素，成为中国女排再次夺冠难以跨越的鸿沟。虽然李耀先、胡进、郎平等多名著名教练轮番执教，也取得过四次世界大赛亚军和三次季军的好成绩，离冠军仅一步之遥，但都冲顶无果。

直至 2003 年第九届女排世界杯，陈忠和率领一批年轻选手迅速崛起，在不被关注、不被看好的情况下，出人意料地豪取 11 连胜，无一败绩，夺得冠军，同时拿到了 2004 年雅典奥运会的入场券，重返巅峰，再铸辉煌。

今天再回过头来看这段历史，我们最想探寻的一个问题是：陈忠和为何能在出任国家队主教练后，起用一批年轻队员，在很短的时间内重铸辉煌，迎来中国女排历史上的第二个高峰期，成为里程碑式的人物？

陈忠和不是知名运动员，他 22 岁便进入中国女排，当年成为陪打教练，曾先后在著名教练袁伟民、邓若曾、张蓉芳、胡进、郎平执教期间做助理教练。他不仅是"世界级"的陪打教练，而且在日积月累中学到了世界最佳教练们的锦囊妙计。他到底靠什么独家秘方，取得了 17 年间他的前任们前赴后继却未能如愿的丰功伟绩？通过他在国家队执教的经历，便可略见一斑。

中国女排昂首挺胸站在最高领奖台时的拥抱、欢笑和泪水，姑娘们把主教练陈忠和高高抛向空中的狂喜，还有赛后在大巴车上大家共唱的歌曲："人生路上甜苦和喜忧 / 愿与你分担所有 / 难免曾经跌倒和等候 / 要勇敢地抬头……"

这一切都告诉我们冠军来之不易。

我曾多次以中国男、女排球队的随队记者身份，跟随球队参加亚洲和世界级的重大比赛，在现场进行采访和报道。

2003年举行的第九届女排世界杯，我就在日本，就在比赛现场，我和中国女排一起经历了这一切，亲身感受着中国队夺取世界冠军的激情时刻，体验发自肺腑的欣喜若狂。当时发生的一切都深深印刻在我的脑海中，成为我职业生涯最难忘的一段记忆。

竞聘上岗

1986年中国女排夺取"五连冠"后，进入逐渐下滑的低谷期，状态起伏不定，还曾跌出世界强队之列。

就在这艰难时刻，陈忠和竞聘上岗了。

在竞聘时他就立下誓言：给我4年时间，我一定要夺回奥运会冠军。

2001年，陈忠和出任中国女排主教练。为实现自己的诺言，他进行了大刀阔斧的改革，以自己多年的经验和独到锐利的眼光选拔了一批年轻队员重新组队，就连正处在当打之年的邱爱华、诸韵颖等也未留在队里。

这批年轻队员以冯坤、周苏红、赵蕊蕊、刘亚男、张娜、杨昊、王丽娜七人组成主力阵容，后来被称为中国女排"黄金一代"。有人戏称"七仙女打天下""一套阵容打遍天下无敌手"。姑娘们在组队当年就夺得了亚洲锦标赛冠军，这让陈忠和信心倍增。

"追命"三问

陈忠和就任中国女排主教练后，就在当年（2001年）11月，率队参加女排大冠军杯赛。参赛队伍分别为2001年欧洲女排锦标赛冠军俄罗斯队、2001年中北美洲及加勒比地区女排锦标赛冠军美国队、2001年南美女排锦标赛冠军巴西队、2001年亚洲女排锦标赛冠军中国队、东道主日本队及持外卡参赛的韩国队。

中国女排一亮相,就引来日本当地媒体的一片哗然,他们用得最多的词是"没来主力",冯坤、杨昊、赵蕊蕊、周苏红、刘亚男、王丽娜、张娜等,对他们来说都很陌生。而就是这批新人,首次在世界强队参加的大赛上亮相,竟然连胜诸队,三下五除二地打败了所有的对手,夺得了冠军。

我印象最深刻的是在赛后新闻发布会上,日本记者的"追命"三问:

——你从哪里找来这么一批优秀选手?是你自己挑选的吗?是为了对付欧洲队吗?

——你有这么高的执教水平,为什么当了20年的助手?

——你的队员为什么进步这么快?

这三问可谓敏锐犀利,且提问人对中国女排的历史及陈忠和的个人履历了如指掌。

平日少言寡语的陈忠和此时面带微笑,四两拨千斤,十分得体地回答了这三个问题:

——运动员都是我在全国联赛中选出来的,大多是第一次入选国家队的年轻选手,从身体条件、技术能力和年龄结构来看,都符合当今排球运动的规律。当然我也考虑到了对付欧美强队的问题,比如二传手,我选了身材较高的冯坤。

——我现在44岁,1979年进入国家队,做著名教练袁伟民的助手,还做过福建女排的主教练,从年龄、经验、精力和体力看,现在做国家队主教练正合适,我向我的前任学到了许多东西。

——队员都是我精选出来的,她们还很年轻,进步很快,潜力无限。我和队员大都是第一次与这些世界强队交手,是来学习和锻炼的。

陈忠和上任当年,在亚洲和世界比赛中的两次亮相非常成功。他在比赛中的沉稳和机智,在管理队伍、训练队伍、选人用人、掌握比赛节奏、临场换人和暂停时机的把控等各方面的能力,都得到了在场专家和世界著名教练的认可。

"让球风波"后的担忧和力量

陈忠和上任中国女排主教练后,可谓是一帆风顺,首战重夺亚洲锦标赛冠军,接着夺取世界大冠军杯金牌。但就在此时,他上任以来,或者说他整个排球生涯,甚至可以说人生中最大的一次打击来了。

在接下来的2002年世界锦标赛上,夺冠机会出现时,陈忠和产生了提前实现梦想、夺取世界冠军的强烈愿望。由此,发生了为把最强对手留在决赛而进行的"让球"事件。然而,中国队并未如愿以偿,只得到了世界锦标赛第四名。而且"让球风波"影响颇大,事后,团长和主教练承担了责任并做了检查。

其实,当时陈忠和最担心的事情是主教练位置不保,耽误了他精心选择的这一批优秀的年轻队员的前程。为此他忧心忡忡。没想到就在他自己都忘记了的生日当天,当他走进训练馆时,看到场地中央摆放着一个花篮,那是全体队员特意送给他的,花篮中还有每一位队员写给他的祝福语。看到那一句句贴心话,这位昔日球场上的硬汉再也忍不住,泪水夺眶而出。

他转过身拭去泪水,再转回身,面对着年轻队员们那一双双充满信任和憧憬的眼睛,那一刻,他抛却了所有过往,无论是错误、后悔、犹豫还是担忧……温文尔雅的陈忠和又回来了，相同的是他仍然少言寡语，不同的是他眼中的光更坚定、更有力量。

队员们给了他重拾信心、加倍努力的激情。无论遇到什么样的困境，祖国至上、团结协作、顽强拼搏、永不言败的女排精神永远不变。从哪里跌倒就从哪里爬起来，他又与队员们一起全力以赴，继续奋斗，全身心地投入备战2003年世界杯的训练之中。

想赢就要比别人更努力

我敢说，没有任何一位教练员站在中国女排主教练的位置上，目标不是世界冠军。陈忠和只要还站在主教练的位置上，就会为夺取世界冠军而不懈努力，而且会更加想拿一个金牌来证明自己的能力，回报国家和运动员的信任，答谢球迷的支持。

准备世界杯比赛，他们竭尽全力。不仅要精练技战术，研究对手特长，揣摩应对方案和取胜办法，排解巨大的思想压力、驱散心理阴影，也是必须面对的问题。只有这样，才可能轻装上阵，发挥应有水平。

怎样引导运动员充分发挥技战术水平，就成了赛前最重要的课题。参加世界杯前，他们在方方面面都做了周密的准备。

看女排训练，我常常因为时间长和运动量大而感慨万端。而陈忠和的队员里，没有古巴队路易斯和俄罗斯队加莫娃式的重量级得分手，必须靠集体协作和精打细算来积小胜为大胜。技术精湛必不可少，而战术细腻、快速多变更是取胜法宝。高精尖的技术必须通过从量变到质变的过程，所以她们不仅训练时间长，而且课后的"小灶"也做得精确无比，细化到每一个人，针对个人特点量身定制训练手段，有突出技术特长的，有弥补自身短板的，如此才能提高整体实力。

"小灶"分组通常由场上位置决定，如主攻、副攻、二传、自由人分别成组，教练员各带一组。这样的分组大多是突出特长的专门训练，如主攻和接应练扣球，副攻练拦网，二传练传战术球，自由人练一传和防守。单兵"加班"则大多为弥补短板，无论是技术还是体能。这样的训练虽然延长了课时，但更有针对性，而且还有指标，不达指标不可下课。

比如，女排在郴州集训时，周末会安排爬苏仙岭，从出发到山顶是有规定时间的。如果有一人没完成，全队再登一次。这样的安排既练体能又练毅力，还能锤炼集体协作的精神。所以，每当有队员体力不支时，体力好的队员就会陪着体力差的队员，边走边大声鼓励，争取一起达标。

练战术更是精心雕琢。记得有一天，已经出任国家体育总局局长的袁伟民来到训练馆观看女排训练，他看到大家正在练一次攻战术配合，陈忠和再三要求贯穿一个"快"字，但袁伟民还是走上前去，请垫一传的队员把球垫到二传的手上。然后强调，球确实垫到位了，但弧度偏高。他说，快是全面的，从一传、二传到扣球。一传弧度不能高、速度不能快，二传才能在舒服的同时用余光看到本方前排队员和对方拦网队员的位置，这样组织快速多变的战术才能得心应手。

正是这个思路和当时由张娜、周苏红、刘亚男组成的"一传铁三角"，使得中国女排快速多变战术拥有高成功率。无论是对欧美队还是亚洲队，中国队的这个"撒手锏"都起到了举足轻重的作用。

对于协作精神，中国女排也有独特的磨砺办法。除了力争阵容中无死角，取长补短，还需要彼此支持，互相呼应。

平时笑容可掬的陈忠和，到了训练场却成了铁面教头，严格有加。有一次，他突然原地跳起来大喊一声，真把场内场外的人都吓了一跳。原来他是在给一名性格内向的队员做示范，要求她在场上大声呼喊。他说，别人都在呼应，你不出声，大家都会受影响。排球是个集体项目，团结协作是最重要的，全队人员缺一不可。

正是这样日复一日的苦练，才有了冯坤的"稳健"，赵蕊蕊的"高"，刘亚男的"快"，周苏红的"灵巧"，杨昊的"重"，还出了一个"打不死"的自由人张娜……

正是因为每个有特长的选手组合在一起，才有了中国女排高快结合、灵活多变的战术体系和能攻善守的整体风格，以及永远不变的团结协作、顽强拼搏的女排精神。

大赛前除了要不断完善本队的技能，还要做到知己知彼。所有对手的资料和比赛录像都要反复研究，按每个轮次对位，选择最佳的应对方法。这个环节需教练先行，然后带领队员熟悉和掌握。这是中国女排传统的备战模式。她们每周进行一次业务学习，到了赛前必须加班加点，而且几乎每人都有自己的研究课题，还要在准备会上轮流做主讲，大家进行补充，所以备战预案都熟记于心。

中国女排就是这样，比别人训练更艰苦，技术更精湛，战术更娴熟，队伍更团结。这一切都是在平日点点滴滴积累起来的。

你想赢，就要比别人更加努力！

夺得冠军

第九届女排世界杯于2003年11月1日至15日在日本举行，参赛队伍是通过各大洲选拔赛筛选出的十二支世界强队。另外，这次比赛还有一个福利——获得前三名的队伍可以不参加各大洲的奥运会选拔赛，直接入围奥运会。

所以，对于这次比赛，虽然不被外界看好，但卧薪尝胆并且相信自己实力的中国女排定下的奋斗目标并不低——夺得奖牌,第一时间取得2004年奥运会的参赛资格。

赛前——大战前的沉默

据了解,采访这次比赛的除日本记者外,还有80名海外记者,其中来自中国的有54名,包括8名香港记者。其次是土耳其记者,共5名,因为土耳其女排一鸣惊人,在欧洲选拔赛中战胜传统劲旅俄罗斯队,跻身世界杯。

参赛的十二支球队分别来自中国、韩国、意大利、土耳其、波兰、多米尼加、古巴、巴西、阿根廷、埃及、美国和日本。比赛采取单循环赛制。

我是国际排联注册的随队记者,与运动队同吃同住同行动。其他新闻单位的记者行动比较自由,但我的采访机会更多。出发前,报社给我每天发稿的固定栏目有《比赛消息》《火线探营》《记者手记》等等。后来,中国女排越战越勇,又增加了《玛琍数论》《花絮》等不定期的栏目。

其实,比赛期间我从不进入运动员和教练员的房间。这是个约定俗成的规矩,即使没有人提及,我也懂得。我曾做过运动员和教练员,知道大赛期间运动员是十分敏感的,有时一句话就可能让他们思想波动,直接影响场上发挥。所以,每场比赛前,虽然我与她们坐一辆大巴去赛场,但不会采访她们。运动员们也都默默做着赛前的各项准备工作。赛后,能在新闻发布会上解决的问题,我也尽量不私下采访。再加上我对排球技战术十分熟悉,这可能也是主教练都喜欢提名我随队的原因吧。

到日本后,我与中国女排住在同一家宾馆,但我基本上不打扰她们,大多时间也只是靠观察来完成《火线探营》和《记者手记》这两个栏目的写作。

团长徐利、主教练陈忠和对外说的话很少，但我发现运动员们休息后，他们每天的"碰头会"都会开到很晚。猜得出来，肯定是分析对手，排兵布阵，排解压力。他们每天都在紧张地运筹帷幄，力争考虑全面，把所有问题解决在赛前。

但在第一场比赛的第一局，令人担心的事情还是发生了。

赛中——考验接踵而至

2003年11月1日，中国女排的第一个对手是巴西女排。

对方派出了一个以经验丰富的老队员为主的阵容，情绪高涨，发挥出色。年轻的中国女排队员好像被打蒙了，乱了节奏，连连丢分。2∶6落后时，陈忠和就要了一次暂停，但无济于事。一个两点攻轮次甚至卡了10分之多，仅21分钟，就以14∶25惨败。就连观众都能看得出来，运动员心情紧张过度，动作变形，发挥失常。

第二局双方交换场地，陈忠和走到姑娘们面前，看着一张张紧绷着的年轻面庞，他微笑着调侃道："你们活动开了吗？"这轻松幽默的话语起到了四两拨千斤的作用，姑娘们顿时放松下来，也笑了。教练的自信感染了每一个人。从第二局开始，中国女排犹如天助，以25∶18、25∶19、25∶16连下三城，轻取对手，来了一个"开门红"。

赛后，有记者问陈忠和输了第一局为什么还能笑。他说："我问她们的问题也是明知故问，赛前我们特意做了一小时的准备活动，怎么可能没活动开呢？我就是暗示她们要放开手脚。后来看到杨昊笑了我就松下心来。闯过这一关的最大意义是姑娘们自此甩掉了沉重的思想包袱，越战越勇，一通百通。"

第二个对手是美国女排。中国队在连续战胜古巴、多米尼加、土耳其、波兰、韩国、阿根廷、埃及队后，迎来了与美国队的比赛。这场比赛至关重要。如果中国队胜，则稳进前三，达到了预期目标，第一时间拿到雅典奥运会入场券，且距本次冠军仅一步之遥。如果美国队胜，虽然她们有一场败绩，但也夺冠有望。双方都顶着巨大压力且势均力敌。在赛前准备会上，团长徐利专门提出三点要求：一、不管昨天，也不想明天，集中精力打好今天的比赛，要一拼到底；二、少算计，多行动，排除干扰，摆正心态；三、抓住机会，不靠天，不靠地，就靠自己。现在机会就在眼前，但困难和压力同样存在。他要求大家团结拼搏，一起去把握机遇。

比赛果然不出所料，争夺激烈，险象环生。双方争夺进入白热化阶段是各胜一局后的第三局，比分从19平相持到24平。美国队拿下关键的2分，以26∶24占得先机。中国队以大比分1∶2处于被动却毫不气馁，冷静应对，极力采用快变战术，打乱美国队的节奏，并取得立竿见影的效果。先以25∶20拿下第四局，将大比分扳成2∶2，又再接再厉，扩大战果，决胜局以15∶11再胜，以3∶2涉险过关。

中国队战胜美国队之前，就是十二支参赛队中唯一保持全胜的队伍，战胜美国队之后，不仅提前两轮确保拿到2004年奥运会的入场券，离冠军台也近在咫尺了。因为从获胜场次、积分排名到剩余对手分析，我们都处在最有利位置。

与美国队的比赛确实惊心动魄，双方都发挥出了高水平。在场外观看比赛的国际裁判孙建辉评论说，美国队发挥出了120%的水平。从比赛场面看，中国队并不占优势，但打得耐心、自信。赛后，在场上打满五局的主攻手杨昊深有体会，她说："五局比赛感觉很累，每一分都要打几个回合，美国队防守真好，打到第五局腿都有些发抖了。但是，看到隔网相对的美国选手紧张得一个劲儿喘粗气，我就明白她们的压力更大。

2003年11月13日，第九届女排世界杯中国队同美国队的比赛在日本大阪举行。中国女排以3∶2战胜美国队，取得开赛以来的九连胜，并稳获2004年雅典奥运会入场券（中体在线图片 刘亚茹 摄）

所以，我自始至终都相信我们可以赢。"

队长冯坤在日记中写道："今天我们在1∶2落后的情况下连扳两局，以3∶2击败美国队，赢得了一场至关重要的胜利。这是我参加国际大赛以来最紧张、最惊心动魄的比赛之一。当亚男为我们拿下最后一分的时候，大家都非常兴奋。这场胜利，对我们的士气和自信心都有很大的帮助。因为在这场比赛中，我们突破了自我，战胜了自我。最困难的时候，大家一直团结一致。相信这种团结所产生的力量，能让我们继续前进。"

正如冯坤所料，最后两役，中国队未丢一局，以两个3∶0完胜意大利队和日本队，打得都十分轻松。尤其是最后一场对东道主日本队，中国队一帆风顺，几乎没有遇到什么阻拦。

在第三局大局已定的情况下，队里最年轻的选手张萍向陈忠和再三请战。陈忠和在22∶11领先时换她上场发球，让她感受一下大赛的气氛。最终，张萍沉稳发球，和大家一起拿下全场比赛的最后一分。当时她欣喜若狂，又跳又叫，和大家相拥而泣。

中国女排终以11连胜的辉煌战绩，夺得久违的世界冠军。

赛后——把陈忠和抛起和一路欢歌

世界女排强队、中国女排的对手，大概都未料到中国女排能这么快就从低谷中奋起。几乎还是参加世界锦标赛的原班人员和首发阵容，但技术更精湛，经验更老到，团结更紧密，意志更坚强。11连胜！中国女排凭自己的实力，打得对手心服口服。

这一天，与袁伟民率领的中国女排首夺世界冠军时隔22年，在同一座城市（日本大阪），同一个体育馆（大阪府立体育馆）。这一天，与中

队员们在领奖台上高举冠军奖杯（中体在线图片 刘亚茹 摄）

2003 年 11 月 15 日，第九届女排世界杯中国队同此次比赛最后一个对手——东道主日本队的比赛在日本大阪举行。中国女排以 3∶0 战胜日本队，以十一战全胜的战绩，继 1986 年之后，时隔 17 年再次登上世界冠军领奖台

国女排"五连冠"已相隔 17 年之久。

运动员们在现场激动得把陈忠和团团围住，并齐心协力将他抛了起来，表达对他的感激之情。女运动员抛起男教练还很少见，女排姑娘们也是第一次，所以有人竟忘了要接住从空中降落的教练，幸好助理教练包壮、张建章守在那里，帮姑娘们稳稳接住了陈忠和指导。

当大家等待参加闭幕式时，团长徐利、主教练陈忠和照例走到吸烟区，只是对视的那一刻，眼泪同时流下来。他们最清楚，这个冠军来得多么不容易！

躲在运动员休息室门口的教练赖亚文也止不住地流泪，运动员的努力也为她圆了世界冠军梦。

许多日本球迷、追星族也成为中国女排的粉丝。他们称杨昊为"钢铁制造"，赵蕊蕊为"万里长城"。当地电视台抓住这一热点，专门对她俩进行了采访，他们尤其对杨昊的重扣感兴趣。记者问杨昊平时喜欢吃什么东西，杨昊说："巧克力和棒棒饼干。"记者马上追问："这是增强力量的原因吗？"杨昊笑而不答。他们又问她为什么那么爱笑，杨昊说自己天性开朗。杨昊的笑脸竟长时间地定格在当地电视台的屏幕上。

颁奖典礼后，在中国队从赛场返回饭店的路上，姑娘们再也按捺不住心中的喜悦，也可能是压抑的时间太久太久了，不喊几嗓子就不痛快，留下了一路歌声。

周苏红最先抢到了麦克风，自己报幕将表演"民歌连唱"，其实就是把她会唱的歌全部连起来唱，第一首就是《阳光总在风雨后》，她请大家齐声合唱，并说明这是送给陈忠和指导的。

　　人生路上甜苦和喜忧
　　愿与你分担所有

夺冠后，姑娘们把陈忠和抛起来（中体在线图片 刘亚茹 摄）

难免曾经跌倒和等候

要勇敢地抬头

……

阳光总在风雨后

乌云上有晴空

珍惜所有的感动

每一份希望在你手中

阳光总在风雨后

请相信有彩虹

风风雨雨都接受

我一直会在你的左右

……

实际上,这首歌不仅是送给陈忠和指导的,也唱出了女排队员们在经历坎坷磨难后的执着坚持,以及在被狂风暴雨洗礼后,终见彩虹的幸福感慨。

随后,周苏红又邀请陈指导领唱他最拿手的闽南歌曲《爱拼才会赢》,陈忠和放开已经沙哑的喉咙唱了起来:

人生可比是海上的波浪

有时起有时落

好运歹运

总嘛要照起工来行

三分天注定

七分靠打拼

爱拼才会赢

……

这首歌正是陈忠和的内心写照。

接下来是《伟大的祖国》《大中华》……

众人的声音越来越洪亮，情绪越来越激昂，真是一路欢笑一路歌，喜悦之情溢于言表。

采访背后的故事

中国女排夺取久违的世界冠军后，采访大军蜂拥而上。到日本采访的中国记者就有几十名，每人都想选个独特的角度，写篇独家的报道。主教练陈忠和成为最抢手的采访对象。

因为我和队伍住在同一层楼半个月，采访条件比其他同行优越，此时就自觉地排到最后一位，约好等陈忠和回到房间我再去找他。好在当天是周六，那时我们《中国体育报》周日不出报，虽然编辑部临时增加了不少稿目，但有一天的缓冲，时间比较充裕，我感觉还能承受。

一篇好稿子的诞生

意外的是，《人民日报》编辑部领导当天给我打电话，说要联合写一篇社论，因为他们在现场采访的是一位第一次接触排球比赛的年轻记者。反正我也要写综述，对我来说也没有加大压力，只是这篇稿子需要当天发出，因为《人民日报》是天天有报的，不可能等我们《中国体育报》同时见报。然而，这样的事情我不能擅自做主，必须由报社领导决定，我请他与我们报社的领导商量。报社的回复是让我尽力配合。我在排队等待采访陈忠和期间，先采访了团长徐利，然后赶写与《人民日报》合作的社论初稿，并以最快速度发回编辑部。

我在前方采访，后方编辑部的同事们也一起目睹了中国女排夺冠之路，他们也为这时隔17年的夺冠而感动而欢欣鼓舞。收到我的稿子后，他们把自己的感情倾注其中，非常漂亮地用古文和古诗词作为题目和小标题，给文章增色不少，且开阔了我的思路。

文章的标题是"不是一番寒彻骨，怎得梅花扑鼻香——中国女排复兴之路"。

小标题分别为：

"骐骥一跃，不能十步；驽马十驾，功在不舍。锲而舍之，朽木不折；锲而不舍，金石可镂——《荀子·劝学》"。这一部分回忆了17年来中国女排历经的艰苦和磨难。

"知己知彼，百战不殆；不知彼而知己，一胜一负；不知彼，不知己，每战必殆——《孙子兵法》"。这一部分写的是中国女排为这次大赛所做的赛前准备，精细而全面，且针对性极强。

"夫用兵之道，攻心为上，攻城为下；心战为上，兵战为下——《三国志·马谡传》"。这一部分介绍了中国女排的心理建设，全队从团长、领队、教练到队员，都要求自己做到"心态平和"，即达到"得意淡然"和"失意泰然"的超然心态。

"穷则变，变则通，通则久——《易·系辞下》"。这一部分写到创新才有出路。自上次夺冠以来，世界排球有了很大发展，陈忠和的思想非常明确：创新才有出路。一方面继承老女排的光荣传统，另一方面与时俱进，适应排球发展规律。

"天将降大任于是人也，必先苦其心志，劳其筋骨，饿其体肤，空乏其身，行拂乱其所为，所以动心忍性，曾益其所不能——《孟子·告子下》"。这一部分历数了女排队员们在比赛中顶住的各种伤病的考验。

每个小标题都言简意赅，精妙准确且自然地引出文章内容，如行云流水，一气呵成。

结束语用了一个对偶句：十七年风雨路，今朝梦圆；世界杯重登顶，再望雅典。

今天看来，我仍然认为这是一篇好稿。

我的独家——每人一句话

看到陈忠和身边还有记者等候，我开始到运动员房间串门了。虽然她们都很累了，但情绪高涨，一点儿睡意也没有，我马上想到可以写一写她们每个人此时此刻最想说的一句话。

我的问题一提出来，竟得到了积极响应，有几位更是脱口而出。我如获至宝，匆匆记下。

队长冯坤说："今天是我终生难忘的日子，我得到了梦寐以求的两个奖：世界冠军金牌和世界最佳二传奖。这一直是我的梦想，竟然在一天中都实现了！难以表达此时此刻的心情，我想说，只要你想要的，努力去做，就能得到。"

刘亚男流着眼泪在笑，她说："我这是高兴的眼泪，我终于等到这一天了！运动员就是想夺金牌，我为此经历了许多风雨，也受到不少挫折。肩伤后我一度处于低谷，有人怀疑我能否打主力。我痛苦过，心酸过。现在想想，我的付出值得。世界冠军不是每个人都能得到的。"

以拦网见长的副攻手赵蕊蕊，却因进攻命中率最高得到了最佳扣球奖，她说："我激动得不知说什么好！平时训练吃了很多苦，教练对我的网上技术要求很高、很严，我也挨了不少批评。现在拿了冠军，我觉得这一切都是值得的。我能拿到最佳扣球奖，也是大家的功劳，没有人垫好一传，二传不给传球，我也不可能得到这个奖。"

擅长平拉开扣小斜线的强攻手杨昊说："我们的梦想终于成真了。我没有哭，一直在笑，打心眼里高兴。胜利来自平时训练的积累，来自全队共同的努力。我去年的状态那么差，陈指导仍然信任我，鼓励我，去年世锦赛的锻炼价值特别大，经过风雨我们每个人都成熟了。"

灵活多变战术的核心跑动者周苏红说："这个冠军太不容易了！我们所有努力就是为了这一刻。今年是我的本命年，圆了我的梦想。我的伤病较多，遇到的困难也多，但我们队的比赛成绩好，就是一个完美的本命年。今年的世界杯和去年的世锦赛是两种完全不同的体验，所以我提议把《阳光总在风雨后》作为我们队的队歌。"

自由人张娜的想法与众不同，她不回想过去，而是向前看，她说："我告诉你，这只是我的一个梦想，我还有别的梦想呢！"

老将陈静更是感慨万端，她说："我们队真的不容易，对我来说困难就更大了。对日本队的第三局打到一半，我就预料到我们会赢。比分到23分时，我就在替补席上准备冲进场了，想拥抱大家。现在最想感谢陈指导，我们大家都很感谢他。"

主力阵容中年龄最大的主攻手王丽娜说："大家的努力没有白费，我们得到了最好的回报。我要感谢陈指导给了我这次机会，我非常珍惜。我们是个团结的集体，大家齐心协力才有今天的胜利。"

二传替补宋妮娜简单扼要地说："有付出才有收获，我们没有白受累。"

李珊说："'锻炼百日，胜利一时'，这是观众拉出的一条横幅。我觉得用在我们身上很合适，练得那么苦就是为了这一刻。这将成为我永恒的回忆。"

关键时刻常常替补上场的张越红与张娜的想法一致，她说："我很幸运，真的实现了梦想。可我还不满足，因为我还有一个梦想。我会继续努力的。"

那位请战上场并圆满完成任务的小队员张萍却卡住了，她反问我："该说什么？"我回答："你是不是很高兴？是不是要继续奋斗拿更多的冠军？"也不知她听进去没有，反正连连点头称"是"，还顺便表扬了我一句："杨阿姨，你每次都说到我心坎上。"

我在楼道里遇到了赖亚文教练和魏雍绩大夫，顺便也请他们说两句。

赖指导说："我很感谢队员们，是她们圆了我的夺冠梦想。"

魏大夫说："团结就是力量，拼搏才有成绩。每个人都做好自己的本职工作，就是对集体的贡献。"

这也是我在大阪之夜，临时"捡到"的另一条独家新闻。

连夜——采访陈忠和

凌晨2点，陈忠和才回到宾馆房间，我开始了我的采访。

当时用筋疲力尽来形容陈忠和一点儿也不为过，而且他嗓子沙哑得几乎发不出声。我们相识多年，十分熟悉，所以也用不着过于拘谨。我让他选择最舒服的姿势坐好，他把脚抬高放在写字台上，喝了口茶，慢慢聊起来。为了让他尽快休息，我只是简单提了几个问题就结束了采访。

因为我是《中国体育报》的特派记者，所以提问更偏重专业方面，而陈忠和的回答更加印证了我赛中的分析和赛后的综述。

我的提问从"赛前是否想到会全胜夺冠"开始，陈忠和也直言不讳地回答"没想到",他在赛前做好了最艰苦的思想准备。

他说:"我们队夺冠军的可能性很大,从北京出发前我就分别和每位队员谈过话,一是问她们有没有信心夺冠,二是问有什么担心。队员们都表现出强烈的夺冠欲望,使我更增强了信心。"

陈忠和坦然相告:"从出任中国女排主教练的那一刻起,我始终把夺取世界冠军作为自己的奋斗目标。我也是这样要求运动员的。所以我们才能经受那样枯燥和艰苦的训练。参加任何比赛,我都不会放弃夺取冠军的机会。但在比赛期间我们不能过多地考虑结果。心态好才能充分发挥水平。"

我问他拿到世界冠军后的心情如何。他说:"今天是我最激动、最高兴的日子。我要感谢我的队员,3年来,她们跟着我吃了不少苦。无论遇到什么困难,她们始终都信任我、支持我。特别是去年世界锦标赛后,是她们给了我鼓励和信心,我觉得我们这个集体很了不起。对日本队比赛的第三局,我们大比分领先,我就知道肯定赢了。那时我就想,等夺冠愿望实现时,我要拥抱她们每一个人。金牌就是对我、对我们全队的充分肯定。所以我非常高兴,也非常激动和欣慰。"

我问:"中国队成功的原因有哪些?是准备充分还是战术得当?是运动员发挥出色还是队伍成熟了?"

他说:"这几个方面都有。这次比赛我们准备得非常充分。其实从瑞士女排精英赛时就在为世界杯打基础了。比赛期间我们做的大量的工作是调整心态,就是立足于把自己的东西发挥出来。还有一点很重要,我们出发前就统一了思想,大家目标一致,有强烈的夺冠欲望并决心一起向这个目标不懈努力。技战术方面我们的优势就是快和变,我们队的后排攻相对少一些,但一传和防守等保证环节好,二传分配球合理。所以,对手都想破我们的一传。从这次比赛看,我们的进攻战术是最快的。只是发球还未达到最好的水平，得分不多，失误不少。总之，队伍成熟了，波动小多了。回想比赛的全过程，首战对巴西一役，可谓是提前进行的冠亚军决赛，而对美国队的比赛是唯一打满五局的激战。"

我请陈忠和指导评价一下他最满意的一场比赛。他却出乎意料地先提及中国队对意大利队和中国队对日本队的那两场比赛。他说："我们打得最漂亮的比赛是对意大利队和对日本队的两场，队员们充分发挥了水平。我最满意的是对美国队的比赛，因为对手强，我们在1∶2落后的情况下能扳回来，很不容易。在1∶2落后时，我看队员有点儿紧，交换场地后，我没有多说，只是布置了一下对策，给她们一些具体的办法，简单扼要。第四局她们果真扭转了心态。而美国队教练说，美国队队员的心态没有处理好，所以未能把握住机会。"

对于暂停和换人的时机把握，陈忠和也相当自信，他说："我在比赛中暂停和换人都很果断，几次暂停后，对方的跳发球都失误了，这就达到了打乱对方节奏的目的。

"我的自信源于我对每个队员都十分了解。观察她们赛前的情况，我心里就有数了。对日本队最后让张萍上场，因为她要求上场的欲望非常强烈，我就让她上去表现一下，所以她很有气势。

"每场比赛前，教练组都会研究选择我队的最强轮次对付对方的哪个轮次最有利。我们做到了知己知彼，所以用兵就得心应手。比如对意大利队的比赛，我们始终让杨昊与对方的矮个子二传手隔网相对，把这当作突破口，结果杨昊的进攻畅通无阻，命中率高达75%。"

一场大的战役结束了，指挥官最想做什么？陈忠和说了两个字："休息。"比赛期间他每天都难以入眠，即使很累、很困，吃了安定片还是睡不着觉，脑子始终在高速运转着。

为了让他尽快休息，我提了最后一个问题："明年就是奥运会了，你

女排队员们和主教练陈忠和一起庆祝夺得冠军

有什么打算?"

他又兴奋起来,毫不回避地说:"刚打完比赛我就在想明年的奥运会了,我们的目标是获得一枚奖牌,当然也要争取金牌。那时压力会更大,比赛会更残酷,争夺会更激烈。我们必须扎扎实实地打好基础,可能日子会更不好过,运动员会更辛苦。我常说,没有付出就没有回报。我们必须从零开始,迎接新的挑战。"

其他宣传单位的记者比我更加刨根问底,好不容易得来的采访机会不可错过。他们与陈指导谈到了带队 3 年的体会,陈指导坦然谈起自己的感受。他说:"有谁知道冠军背后的故事?又有谁了解这 3 年我们是怎么过来的?"像是提问,又像是问自己。

他说:"我 2001 年组队,任期 4 年,就是备战雅典奥运会的。所以我选了一批年轻队员,新队员、新队伍、新组合,还要练出新技术、新战术,一切从零开始。所以,我们练得非常辛苦,几乎每天要练到极限,见到球场都不想走进去。但必须练,而且要练好。所以,第一年基础打得还不错。第二年,我们训练的重点调整到战术组合,这是立足之本,所以训练的时间更长、更苦。特别是 2002 年世锦赛我们犯了错误,走进了夹缝,承受了常人无法想象的压力,我们还是挺过来了,而且集体更加团结。第三年的训练是精雕细刻,两年的刻苦训练,我们队已经形成了自己独到的打法,但技术还不够细腻,战术还不够精湛,所以我们就反复地加练,十分枯燥乏味,但必须为之,没有捷径可走。"

如今拿到久违的世界冠军,陈忠和回想步步艰辛的路,说道:"去年世界锦标赛后,我对队员们说'对不起',今天我对她们说'谢谢你'。我非常感谢队员们对我的支持和信任,这就是我信心和动力的来源。"

赶稿——两天一夜没合眼

结束对陈忠和的采访后,我开始猛写新闻稿。因为大会安排了我早上8点的飞机,前往男排世界杯中国队的比赛城市,所以早上5点就要赶往机场。我已经没有时间睡觉了,那就赶稿吧!5点准时上车,办好登机手续,打开电脑继续写。下了飞机直接去办理记者注册,带着行李箱就到了男排赛场。中国男排没比赛前再接着写。直到当天晚上报社的截稿时间,女排和男排的稿子全部发回编辑部。

2003年11月17日,这是我牢牢记住的一个日子,《中国体育报》四个版,我发回的女排稿子分布在三个版上,加上后方配合的各界共庆的消息一个版,全面地、立体地、专业地报道了中国女排再铸辉煌的难忘时刻,见证了时隔17年女排精神再度发扬光大、威震四海的历史瞬间。

我想摘录我曾在《中国排球》杂志上发表的一篇文章结束这些难忘的回忆。

"阳光总在风雨后,乌云上有晴空。珍惜所有的感动,每一份希望在你手中。阳光总在风雨后,请相信有彩虹……"第一次听到这优美旋律下寓意深奥的歌词,是在日本采访女排世界杯的第一天,团长徐利和主教练陈忠和从餐厅走回宾馆时的齐声合唱,两人南腔北调,却唱得那么专注投入,那么一往情深,使人既纳闷又感动。

我猜他们一定是从女排运动员那里学来的。一打听,陈静告诉我是她教的,可全部的歌词陈静也唱不下来。她说:"这首歌很深沉,很动听,我也是听会的。"

一次去比赛的路上,我听到刘亚男在低声吟唱这首歌,便向她索要歌词,她说:"您也喜欢这首歌?我正学呢!想在拿了世界冠军时全队合

队员们领奖后合影（中体在线图片 刘亚茹 摄）

唱。"那时世界杯刚打了一半。实际上这几句只是其中的一部分。刘亚男特意为我誊写了一份完整的歌词。我更加明白女排姑娘们为什么喜欢它。"人生路上甜苦和喜忧，愿与你分担所有，难免曾经跌倒和等候，要勇敢地抬头。谁愿常躲在避风的港口，宁有波涛汹涌的自由。"

　　不知歌词作者的本意是为朋友还是为情人所抒发的深情，当时却正符合了女排姑娘的情怀。在她们共同奋斗的3年间，有在集训时磨破三层皮肉的艰苦岁月，有从指尖滑落那几乎唾手可得的胜利的悲壮，也有经过顽强拼搏连克劲旅的欢呼雀跃，还有团结一致夺取冠军的喜极而泣。无论是积蓄实力的艰苦磨炼，还是连续作战的日夜煎熬，面对各种各样的困难，她们都"勇敢地抬头"，乐观地战斗。在她们夺冠的当天，姑娘们就把这首歌献给了主教练陈忠和。

　　阳光总在风雨后。是他们，中国女排集体中的男子汉们，肩负起重塑辉煌的历史使命；是她们，中国女排的铁姑娘们，实现了再攀世界高峰的雄心壮志。是中国女排这个光荣的战斗集体，用她们艰苦卓绝的努力，捧回了国人翘首以待17年之久的世界冠军奖杯。

第七冠

编者按

陈忠和参加2001年年初举行的中国女排主教练竞聘，其实是"破格"的，而且又被"破格"聘任。原因是国家队主教练的第一条标准就是"曾为国家队优秀运动员"。但是许多优秀教练员都举荐他，特别是前任郎平。

陈忠和是福建男排队员，身高只有1.77米，弹跳力很好，技术全面。在越来越大型化的排球场，在没有自由人的年代，凭这个身高成为专业排球运动员是罕见的。更加幸运的是，他22岁时被时任中国女排主教练袁伟民相中，调入中国女排做"陪打教练"，主要任务是在训练和备战比赛时模仿对手的主要得分手，如当年美国队的海曼、克洛克特，古巴队的路易斯，俄罗斯队的加莫娃等。他可以随时转换身份且模仿得惟妙惟肖、收放自如，使运动员在比赛前就已经熟悉和适应了对手的情况。陈忠和辅佐的几任著名教练和一批批队员都称他为"最佳陪打教练"。

陈忠和在国家队这么多年，十分低调，队伍出去比赛和参加活动，他总是走在队伍的最后面。我随队去采访，常常和他边走边聊，也是无话不谈。记得有一次全队去合肥，当地组织了一次签名售球活动，在市中心一家大型百货公司，郎平为球迷签排球，女排姑娘坐在她身旁。那天全队都穿着红色运动服套装，唯独陈忠和穿的是深蓝色套装。队伍刚到达百货公司，就在去往六楼会议室的路上被球迷围住，工作人员加强了安保，陈忠和突然从我身边被安保人员拉出了队伍。虽然他运动服的胸前有大大的"中国"二字，还是被误认为球迷了。我向安保人员解释后，他又回到队伍中。但是，这样的事发生了三次。陈忠和对我说：

"你对郎指导说一声，我就不上楼了，就在商场里逛逛吧！"后来此事成为队中的笑谈。

陈忠和出任中国女排主教练的第一次新闻发布会后，曾问我："你看我行吗？"我是以老朋友的资格坦诚相对："你做助手这么多年，总是笑呵呵的，能镇住队员吗？能有主教练的威严吗？"其实他是心中有答案才特意问我的。他十分自信，说："我心里有数，无论新队员还是老队员都愿意和我说心里话。我十分了解她们。"

从他组队开始，人们就看出了他思路清晰，有独到见解和把控能力。为了4年后的奥运会，他先选了清一色的年轻队员，重组阵容，然后根据不同的比赛，再选有特点的老将弥补不足。他率队参加的第一次比赛是亚洲锦标赛，中国队一举夺冠。这次比赛他对自己的指挥能力充分肯定，曾私下对我说："我的每次暂停和换人都收到了很好的效果。"我再次看到了自信满满的陈指导。

陈忠和真正在世界排坛亮相是当年的女排大冠军杯赛，大冠军杯赛由各大洲冠军参赛，他和他的队员全胜夺冠，一举成名，有了更加自信的底气。这可能就是他能在中国女排"五连冠"17年之后再掀夺冠高峰期的基石吧！

激情燃烧的雅典记忆

洪钢

（体育评述员，主任播音员）

2004年雅典奥运会，是中国体育代表团表现比较突出的一届，32金17银14铜的成绩历史性地使中国占据了金牌榜第二的位置。除了传统优势项目之外，很多项目在这届比赛实现了前所未有的飞跃，例如皮划艇、女子摔跤等项目首次夺金。尤其李婷、孙甜甜夺得网球女双冠军和刘翔拿下男子110米栏冠军，更是整个中国竞技体育史上都要大书特书的突破性成绩。即便如此，国人最喜爱的集体球类项目之一的女排勇夺金牌，20年后再次圆梦奥运赛场的经历，虽属"前所已有"，不是突破性成就，仍然在这一片辉煌之中，璀璨不遑多让。

备战：主力重伤，强敌环伺

当初陈忠和刚刚上任的时候，和国家体育总局排球运动管理中心签的任务是执教到雅典奥运会后，目标成绩是前四名，力争奖牌。在2001年看来，这个目标符合实际，但2003年中国女排重夺世界杯冠军之后，人们的胃口就被吊高了，对女排的成绩期待再次来到非冠军不可的地步。排管中心官方表达中，目标也升格成了"保三冲冠"。

2003—2004赛季排球联赛结束后，1月国家队即开始集训备战奥运会，3月8日开始在漳州基地封闭集训，每周只休息半天。这次集训，漳州基地投资1100万元兴建的中国女排训练馆正式开馆，国家女排离开几代运动员使用了30年的老1号训练馆，搬进新的训练馆训练，陈忠和说新训练馆极大地改善了女排的训练条件。看上去一切都紧张有序，教练、队员辛苦，但斗志昂扬。

不走运的是，3月26日上午的训练中，主力副攻赵蕊蕊在起跳扣球后，落地时右小腿胫骨、腓骨骨折。经诊断为应力性骨折，也就是疲劳性骨折。经北医三院专家诊治，需要三个月左右才能康复。这时距离雅典奥运会开赛只有四个月了，赵蕊蕊能否及时痊愈，痊愈后能不能用一个多月恢复训练、达到比赛水平，成了那段时间媒体、球迷最热衷的话题。国家队也直到两个月后才完全接受这个现实，此前封锁消息、遮遮掩掩都在所难免，外人难以知道主将受伤给他们心理上带来了多大的阴影，更重要的是，他们不希望对手们过早侦知这个消息。

虽然中国队在2003年世界杯上以十一战全胜夺冠，但大家很清楚，球队实力并没有到睥睨群雄的地步。就拿巴西女排来说，虽然她们在世界杯首轮输给中国队，但随后竟然在出师不利的情况下，豪取十连胜，最后和中国队仅差1分。如果中国队在任何一场多些闪失，这个冠军就将旁落。

2004年的世界女子排坛其实还是蛮多姿多彩的。原因之一是排球规则在20世纪90年代大变革，尤其是发球权得分制改为每球得分制、引进自由防守人规则、比赛用球气压降低等规则对排球训练和比赛方式都有很大影响，而在改规则之前开始投入排球专业训练的运动员，还有很多到雅典奥运会仍活跃在赛场上，她们的技术风格依然保持着各自国家、地区的特点。与此同时，新规则下的新一代球员则已经崭露头角，形成了不同风格的对抗。中国队本身是一支70后和80后结合的队伍，国际赛场上前者如俄罗斯队的5号索科洛娃、巴西队的8号瓦莱斯金尼娅、古巴队的18号巴罗斯，后者有俄罗斯队的11号加莫娃、美国队的15号汤姆、巴西队的16号法比亚娜，老将新人群芳璀璨。

俄罗斯女排当时仍由执掌国家队20多年的名帅尼古拉·卡尔波利执教，不少队员都是他像女儿一样从青少年俱乐部时期带到国家队的。虽然进入21世纪后，卡尔波利的执教、管理方式受到不少冲击，和多名队员出现矛盾，不断有人退出国家队，但是到雅典奥运会之前，卡尔波利执教生涯培养出的最后一位超级主攻手——身高2.06米的叶卡捷琳娜·加莫娃正在走向成熟，他也和一些老弟子重归于好，尤其是技术全面、参加了悉尼奥运会的主力索科洛娃回队，使球队攻防变得更加均衡。

现在人们可能已经想不起，古巴女排是以卫冕冠军的身份来到希腊的。从1991年到2000年，"黑色橡胶"实现了难以复制的世界三大赛"八连冠"。雅典，她们是来冲击奥运"三连冠"的。尽管古巴女排在赛场上的统治力不如20世纪90年代，打法和球员特点也不太适应自由人规则等新变化，但还是具备个人能力突出的特点，发球、扣球等项技术的个人实力仍然一流。

在俄罗斯、古巴等老牌劲旅之外，以2002年斩获世锦赛冠军的意大利女排为代表的欧洲球队也要来分一杯羹。受益于职业化联赛，意大利、塞尔维亚、荷兰、土耳其、德国等过去的女排弱队，在21世纪都逐渐成了强队。赛前我们预测，中国、意大利、巴西、美国、俄罗斯、古巴等六支球队都有夺冠机会。当时的世界女子排坛，可能用两个带贬义的成语更能形象地说明，那就是旧势力"死而不僵"，新势力"蠢蠢欲动"。2004年的雅典奥运会，正是世界女排格局变化，新势力崛起、旧势力尚未退出的交会点。这么看来，在这届比赛当中，上演了那么多五局大战和逆转，争夺格外激烈也是在情理之中。

对策：秘密武器，藏锋于鞘

核心队员重伤，对手又都这么难攻，中国女排"保三冲冠"的目标还能实现吗？

张萍扣球（中体在线图片 赵彤杰 摄）

这个问题如果放在2003—2004女排联赛之前，也许无解，因为在那之前赵蕊蕊几乎无可替代。不过，时间放到2004年上半年，陈忠和就有了一种可能的方案。

世界女子排坛的新势力在世纪之交崛起，中国女排事业也注入了新的力量。国内排坛30年来是福建、四川、八一、辽宁、上海等球队的天下，但在21世纪里天津女排异军突起。2001年还在保级的天津队，2001—2002赛季就跻身前三，2002—2003赛季闯入联赛总决赛，3∶2逆转击败几乎全国家队阵容的八一女排，首夺联赛冠军，次年又卫冕成功，从此成为国内排坛顶级强队。天津队的成功，也使她们的队员得到了更多国家队教练组的关注，1982年出生的天津女排副攻张萍就这样从默默无闻走进了国家队。

在排球场上，张萍应该属于那种特点、缺点同样突出的队员。她的身高1.87米，属于比"新"不足比"老"有余，和赵蕊蕊、巴西后来的塔伊萨与法比亚娜、德国菲尔斯特这些都超过1.9米的新一代副攻比起来，网上当然没有优势，但相比于当时世界排坛、国内排坛的"老"副攻，就算很高了，中国队的"老"副攻陈静就只有1.82米，巴西女排主力副攻瓦莱斯金尼娅只有1.8米。特别是她身体素质出色，拥有跳发球和后排进攻两项绝大多数副攻都不具备的技术能力。后来在雅典奥运会女排赛场上，张萍和古巴队的巴罗斯、卡里略三大"暴力"副攻同场对轰，也是一番难得景象。

从2002年开始，国家队教练组就注意到了张萍，把她招进国家队。由于身高、拦网、技术、经验等方面的差距，还不满20岁的张萍尚未得到足够认可，没能参加世锦赛。2003年世界杯张萍虽然身披18号战衣出征，但只是替补上场，在对阵实力较弱的埃及队时得了8分，其中有7分是发球得分，扣球只有1分，可见当时二传对她还不熟悉。

即使张萍在2003—2004赛季天津队中已经是绝对主力，但国家队围绕奥运会的备战，一开始仍然是以赵蕊蕊为副攻核心的。赵蕊蕊受伤之后，主教练陈忠和、主二传冯坤和全体队员都要有一个思想准备，就是必须做最坏的打算，如果赵蕊蕊不能赶上奥运会，必须接受现实寻找解决方案。所以，球队一开始对外界尽量封锁消息，现在看来是完全可以理解的，也是应该这么做的。

首先，核心队员受伤，在大赛之前让对手知道得越晚越有利，这样对方做针对性准备的时间就越短。

其次，我们的队伍也需要时间，从思想、战术、技术上适应过来。副攻位置的替换，对中国女排这样的快变打法来说，影响尤其大，不光是换一个人的问题，二传传球、接应跑动、拦防组织各方面的配合都要跟上。

最后，在很短的时间内，教练组要决定替代方案是用陈静的经验，还是用张萍的冲击力。无论起用谁主打，能否成功是个未知数。成了是一套打法，不成是另一套策略，在没有结论之前当然不事声张为好。

从4月开始，中国队按计划和日本女排进行了五场热身赛。5月下旬，中国队出战中国国际女排精英赛。通过这一系列比赛检验，中国队的B计划显然是可行的。所以陈忠和此时接受采访已经比较从容，他表示中国女排的最终目标是奥运会，之前的比赛都是以调整和热身为主，因此她们不会为热身赛投入非常大的力量，也许会输几场球。主教练这么说，已经胸有成竹。到了6月初，赵蕊蕊也在北京公开亮相。核心队员受伤的阴影，已经从中国女排头上消散了。

当张萍可以成为B计划的时候，这反而成了对中国队有利的一点。首先她在国际赛场上没有名气，有奇兵之效。世界杯上，张萍只打了与埃及队对战的两局，完全不能引起别人注意，对手对她不了解，仍然会把备战重点放在赵蕊蕊身上。这么一来，赵蕊蕊受伤的消息对对手反而是巨大的干扰。她到底能不能打？能恢复几成？她不打中国队用谁？都成了对手的问号。其次，张萍虽然高度、网前威慑力不如赵蕊蕊，但是她的发球技术好，进攻手段多样，此消彼长，这个位置综合实力并没有下降，只要队员能扬长避短，总体不会受太大影响。

就这样，中国女排通过集体努力，将不利化为了有利。

初战：准备充分，处变不惊

雅典奥运会也是笔者体育记者生涯中最难以忘怀的报道经历。这是我第一次参加奥运会报道，也是奥运会100多年后回到发源地，古希腊的历史和文明给这届体育盛会增添了无尽魅力。

本届排球比赛在和平友谊体育馆进行，距离比雷埃夫斯很近，距离雅典市区较远，也是这次比赛比较偏远的场馆之一，从奥运村或者媒体中心出发，要坐几十分钟班车才能抵达。比距离远更让我印象深刻的是，这座体育馆确实很大，是我至今见过最大的排球比赛馆。它有近14000个观众座席，希腊队参加的一次重要排球比赛，曾创造了20000名现场观众的纪录。站在观众席上看比赛场地，可以用"遥远"这个词来形容。

中国队这次没有分到东道主希腊队那个相对较弱的组，将先后迎战美国、多米尼加、德国、古巴和俄罗斯队。多米尼加、德国队明显稍弱，其他四队出线机会较大，但也不能掉以轻心，还要争取好名次，为淘汰赛做准备。如此，中国队首战美国队还是比较关键的，胜和负反差很大，而且就像陈忠和所说的，我们果然在备战奥运过程中输了几场球，包括7

月底世界大奖赛总决赛0∶3输给美国队,最终中国队只获得第五名。不过奥运会的赛制是十二支队分成两组,每组六支队,出线四支队,对强队来说,小组赛来自对手的压力远不如来自自己心里的压力大。

大奖赛后,中国队从意大利前往波兰进行奥运前的最后两周备战。此时,积极治疗康复的赵蕊蕊也直飞波兰与球队会合,并于7月31日加入主力一方参与合练,8月5日在对波兰队的教学赛中出场。尽管她没有恢复到最佳状态,但仍然是大家关注的焦点。奥运会之前,赵蕊蕊已经可以正常比赛,中国女排以世界杯夺冠原班人马出征雅典。

小组赛开始前,笔者给徐利主任打了个电话,他的语气听上去轻松而自信。徐主任从这届女排组建开始,就差不多成了队中一员,共同训练、共同比赛,将大部分精力都投给了女排。当时,中国队大奖赛打得一般,舆论压力很大,有人认为赵蕊蕊缺阵"真的不行",也有排坛名宿公开说中国队"也就是世界第四或者第五名的水平",也不知道是真这么想的还是帮球队减压。徐主任能接起电话,以及他轻松的语气,让我对比赛有了底。其实排球比赛是有辩证法的,历史比赛成绩只能代表历史,之前都赢球、都轻松未必是好事,先输几场也许更有利。技战术的准备固然重要,心态的调整也很关键。就像陈忠和在大奖赛后所说:"索性输到家也痛快,别再把自己当世界冠军了,这样更有利于全队调整心态,从零开始冲击雅典奥运会,这对我们说不定还是好事!"

8月14日,奥运会女排首轮开赛,中国队和美国队仅隔半个月再次相遇。相比上次交手,双方首发都换了一个人,美国队主力副攻7号鲍恩复出,中国队则遣上赵蕊蕊首发,可见两队主教练都认为这场比赛比较重要。已经因伤错过一次奥运会的赵蕊蕊,这次终于战胜伤病站在了奥运赛场上。遗憾的是刚开赛不久,赵蕊蕊第一次背飞打中,落地时右腿不敢着地,被搀扶下场。虽然经诊断这次不需要再做手术,但重新出

刘亚男在比赛中（中体在线图片 赵彤杰 摄）

现的骨裂还是让她离开了之后的奥运赛场。

仅仅3分钟、只扣了一个球就旧伤复发，但我们要知道，赵蕊蕊为此付出的努力绝不仅仅为了这100多秒。从3月到8月，赵蕊蕊在努力，全队也在努力。大家既准备好迎接战友回归，也作了她不能出场的打算。

张萍领命上阵，22岁初登大赛，就是奥运舞台，这个天津姑娘没有一点儿怯场。面对拥有两名优秀副攻的美国队，她不仅扣球拿下14分，以往的弱项拦网也有2分进账。全队也完全不受大奖赛输球和主力突然离场的影响，在一传稳定的情况下，利用快速多变的战术，打开局面，并有针对性地拦防对方主要得分手洛根·汤姆的进攻，收效明显，以25∶21先下一城。第二局美国队调兵遣将，换上纳玛尼，中国队对她的强攻节奏和线路有些不适应，以23∶25惜败。其后，中国队加强跑动进攻战术，打乱美国队的节奏，以25∶22、25∶18连胜两局，以总比分3∶1取得"开门红"。

这场比赛我们进攻多点开花，四名攻手得分上双，杨昊独得20分并且在随后每场比赛都稳定输出，为最终夺冠立下头功。中国队首战，扣球这一项就比美国队多出13分。

赢了这场，小组出线基本稳了，而且有机会争取一个好名次。这天的女排比赛揭幕战，头一场德国女排就爆冷，先输两局后连扳三局击败卫冕冠军古巴队，果然奥运赛场谁都不能掉以轻心。这也是本届奥运会第一场大逆转。

奥运会的排球赛制是男女排交替进行，中国队隔天再战，以3∶0战胜了多米尼加队。这个对手我们也比较熟悉，交手很多次，取胜在情理之中。首场唯一没有上双的刘亚男这场比赛憋了一股劲儿，场上完全打开了，"小刘飞刀例不虚发"，"世界上最快的快攻"三局独得15分，反成了这天队里唯一得分超过 10 分的人。

中国女排开局两连胜，全员状态在线。

中盘：两战古巴，斗智斗勇

8 月 18 日，中国女排在第三场小组赛中迎来了老对手古巴队。

国人从看"五连冠"开始，就熟悉了古巴女排，女排可能是不少人对这个加勒比国家仅有的认知。悉尼奥运会她们虽然实现了"八连冠"，但半决赛、决赛都是打满五局险胜，已经现出颓势。赛后新老交替，实力进一步下滑，2002 年世锦赛、2003 年世界杯都没有获得奖牌。但是，其功勋教练欧亨尼奥放言，年轻的古巴姑娘们将在雅典奥运会成熟。事后看来，这位排坛名帅果然老辣，所言不虚。

古巴女排的特点一般中国球迷都了解，打顺了势不可当，打不好兵败如山倒。尤其是她们的发球，一旦找到感觉，确实让人难以招架。2004 年这支古巴队，最大的优势仍然是发球和扣球，六轮几乎都采用大力跳发球。她们的平均年龄小于中国队，有一半都是 80 后。队长是和冯坤同龄的 1 号鲁伊兹，由于她的姓氏和著名古巴女排运动员路易斯很像，也打主攻，故被中国媒体、球迷称作"小路易斯"。队中还有威胁很大的两个副攻：18 号巴罗斯和 3 号卡里略。这两人虽然差了 10 岁，技术风格却很相似，都擅长大力跳发球。读者也可以理解为，她们都是加强版张萍。

年轻队员不在少数的古巴女排在雅典首战就被上了一课，2∶0 领先却被名不见经传的德国女排翻盘，直接被逼到悬崖边。次战遭遇俄罗斯队，又是苦战五局，在 1∶2 落后的形势下，连扳两局取胜。又是一场逆

杨昊扣球（中体在线图片 郑迅 摄）

转，又是一场五局，古巴队有点儿杀红了眼。

在中国队和古巴队交手之前，多米尼加队击败了美国队，古巴队虽然战胜了俄罗斯队仍然面临无法出线的危险，这更迫使她们调动出最佳状态来迎战中国队，最终古巴队3∶2获胜。巴罗斯发球就直接得了7分，尤其是决胜局开局，她的发球连续破攻，给本队建立了5∶1领先，随后15∶13险胜。

失利的首要原因当然是没有顶住对手的发球，一传被破坏直接影响进攻，但中国队还是表现出足够的应变和亮点。第一局19∶25，第二局教练组首先变了轮次，随后又换上了替补二传宋妮娜，小宋马上扭转局面连扳两局，反超为2∶1，收效明显。必须强调的是，在一传被破坏打不出"快变"的情况下，两个主攻杨昊、王丽娜分别扣球得到20分和17分，比对手的两个主攻得分还多，两人表现可圈可点。后来的半决赛，我们两个主攻扣球再次拿下19分和13分，仍然高于古巴队两个主攻的得分。总有人说中国女排"强攻不强"，在这届队伍面前可真是陈词滥调、人云亦云了。强攻得分能胜过古巴队，要多强才算强？

小组赛交手我们打得并不差，只是对方的巴罗斯确实发挥太出色，古巴队按自己的套路赢得了比赛。巴罗斯也是这次比赛最佳发球得主，这项技术得分榜上，王丽娜排名第二，杨昊、张萍分列第四、第五，加上周苏红、冯坤发球也有威力，中国队发球整体攻击性非常突出。虽然我们像巴罗斯这样天赋异禀的跳发高手不多，但陈忠和对发球和一传非常重视，将其视为球队生命。平常比赛遇到弱队，摆明了3∶0赢的比赛，他会给队员额外加码，下达发球任务指标，对每人都有要求，跳发的得多少分，跳飘的要几个破攻、破战术。所以从他执教第一天起，球队就没有放松过发球攻击性训练。

此轮过后，俄罗斯队、中国队、古巴队均为两胜一负，积分相同；

美国队、德国队、多米尼加队均为1胜2负，积分也相同。大家都有出线的机会。在另一个小组中，世界杯亚军巴西队在1∶2落后的情况下，3∶2逆转战胜世锦赛冠军意大利队，锁定小组头名。

中国队第四轮打欧洲名将格伦领军的德国队，对手也还有出线机会，而且之前大奖赛打满五局我们才赢球。事实证明奥运会才是真实水平，中国队吸取了上次交手的经验，3∶0轻取德国队，德国队没有一局得分上20。排球辩证法再次应验。

小组赛最后一轮中国队对阵俄罗斯队，本以为是场激烈较量，双方要争小组第一，但俄罗斯队这天的一传、防守发挥很差，差得让陈忠和在去新闻发布厅的路上连说三次"没想到"。前两局中国队以25∶15和25∶16连胜，甚至比打德国队还轻松。对手第三局才找到点儿感觉，从21平拼到26平，中国队以28∶26险胜，不过大比分是3∶0。事后证明这又是排球辩证法，这场3∶0的轻松胜利为决赛的艰苦埋下伏笔，对手第三局的反扑已经现出苗头。

俄罗斯队虽然输了这场比赛，但她们上一轮逆转美国队，还是以小组第二出线。中俄两队在1/4决赛中遇见日本队和韩国队，双双以3∶0过关。另外两场1/4决赛就没这么轻松了。意大利队再次被逆转，在2∶1领先的情况下，输给了古巴队。这支当时就具备冲冠实力的欧洲新军，有了这次奥运会连续被逆转的阴影，八强成了一道坎，屡屡折戟，直到20年后才获得金牌，可见奥运冠军对谁来说都不是容易的事。巴西队对美国队的比赛同样惊险，先赢两局之后又连输两局，好在决胜局拿下，巴西队晋级。

半决赛是俄罗斯队对巴西队，中国队再遇古巴队。之前奥运会女排赛场已经有八场打满五局，其中六场是落后一方反败为胜，但这只是本次比赛跌宕起伏主旋律的前奏。

8月26日19:30，首先进行女排第一场半决赛俄罗斯队对巴西队。俄罗斯队在参加奥运会之前人员不稳定，波动比较大，通过落选赛才晋级决赛圈，也没有获得大奖赛资格，小组赛输了两场，呼声并不高。面对技术全面的巴西女排，她们也实难占到便宜，很快以18:25、21:25连输两局。虽然俄罗斯队扳回第三局，但是第四局又是一路落后，比分到了19:24，这时巴西队队员一个接一个失误，俄罗斯队起死回生，28:26逆转。双方进入决胜局，巴西队再次14:10领先。这时候20岁的接应玛丽安妮连续后攻踩线违例送分，竟然让俄罗斯队又一次起死回生。巴西队连续浪费了24:19和14:10两个必胜局面，俄罗斯队逃过10余个赛点，幸运闯入决赛。玛丽安妮的失误堪比那届奥运会射击名将埃蒙斯把子弹打到别人靶上，从此她再也没有得到国家队主力位置。

神奇的俄巴比赛刚刚结束，中古又上演了更激烈的比拼。

这场球双方队员打出了高水平，但更大看点是教练大斗法，每局站位都在变，排兵布阵颇显排球奥妙。总结小组赛得失之后，中国队决定，再碰古巴队用冯坤的拦网去对上"小路易斯"的进攻，用周苏红在后排的一传对上巴罗斯的发球轮。这招果然奏效，25:22先胜一局。第二局古巴队看出端倪，站位错了一轮，陈忠和料敌于先，也错了一轮，这样双方轮次等于没变，中国队25:20再下一城。

无论怎么站位，打古巴队最重要的都是顶住她们凶悍的发球，这场比赛副攻手陈静给王丽娜做起了后排替补，前四局每局替补上场，充分发挥老女排队员技术全面的作用，使我们场上能保持四人接一传。对方发球最好的巴罗斯，这场比赛再难冲垮我们的一传，从上场发球得7分到这场1分未得，古巴队全队发球也只得了3分。陈静和李珊两个参加了悉尼奥运会的老队员在这个队里都是多面手，可一子多用。进攻需要变下节奏，换她们；一传防守得替一替，换她们。攻可摧城拔寨，守则固若金汤。

　　这也是我们前面提到的,雅典奥运会期间,还有一批改规则之前的老队员在役,她们的技术风格现在已经很难看到了,而她们的存在,是雅典奥运会女排格外精彩激烈的重要因素。所以我们也应该了解,熊姿、李艳等人虽然无缘雅典奥运会,但这届女排的建队思路和最后成功,与这些队员的存在是分不开的。

　　前两局形势大好,但别忘了古巴队有"八连冠"名帅欧亨尼奥坐镇。第三局古巴队果断变阵,以其人之道还治其人之身,站位"倒三轮"再次让"小路易斯"对上了周苏红,这下双方又回到了上一场比赛的节奏。古巴队以25:17、25:23连扳两局,眼看要再次逆转。

　　俗话说,两强相遇勇者胜。古巴队在决胜局的决策明显气短了,也许她们判断中国队会在输了两局之后变阵,也许她们还是更相信自己打惯的套路、更相信队长在前排,不敢田忌赛马,或者还想赌巴罗斯的发球,总之,她们放弃了第三、四局的开局站位,还是回到了"小路易斯"四号位开轮。这下,陈忠和在决胜局精准预判了对手的策略,让冯坤结结实实地抓住了"小路易斯"。中国队15:10拿下决胜局,使对手卫冕梦碎,我们时隔8年再次打进奥运会决赛!

　　绝大多数人都记住了雅典奥运会女排荡气回肠的决赛,往往不知这两场半决赛,一个以罕见的胜负变幻令他人扼腕,一个靠精妙的布局算路叫观者击节,都是可载入史册的经典战例。

高潮:从不绝望,再出奇兵

　　北京时间2004年8月29日凌晨进行的中俄女排奥运会决赛,和20

年前的"三连冠"、12年后的里约之夜，都成了一代人的记忆。三场决赛，又以雅典这场上演0∶2到3∶2的大逆转而令人记忆犹新。有观众回忆说，0∶2的时候就关掉电视去睡觉了，没想到第二天醒来发现错过一场精彩绝伦的比赛。也有球迷说，虽然不看了，但还是忍不住不时起来刷刷比分。更多的人，是和中国女排一起坚持到了胜利时刻。

俄罗斯队是世界女排传统强队，2004年之前曾在奥运会上夺得4金4银，五次世锦赛冠军，十七次欧锦赛冠军。陈忠和上任后，中国队前两年始终无法战胜她们，几乎到了逢俄必败的地步，直到2003年大奖赛总决赛赢球才算推开这扇门。奥运会之前的一年多时间里，俄罗斯队主二传格拉切娃、副攻贝利科娃离队，队长阿塔莫诺娃、副攻季先科重伤，受此影响，战绩相当糟糕，缺席世界杯、大奖赛，拿了半个世纪的欧洲冠军也丢了，逐渐从中国队主要对手的行列里掉队。回头再看，雅典奥运会之时卡尔波利手上只是"半支"俄罗斯队，两大主力伤病缠身，功力不到一半，主二传只能"揠苗助长"当时年仅19岁的舍舍尼娜，那时加莫娃也还没有完全成熟，能打进决赛实属幸运。不过，排球辩证法决定，小组赛0∶3输球，让俄罗斯队更容易摆在冲击对手的位置上，加上半决赛顶过巴西队10个以上赛点神奇翻盘，她们发挥出和小组赛完全不同的水平。

虽然女排决赛在北京时间凌晨1点进行，但中央电视台体育频道对这场转播非常重视，毕竟这是女排20年来第一次有机会在奥运会上夺冠，而且大家普遍认为机会很大。2002年女排世锦赛、2003年女排世界杯都全程解说了比赛的评述员孙正平亲自出马，邀请郎平担任评论嘉宾。郎导一开始说："这场中俄比赛万众瞩目，十分值得期待，我要到现场去，你总不能剥夺我在现场为年轻的、正在崛起的中国女排加油鼓劲，见证她们在我们1984年后时隔20年再次夺取奥运冠军的权利呀！"孙老师说："您在现场见证女排夺得奥运冠军当然很重要，但在这样关键的、令上亿观众关注的奥运决赛中（后统计有4亿观众观看了这场中俄之战的转播），让全国观众能够听到您精辟、权威的分析和精彩到位的讲解，让他们和您一起回忆当初中国女排'三连冠'的岁月，一起见证今天的辉煌，我觉得也许更重要。我代表广大电视观众，代表中央电视台希望您能接受我们的邀请。"郎导盛情难却，接受了电视台的邀请。

这样一来，郎导1984年作为运动员拿下女排奥运冠军，2004年作为电视评论解说员见证女排摘金，2016年又作为主教练率中国女排夺魁，也完成了一种"另类大满贯"。

雅典奥运会这场决赛也是传统女排打法的最后一次奥运对决。俄罗斯队和中国队看上去风格迥然不同，其实有很多共同点。就拿战术来说，两队都保留着接应主接一传，而非当时已经渐成主流的两主攻接一传。这两支队伍和打"四二"配备的古巴队，都与潮流"格格不入"，反而勾起人们对20世纪排球的记忆。人员方面，中国队冒险带上了赵蕊蕊，"只要能上场就是首发"。俄罗斯女排有同样的情况，队长阿塔莫诺娃受膝伤、背伤困扰，使球队"三驾马车"缺了一角，卡尔波利却坚持给她报名，并仍然让她担任队长，哪怕她八场比赛登场次数寥寥无几。此举也使这位老卡眼中的"最伟大主攻手"虽无世界冠军头衔，却能在2012年达成连续六战奥运的成就，以三枚奥运银牌、三枚世锦赛铜牌、两次世界杯亚军的战绩而青史留名。可见，两位主教练都是重感情的人。

重感情的两位主帅面对决赛，都没有把过多心思花在轮次上，两人以堂堂之阵，硬碰硬地奉献了一场经典对决。

比赛成为经典的第一要素，就是双方都发挥了很高的进攻水平，主动得分多，失误很少。稳定一传就保证了进攻，尤其关键的一传大家都顶住了，这点从两队加起来只有张萍、冯坤和加莫娃三人各一次发球直接得分，可见一斑。俄罗斯队主要依靠11号加莫娃、5号索科洛娃两个主攻频频在四号位和后排攻突破，其他队员则全力做好保障，进攻主要靠偷袭，另外接应普罗特尼科娃这场比赛的一传和防守也是超水平的。中国队这边，虽然快攻遇到对手全力破坏，但进攻点还是明显多于对方，而且张萍发、扣、拦都打出了开赛以来的最高水平。这场比赛加莫娃个人扣球得到最高的28分，张萍则砍下21分。虽然单拿出来中国队队员个人能力不比俄罗斯队的加莫娃、索科洛娃，但整体配合默契，攻手实力平均，所有人得分都超过或与对方第三得分点相当。

最后进攻总得分是87∶74，我们多了13分。关键的第四局，25分里我们扣球拿下20分！能在对手的最强项占到上风，"黄金一代"的攻击力不可低估。这届奥运会，比进攻，中国队没有输给任何对手，发球、拦网也大多占优，发、扣、拦三大得分技术相当突出。这届国家队，论个人，可能除了赵蕊蕊没有谁让对手生畏；论整体，"七仙女"就是金庸笔下的全真教天罡北斗阵。

两队场上也都有弱点，略生遗憾。俄罗斯队的最强副攻、2002年世锦赛最佳扣球9号季先科受伤病影响，勉强出战但如同隐形，如果是2001年到2003年的她，以这天的球队发挥，比赛结果还真难说。中国队则是王丽娜的进攻有些打不开。这位被称作"大鸟"的重炮手在1996年奥运会曾作为年轻队员，为半决赛淘汰俄罗斯队立下汗马功劳，吃过亏的俄罗斯队本场对她研究得很透，将她限制得比较死。

前两局争夺令人窒息，28∶30、25∶27，中国队连续两局都惜败。

虽然0∶2落后，但是战术和整体发挥没有太大问题。陈忠和曾说："有人说我们是绝处逢生，但是说句实话，在整个五局比赛的过程中，我从没有绝望过。""前两局我们虽然输了,那并不是我们水平不行,而是领先接近结束的时候,队员急于求成,失误较多。"郎平在直播评述时也表示,要相信我们的实力,放平心态,把战术再调整一下,减少失误,我们还是有机会的。

中国队第三局没有自乱阵脚,陈忠和拿出了最后的预备队,换上张越红首发,替下王丽娜。

张越红是1975年生,在队里只有陈静比她大两个月。她在国家队几进几出,胡进带队时就曾经入选过,无缘悉尼奥运会之后已经有了退役的念头,2001年又被陈忠和召入国家队,让这个非体育家庭出身的运动员延续了排球梦想。这几年,张越红不仅在国家队坚持下来,为辽宁队效力的国内比赛也越打越成熟,帮助球队重返联赛亚军的位置。

陈忠和说张越红"总能在关键时刻显示威力",之前比赛始终没有表现的机会,这场奥运金牌争夺战,让她在女排征战史上留下了浓墨重彩的一笔。和张萍一样,她俩以往都不是主力,对手对她们不够熟悉。最重要的是两人心态都很好,张萍初生牛犊不怕虎,张越红除却巫山不是云,谁都没有心理负担,充分发挥了水平。张越红和王丽娜的上步节奏不一样,张越红力量虽然稍弱,但弹跳特别出色,完全不是一个类型的选手,俄罗斯队一时拿她没有办法。而且,张越红虽为新人,却是老队员,心态上反而让大家更平稳。

有些人曾批评陈忠和教练是"七仙女"包打天下。陈导带队期间,主力阵容确实很稳定,难得换个首发。但是看这次奥运会,从备战到临场指挥,很明显他不是没有后手,所有替补队员在比赛中都发挥了作用。只不过执教理念不同,陈导认为中国女排必须走整体配合这条路,主力阵容必须稳定以利磨合,加之用人不疑疑人不用,所以首发很稳定。再有就是大多数对手没有像俄罗斯队这样逼出他的后手罢了,那两年大多

夺冠后的女排主教练陈忠和激动不已（中体在线图片 李锦河 摄）

数球队被中国女排发球就发垮了。反观俄罗斯队，本来就是残阵，这样激烈的对抗，更无人可用，全场只有两次换人，收效甚微。战线拉得越长，对中国队越有利。

比赛最紧张的时刻其实倒不是大比分 0∶2 落后，而是第四局对方只差 2 分就能取得胜利的时候。这时加莫娃发球破坏一传得分，俄罗斯队 23∶21 领先，而且陈导刚刚用完第二次暂停，中国队只能靠队员自己顶住了。好在加莫娃是在后排，而中国队是强轮。赛后大家都说女排打出了"忘我"的状态，什么叫"忘我"？这 4 分就是这种状态。首先周苏红顶住压力，一攻打前交叉得分。这是很关键的一个渡轮，因为接下来周苏红就转到了后排，中国队前排是杨昊、冯坤、张萍这个拦网最强轮，后排则是周苏红、刘亚男和自由人张娜——最强后排。随后的比赛，周苏红防起加莫娃后攻，反击冯坤传张萍三号位半高球得分；对方再次一攻，冯坤直接拦死索科洛娃拿到局点；最后周苏红发球破攻，关键球给杨昊四号位反击得手。转瞬之间，中国队连得 4 分，25∶23 反超。

运气没有再帮俄罗斯队，联系到半决赛俄巴之战，不得不说赛场上存在某种微妙的平衡。

这几分虽短，却集中体现了这届女排几个独有优势。

周苏红绰号"大炮"，这绰号来自发球，但她不像王丽娜、杨昊、张萍那样采用大力跳发。她的跳飘球看着不起眼，却很有破坏力。6 年后的 2010 年广州亚运会决赛，中国女排还上演了一场大逆转，仍然是周苏红最后时刻的发球连续破攻稳住局面。对俄罗斯队第四局 21∶23 落后，她展现了每个环节都能得分的全面能力，一扣、一防、一破攻，厥功至伟。

冯坤拦死索科洛娃那一球，也极为关键，使中国队反先拿到局点，让对手心理出现变化。冯坤在半决赛力阻"小路易斯"之后，决赛又封杀索科洛娃，一场拦网独得 8 分，将她作为高二传在拦网上的优势完全发挥出来。陈忠和执教就认准了冯坤的网上优势，力排众议将她确立为主二传，果然他的战略眼光得到验证。冯坤两个关键球反击，第一个给张萍，第二个给杨昊，也是头脑冷静加大胆传球，两个反击球全都晃开了对手拦网，在这种紧张时刻传出来，可以用"出神入化"来形容。

决胜局虽然争夺激烈，但索科洛娃已经不下球了，只要加莫娃到后排，就是中国队得分的机会。就像被无数次回放的最后一球一样，双方互有攻守，来回球越多越能发挥我们的长处。比分交替上升，但中国队始终保持领先，直到张越红扣中最后一球——让中国人无数次欢腾的最后一球！

结语：拼搏积累，代代传承

从一场新军爆冷大逆转卫冕冠军开始，到一场老牌强队间决赛的大逆转结束，以整个赛会精彩程度而论，雅典奥运会在历届女排大赛中即使不是无出其右，也称得上首屈一指，中国女排在这样一届比赛中夺冠有幸而完美。

比赛结果是多方面因素决定的，精神力量和物质基础缺一不可。体育比赛被形容为和平年代的战争。排球比赛也是如此。多年以后，陈忠和再次谈到女排，说："拿冠军是很多因素汇总的结果，不是具备某一个要素就可以的。靠精神去夺冠？不完全是这样，主要还是因为平时有扎实的训练作为基础，精神发挥力量的前提是做好每一天的训练。没有基础，拿什么东西去拼？想拼都拼不出来。女排精神首先来

女排队员们在领奖台上（中体在线图片 赵彤杰 摄）

女排队员们领奖后合影（中体在线图片 赵彤杰 摄）

自她们在训练中就有所体现的勇于拼搏、永不放弃的品质。""能不能逆转，也要依靠平时的训练。训练时遇到苦和累，特别是极限情况下，有些人就顶不上去了……比赛中一定会出现落后的情况，再顶级的球员也会遇到挫折，有些能摆脱，有些摆脱不了。我们不是因为运气好，而是因为基础好！"

先输后赢、先赢后输，在比赛场上都是很常见的。输往往留下赢的种子，赢也常常预埋输的祸根，这就是我们常说的排球辩证法。陈导的话也解释了部分原因："因为你和对手都在变化。如果分析纸面实力就能决定输赢就不是竞技体育了。这局赢了，不意味着下局也能赢，不然还打什么呢？教练员的战术布置、对人员的更换，运动员的随机应变、心态调整都会影响到输赢。"中国女排善于将不利向有利转化，多种赢的种子，少埋输的祸根。

兵无常势，水无常形，能因敌变化而取胜者，谓之神。

决赛0∶2落后时，三位女排奥运冠军教练以不同的身份关注比赛，却无一人想到"绝处"一词。陈导和郎导一样都是袁伟民的学生，继承了很多袁指导的训练方法和管理理念，陈导认为，"管理严格"是女排这个集体里教练员工作的重要传承。中国女排想要长盛不衰，这份遗产需要年轻的教练员们坚持下去。

有意思的是，中国女排1984年夺冠，中央电视台的评论员是宋世雄老师，2004年决赛是孙正平和郎导评述。两位都是笔者的老师，我从他们身上继承了很多业务技巧和处世之道，2016年也有幸作为现场评述，见证女排第三次奥运夺金。孙老师说，雅典奥运会女排决赛是他31年评述生涯中"最难忘、最荡气回肠的比赛"。对笔者来说，雅典奥运会和"黄金一代"女排是关于青春的回忆。我们三代排球评述员都从女排这个优秀集体中得到了很多很多，这也是中国体育媒体人和中国体育的一段不解情缘。

女排在雅典奥运会为中国代表团夺得的是第 31 枚金牌，这枚金牌的分量格外沉重，它给一代人带来无比的兴奋，也留下深刻的记忆和丰厚的排球遗产。即使再回顾这段历史已时隔 20 年，仍然让我们心潮澎湃于那激情燃烧的 14 天。

第八冠

编者按

郎平是第一位执教意大利女排俱乐部的中国籍女性主教练。2000年年初,她以个人名义邀请我和摄影记者刘亚茹、中央电视台记者李武君等,到意大利摩德纳观看意大利女排联赛决赛。

我利用这次难得的机会,与刘亚茹配合,图文并茂地向《中国体育报》发回连续专访,让国内的球迷更加了解郎平在意大利的生活与赛练情况,以及意大利排球联赛的方方面面。

郎平执教的摩德纳女排,不仅有意大利运动员,还先后引进了多位外籍选手。郎平用"拼图游戏"来比喻她每天费心排列的阵容。记得有一场比赛打完,郎平对我们形容她要在一分钟的暂停时间里,用三种语言说明白一件事。

摩德纳女排最终打进决赛,要与雷焦卡拉布里亚俱乐部通过五场三胜来争夺冠军。赛前,舆论都不看好摩德纳队,郎平笑着对我们说:"实力稍逊一筹。"原因是对方有世界冠军古巴队的三名主力队员。没想到前四场比赛双方打成2∶2。最后一场决赛是客场作战,对方摆出必胜的气势,郎平也做好充分准备。我们无法随俱乐部前往赛地,又因为当地规定要等比赛结束一小时后才可转播比赛,我们只能等消息。

当郎平姐姐郎洪的手机响起时,我们都凑了过去。只听郎平说:"我们赢啦!"问及胜利原因,郎平说:"我没派主力二传手上场,替补二传的特点完全不同,对手一下子被打蒙了。"郎平的胆量和魄力在关键时刻起到了巨大的作用。而她的队员们则说:"她让我们看了一辈子都不想再看的录像。"这可能应了"知彼知己,百战不殆"那句名言。

中国女排重回巅峰之战

王镜宇
(新华社体育部英文采访室主任)

引子

记得 2014 年中国女排获得世锦赛银牌之后，有一次有幸跟郎导和几个朋友小聚，席间聊到 2015 年的女排世界杯，大家正想说祝愿中国女排夺冠之类的话，郎导用眼神和手势巧妙地止住了我们，没有让话题展开。那时我突然意识到，从亚军到冠军这看似很近的一小步，可能对于作为球员荣誉等身的郎导来说仍是心理上一道小小的坎。

大约一年之后，中国女排从 2015 年世界杯上夺冠归来。再度欢聚，聊起次年的里约奥运会，郎导对于队伍夺冠的话题已然没有任何禁忌，对大家的祝福照单全收。我心里想，郎导又一次实现了自我超越。

在竞技体育的浪潮中，坦然面对输赢这件事，说起来容易做起来难。郎导作为主教练拿过那么多亚军，要做到这点就更难了。

1995 年，郎平临危受命，首次担任中国女排主教练，带领中国女排在 1996 年亚特兰大奥运会和 1998 年世锦赛上两获亚军。2008 年北京奥运会，郎导带领美国女排获得亚军。2013 年郎导回归中国女排之后，中国女排在当年的世界女排大奖赛和次年的世锦赛上，又连续获得亚军。这么多亚军加起来，很难不让人产生联想。

亚军和亚军之间，其实有很大区别。2013 年，郎导一上任就率队在各项赛事中取得十九连胜。但是，在那年世界女排大奖赛总决赛对巴西队的最后决战中，郎导雪藏之前表现出色的朱婷，主动放弃了争胜机会。因为这件事，巴西队主教练吉马良斯耿耿于怀，赛后遇见时，他特意问我为什么郎导不派朱婷上。我没法告诉他，郎导是故意留了一手，避其锋芒，不想让羽翼未丰的朱婷和中国队留下心理阴影。

一年之后的世锦赛，情况大不一样。经过郎导的打磨，朱婷已经光芒四射，袁心玥也崭露头角，再加上魏秋月、惠若琪、徐云丽等老将压阵，中国女排已经初步具备了冲击巴西、美国等强队的实力。在世锦赛出征之前，我采访了郎导，她说目标是先确保打进前六，再争取佳绩，低调之中蕴含了希望。世锦赛的赛程和复赛的分组对中国队相对有利，中国队在半决赛力克意大利队，挺进决赛。不过，由于年轻队员经验的欠缺、老将徐云丽在六强战中的受伤和关键时刻一传的波动，中国队在决赛中1∶3惜败于美国队，郎平作为主教练再度与第一个三大赛冠军失之交臂。

临战损将，榔头洒泪

2015年8月17日，中国女排出征世界杯的前一天，我到队里观看训练。自2002年开始采访中国女排，我经常在得到队里允许的情况下前去探营，那天也是如此。没想到，那天"铁榔头"落泪了。

上午进行的是中国队出征前的最后一堂战术训练课，除了队长惠若琪没有参加之外，一切如常，在训练中也察觉不到郎导情绪的变化。可是，在训练结束之后，郎导突然快步走向训练场西南角的储物室。后来大家才发现，郎导哭了。

郎导在赛场上指挥若定，在训练场上则有着不怒自威的气场。在我的印象中，只要她在场，女排的姑娘们和教练组的成员大都严肃而紧张，连休息、喝水的时候也很少听到有人高声说话。遇到熟悉的朋友来访，郎导有时会抽空寒暄几句，但很快便会投入带队训练的紧张状态中。像这次在训练场上落泪，我还是头一次见。

让郎导情绪波动的导火索是惠若琪的突然离队，正式的消息是排管中心在那天下午的媒体通气会上公布的。惠若琪近期在北仑训练期间感觉心脏不适，先在当地医院接受了常规检查，随后又回北京接受进一步检查。本着以人为本、生命至上、为队员负责和从长远考虑的原则，排管中心决定让惠若琪留京观察，进一步接受检查治疗，不参加本次世界杯。

惠若琪的临阵缺席其实只是郎导伤心的原因之一。在惠若琪受伤之前，副攻老将徐云丽和替补接应杨方旭也因为伤病先后退出，惠若琪的离开给郎导和中国女排征战世界杯带来了新的挑战。

在2014年世锦赛结束之后，郎导显然有更高的追求。在2015年年初的集训名单中，她钦点了六名自由人。经过几个月的集训，林莉和王梦洁脱颖而出，成为随后几年里中国女排在这个位置上挑大梁的球员，弥补了中国女排一个比较明显的短板。在主攻位置上，张常宁进步很快。在副攻位置上，颜妮渐入佳境。此外，曾春蕾、刘晓彤作为角色球员也日渐成熟。如果没有徐云丽、杨方旭和惠若琪的伤病问题，中国队的实力相当强大，没想到计划赶不上变化，队员的伤病接踵而至。

不过，郎导和她的队员们都有着很强的自我调节能力。当天下午，助理教练安家杰和两位美国训练师带领女排姑娘们在训练馆进行了身体和力量训练。训练刚开始时，气氛略显凝重。但是，在两位外教"游戏式"训练的调动下，队员们很快进入状态，场上也有了些欢声笑语。

跟安导聊天时，他给我解释了惠若琪的缺席给中国队造成的影响。从位置上看，惠若琪担任主攻，而当时朱婷和张常宁都有较强的强攻能力，还有刘晓彤、刘晏含这样靠谱的替补，惠若琪的缺席似乎对球队的影响不大。然而，实际上技术全面的惠若琪还承担着串联球队的重要任务，在当时年轻球员技术还不够细腻的情况下，她这个"润滑剂"的角色很难找到合适的替代者。此外，本来郎导已经在培养张常宁在接应位置上担当曾春蕾的替补，惠若琪的缺席意味着张常宁还得分心兼顾主攻，中国队战术变化的丰富性也受到很大影响。听了安导的解释之后，我对郎导洒泪有了更深的体会。

时任排管中心党委书记张蓉芳在那天下午的媒体通气会上说，这次世界杯中国队的目标是"全力以赴、打好每一场球"。惠若琪的缺阵会对中国队的实力造成影响，中国女排能做的是"面对现实、选择坚强"。张蓉芳还说，惠若琪的病情还不完全清晰，排管中心希望能多给她一些时间，好好检查、治疗，当时还无法确定惠若琪能否复出参加里约奥运会。

参加完媒体通气会，我感慨良多，既为惠若琪感到惋惜，又觉得排管中心、郎导和教练团队做出的是以人为本的正确决定，于是写了一篇《健康高于冠军，惠队永不独行！》的稿件。我在文中写道："对于志在提前斩获奥运门票乃至冲击世界杯冠军的中国队而言，惠若琪的缺阵无疑是一个重大损失。技术全面、进攻多变的惠若琪是中国队在主攻位置上的绝对主力，也是头号重炮手朱婷身边最重要的支持者之一。她的缺阵降低了中国队在主攻位置上的厚度，也意味着刘晓彤、刘晏含需要承担更大的压力，还会让中国队的一传体系经受更大的考验。不过，伤病和运气都是竞技比赛的组成部分。哀兵出战，虽然带来了挑战，但或许也能凝聚士气。在2004年雅典奥运会上，中国女排经受了首战失去赵蕊蕊的打击，却最终上演决赛大逆转的奇迹。对弱者而言，类似的挫折也许可以成为提前准备好的失败借口；对勇者而言，这也许只是他们攀登高峰过程中将要迈过的又一道山口。"

后来，哀兵出战的中国队真的克服困难夺得了世界杯冠军，惠若琪则通过手术顺利康复，并在里约奥运会上随队夺冠，这样的结果皆大欢喜。

在世界杯期间，有一次和张蓉芳书记聊天，说起惠若琪的情况，我才得知老女排时期，张蓉芳做运动员时也曾有类似的心脏潜在病灶，只是当时冒着一定的风险选择了默默坚持。

这次世界杯是张蓉芳和郎平自 1986 年联手率队拿下老女排"五连冠"中的第五个冠军之后再次携手出征，只是两人的身份都发生了变化。张蓉芳由主教练变成了代表团团长，而郎平从助理教练变成了主教练。

中国女排出征当天，国际排联终身名誉主席魏纪中告诉我，他很看好郎平和张蓉芳再次联手的前景。魏老认为，这次阵容比较齐备，以新为主。中国队应该拿出以拼为主的姿态。"取得奥运入场券也就是为亚洲争取又一个奥运名额，中国队也是为亚洲而战。万一出现意外也不要紧，明年还有出线机会，终极目标是里约奥运会。"

松本演兵

2015 年 8 月 18 日，我启程前往日本，开始自己第三次采访女排世界杯的旅程。2003 年，我首次采访女排世界杯，见证了陈忠和率领的"黄金一代"以 11 连胜的战绩夺冠的辉煌。4 年之后，中国女排因为是北京奥运会的东道主没有参赛，我第二次采访世界杯，看着不被外界看好的美国队在郎导的率领下出人意料地获得季军，直通北京。

这次采访世界杯，我肩负着双重任务，一是以新华社记者的身份报道赛事，二是以国际排联新闻代表的身份参与赛事的媒体运行和新闻服务工作。19 日白天参加完赛事组委会的会议之后，傍晚我和排管中心竞赛部部长蔡毅一起乘大巴前往松本。蔡部长也是以国际排联管理委员会委员的身份参与这次世界杯的组织工作，我们是管委会里仅有的两个中国人。尽管惠若琪临阵退出，蔡部长还是很看好郎平接手之后中国队的上升势头，对于中国队在世界杯赛上的前景比较乐观。

中国队首站比赛的所在地松本是长野县中部一座安静的小城，城里最繁华的地段是松本站附近的商业区。从松本站向东再沿着城里的一条小河向北，十来分钟的车程就到了松本市综合体育馆。

21日中午，在中国女排赛前最后一天的"踩场"训练中，我又见到了郎导。跟四天前相比，她已经一切如常。我曾经在采访中问过郎导，在遇到很难迈过的坎、情绪波动时她会怎么办。郎导告诉我，她会再去寻找解决问题的办法。这个答案当时让我醍醐灌顶，我把它总结为"情绪问题技术解决"。

就在这一天的训练中，郎平演练了朱婷、袁心玥、张常宁联袂首发的新阵，从沙滩排球转入室内排球、2014年才入选中国女排集训队的张常宁这次要填补惠若琪空出的主攻首发位置。

2014年世锦赛时，郎导就想带上张常宁出征。但是，那次世锦赛的赛程跟亚运会有冲突，郎导忍痛割爱，把张常宁留给了亚运会代表队。结果，在那次比赛中，张常宁大放异彩，进一步验证了郎导的判断。

张常宁顶上来之后，中国队演练的主力阵容是：朱婷、沈静思、杨珺菁、袁心玥、曾春蕾、林莉。如果不算自由人林莉，这套首发阵容的平均身高接近1.92米。缺了惠若琪之后，中国队的一传体系发生了改变。郎平说，新配的阵容太仓促，没有经过比赛的磨合，很多事情只能在比赛中临时应变。

这场比赛之所以难打，除了惠若琪缺阵的影响，还有赛程的安排。这届世界杯中国队的赛程是"两头紧、中间松"，在松本的第一阶段的前三场比赛中，中国队要遭遇塞尔维亚队和美国队这两个劲敌，而中国队出战的是一个临时调整后的新阵容。所以，在谈到和塞尔维亚队的首战时，郎平强调以我为主。"双方有一年没碰，不知道对方会派出什么样的阵容。这几天以自己的配合训练为主，先把自己做好吧。"

教练斗法

郎平指挥的经典战例很多，这届世界杯中国队首战对阵塞尔维亚队就是其中之一。这场比赛让人印象深刻，一个很重要的原因是郎平和塞尔维亚队主教练特尔季奇的斗法。

出生于1966年的特尔季奇也是一位功勋教练，在执掌塞尔维亚队十几年的时间里屡创佳绩，包括后来夺得2016年里约奥运会亚军、2018年世锦赛冠军等。

在世界杯松本站的赛前新闻发布会上，包括前一年世锦赛冠亚军美国队和中国队在内的各国教练都相当低调，只有特尔季奇放出豪言，说要争取赢每场球。中塞之战第二天就要进行，同桌而坐的郎平不动声色。

8月22日下午，首战打响。塞尔维亚队首局25∶19取胜。她们二号位和四号位的进攻两翼齐飞，把中国队打得没脾气，特尔季奇在场边也是气定神闲。

危局之中，郎平果断出手，用三次关键换人扭转了战局。第二局中国队用副攻颜妮替下杨珺菁，8∶7时又用替补二传丁霞替下沈静思。10∶15落后的时候，郎平再用改打接应的刘晏含替下曾春蕾。结果，几名替补球员初生牛犊不怕虎，真的帮助球队上演了逆转的好戏。临危受命担任首发的张常宁不辱使命，得到了全队第二高的18分。

在三次换人中，最关键的换人当数丁霞。郎平后来说，沈静思传球不够有变化，因此决定换二传。"一定要有所突破，也不知换完怎么样，但是必须尝试。"国际排联官方电视解说员卢卡斯赛后跟我聊天时说，郎平对二传的调整改变了一切。

丁霞上场之后激情四射，不仅通过传球让中国队的进攻更加灵活多变，还在网上展现出极强的进攻欲望，探头加强攻总共拿下4分。第二局中国队 12:16 落后的时候，丁霞的传球帮助刚刚顶替曾春蕾上场不久的刘晏含在一次高难度反击中得手，两人异常兴奋，不约而同地长声尖叫"啊——"，吹响了中国队反击的号角。

中国队的替补席离记者的座位不远，我发现丁霞和刘晏含在场下的时候就很兴奋，不停地为队友呐喊助威。她们上场之后，几位年轻队员之间展开了"分贝竞赛"。最引人注目的是袁心玥，进攻的时候叫得大声，跑动掩护的时候声音更大。她的"表演"效果很逼真，有几次对方的防守队员被她吸引，让旁边的朱婷也获得了一打一的机会。

跟袁心玥不一样，朱婷大部分时间显得非常淡定，只是偶尔大喊一声。那场她拿下了全队最高的 24 分，次次都喊嗓子怕是吃不消。

现在回想起来，在惠若琪缺阵的情况下，中国队的斗志被激发出来，首战告捷靠的是激情和气势。中国队掀起反击浪潮之后，特尔季奇不再气定神闲。后两局比赛，他开始在场边指责队员的失误，但这并不能改变战局。

比赛结束，女排姑娘们兴奋地拥抱在一起，庆贺来之不易的胜利。见惯了大场面的郎平很淡定，在发布会上她一脸严肃地说："这个阵容在大赛中没有演练过，队员相互之间感觉不踏实，很正常。准备会上说了，第一局上去有可能输球，那么大家在后面要学会迅速阅读对手、找到感觉。"

朱婷的气质跟郎平很像，仿佛也学会了她的淡定。有记者请当选全场最佳球员的她评价自己的表现，她的回答居然是"发挥了训练水平吧"。在记者的追问下，她才说自己在进攻方面起到了带动作用，然后一边试探着说"今天一传好像还可以"，一边像学生看老师那样微微侧脸瞅了瞅郎导，郎导依然面无表情。

特尔季奇还是输得不甘心，他说："我们本来有很好的机会可以赢的，我们应该拿下第二局的……"

直到新闻发布会结束，郎导紧绷着的弦才松弛下来，露出了难得的笑容。面对几位中国记者，她终于有了调侃的心情，来了一句"好输不如赖赢"。

脆败美国

8月23日，中国女排在世界杯次战轻松击败阿尔及利亚队，而在现场的国内外记者议论的焦点是第二天的中美大战。

这场比赛受瞩目再自然不过。首先，这是2014年世锦赛决赛的重演，也被视为本届世界杯潜在的冠亚军之战。其次，中美两队明星云集。中国队由"朱、袁、张"组成的新的网上长城实力令人瞩目，而美国队则拥有洛维、阿金拉德沃、希尔等多位明星攻手，进攻火力强大而均衡。值得一提的是，那年中国队还曾访美，跟美国队打了四场热身赛，双方平分秋色。在当年的世界女排大奖赛中，两队也是各胜一场，不分伯仲。

国际排联电视评论员卢卡斯自己也执教业余球队，我常向他请教技战术层面的问题。这位有着三个男孩、喜欢微笑的英国帅爹对中国队很熟悉，他说自己见过的最好的二传是"黄金一代"的老队长冯坤。

"你就看她高高跳起，从她身体的动作完全判断不出球会往哪儿传。直到她出手的一瞬间，嗖，球喂给了最合适的攻手，甩开了防守，太奇妙了！"卢卡斯一边说，一边用手比画着，满脸兴奋。

谈到中美之战，卢卡斯说他看好中国队，理由是中国队已经迅速进入了状态，而美国队在前一天和韩国队的比赛中还没完全找到感觉。美国队毕竟远道而来，在第一阶段与中国队相遇，对中国队有利。卢卡斯还说，在排轮次的时候让朱婷对格拉斯就行。

卢卡斯说这番话是在早上。话音刚落，美国队在晚上的比赛中爆冷以2∶3输给了塞尔维亚队，仿佛是要验证他关于美国队未进入状态的判断。

旅日英国媒体人瓦尔科以前为《日本时报》工作过，这次为组委会提供新闻服务。谈起中美之战，他的第一反应是："中国队可能会赢。"想了一会儿之后，他又说："肯定是中国赢。"

瓦尔科的预测可能会有主观色彩，因为他看上去也像是郎平的粉丝。在21日的赛前新闻发布会上，郎平见到他，主动与他打招呼，像是见到老朋友一样。郎平的交友范围之广令人惊叹。去年世锦赛在意大利，今年世界杯在日本，哪儿哪儿都有她的熟人。

因为世界杯的比赛涉及奥运会名额，松本当地组委会的人也希望中国队能战胜美国队，提前拿到奥运会入场券。原因很简单，如果中国队提前出线，第二年的奥运会资格赛日本队也就少了一个劲敌。

在大战之前，中国队主教练郎平和美国队主教练基拉伊都很淡定。郎平说，美国队是本次世界杯配置最好的球队之一，不过比赛是相互抑制的过程。中国队要做的是不想结果、注重过程。

基拉伊是世界上唯一一名曾经以队员的身份在室内排球和沙滩排球都拿过奥运会冠军的选手，对胜负再熟悉不过。尽管当晚输了球，基拉伊仍然接受了我的采访，言语之间也很从容。他说："中国队很强，这会是一场精彩的比赛。我们回去吃个饭，'重启'一下，然后集中精力准备比赛。这（输球）没什么，我们知道世界杯不好打。"

事实证明，我的两位外国同行对比赛的预测都不靠谱。在8月24日晚的世界杯第三轮比赛中，中国队0∶3输给了美国队，而且是一场脆败。虽然在第一和第三局都是23∶25输的，比分比较接近，但在场面上中国队完全被美国队压制住了，总体表现还不如2014年世锦赛决赛那场球。

从数据上看，中国队最大的问题在于火力不足。除了两位主攻朱婷和张常宁分别得到 17 分和 14 分之外，得分最多的是拿到 4 分的曾春蕾。在扣球得分方面，中国队以 38∶55 大幅落后。另外，张常宁的一传在第二局出现了较大的波动，中国队新阵容的弱点被美国队抓得很准。

反观前一天落败的美国队，发挥很稳定，洛维、希尔和阿金拉德沃快速的进攻让中国队没有什么办法，三人分别得到 16 分、14 分和 11 分。副攻哈默托在第三局战至 17 平时受伤离场，美国队也未受到影响，展现了很好的临场应变能力。

前三轮结束之后，俄罗斯队三连胜领跑，中国队和另外五支球队两胜一负，中国队争夺冠军和奥运会入场券的主动权都受到了些影响。这肯定不是郎平想要的结果，但她在媒体面前表现得很沉稳。她说，世界杯的比赛很长，学费也是得交的，但胜负还早着呢。

郎平还主动给张常宁减压，对她的表现给予了鼓励和肯定。"她今年才正式入队，机会比较多，最近突然打主力。前面接应、主攻两个位置兼顾，做得还是不错的。特别是一传，她以前不接一传，也是尝试吧，刚好赶上世界杯。第二局中间一度有起伏，是正常的，必须给她这个机会。我觉得第三局的表现还是不错的，有些机会球可惜，跟经验有关系。在这种情况下要多鼓励她，希望她在比赛中成长。"

扼住命运的喉咙

输给美国队之后，中国队在第四轮的对手是韩国队。韩国队的整体实力不如中国队，但是金软景的个人能力非常突出，我原本以为这场球应该问题不大，没想到最后中国队是惊险过关。

回想起来，中国队在松本的第一阶段一直处于磨合、试验新阵容的状态中，有起伏是非常正常的。

在前三轮比赛中，曾春蕾在接应位置上的得分能力不是特别理想，尤其是对阵美国队时，没能撑起中国队的第三个强攻点。因此，在对韩国队的比赛中，郎平开场尝试让张常宁在接应位置上代替曾春蕾首发，而刘晏含和朱婷在主攻位置上打对角。中国队对这个新阵容掌握得还不熟练，首局以 23∶25 惜败。

第二局郎平调整了阵容，让张常宁回到主攻位置，曾春蕾还是打接应。这个变化效果非常明显，中国队比较顺利地拿下了两局，大比分 2∶1 反超。

然而，在第四局开始不久，场上风云突变，朱婷在拦网落地时踩到了对方球员金熙珍伸过了中线的脚上，崴脚受伤，被刘晓彤替换下场。

一时之间，记者们的焦点都从场上转移到场边的朱婷、队医和郎平身上，想弄清楚朱婷的伤势究竟如何，再时不时地瞄一眼场上的比分。作为中国队的头号主力，朱婷的离场对比赛走势的影响显而易见。本来中国队已经完全掌握了主动，现在局面又回到均势，比赛非常紧张。在韩国队以 14∶13 反超比分时，接受了队医简单处理的朱婷主动请战，又回到了场上，稳住了大家的心神。在先后以 15∶19 和 17∶21 落后的情况下，中国队顽强地反超为 24∶22，其中数次成功拦住或防起金软景的进攻。最终，颜妮的扣球帮助中国队拿下赛点。

按照世界杯的规则，如果 3∶0 或 3∶1 赢球可以拿到 3 个积分。因此，在 2∶2 到 13∶14 的十几分钟里，郎平面临着一个艰难而紧迫的抉择。让朱婷彻底休战，中国队可能输掉这局，那也就意味着无法全取 3 分。即使 3∶2 赢球，也会被俄、美等队进一步拉开差距，直通里约奥运会的希望趋于渺茫。冒险让朱婷上场，一旦出现意外，中国队在本届世界杯中争夺佳绩的机会很可能彻底泡汤。

关键时刻，朱婷帮郎平做出了抉择。这位把所有激情都展现在排球场上的河南姑娘主动请战，重新登场。尽管走路都有些一瘸一拐，接一传的时候还踉踉跄跄，可她硬是撑完了后半局，带领中国队完成了第四局和全场比赛的逆转。

全取3分也为郎平和中国队赢得了喘息之机。第一阶段最后一场对秘鲁队的比赛相对轻松，然后是两天的转场和休息，中国队仍然保持在奥运席位和世界杯冠军争夺者的行列中。

郎平后来透露，她在朱婷受伤之后询问过她的伤情，朱婷说崴了脚，感觉还行，还能坚持。本来郎平希望替补登场的刘晓彤能顶下来，后来是朱婷主动请战。

"刚开始没换她，寄希望于刘晓彤能顶下来。比较困难的时候她说她想上，精神还是挺可嘉的。"

虽然韩国队的实力看上去没有那么强，但是这场球的反败为胜对于中国队在这届世界杯赛上的征程非常关键，感觉像是"扼住命运的喉咙"。经过了这个转折点，中国队在剩下的比赛中相对比较顺利。

能够经受住第一阶段艰苦赛程的考验，中国女排靠的不只是主教练郎平一个人，也不仅仅是冲锋在前的队长朱婷，更是整个团队的努力。当时未满20岁的张常宁不但第一次参加世界杯这样的大赛，还被郎平从主攻换到接应，又从接应换回主攻，适应和调整起来很不容易。中国队能战胜塞尔维亚队和韩国队，张常宁是除朱婷之外最稳定的得分选手和最大的功臣。

在对韩国队的这场悬崖边的战斗中，曾春蕾和杨珺菁这两位老将也走出了前几场的平淡，用稳定、有效的进攻给朱婷、张常宁提供了强有力的支持。

当时还是替补的二传丁霞在中塞、中韩两场比赛中表现出色。在一支主、副攻手搭配和位置不断变化的年轻队伍中，丁霞经受住了严峻的挑战。同样扛住考验的还有当年刚刚入队就坐稳自由人主力位置的林莉，她在后场发挥稳定，没让郎平操太多心。

中国队在临阵损失了惠若琪的情况下还能在松本拿到四胜一负的较好战绩，也得益于郎平自2013年重掌中国队帅印之后的大练兵，包括在世界女排大奖赛总决赛中用替补阵容出战。经过这些国际赛事的历练，郎平的可用之人相对较多，这才给了她在排兵布阵上闪展腾挪的空间。当郎平和中国女排面临难关时，每个人都在积极发挥各自的作用。就像郎平在中韩之战赛后发布会上所说，"谁行谁上"，互相帮助。

中国队教练团队的团结、敬业也给我留下了深刻的印象。在中韩这样一场惊险、关键的大战之后，郎平和助理教练赖亚文、安家杰几乎没怎么庆祝，而是很快就一起坐回替补席，花了很长时间谈论比赛的得失。这是一个心无旁骛、和谐融洽的团队。

在第一阶段中国队遇到困难的时候，场外的一些细节也让人感受到郎导的人格魅力。阿尔及利亚队的翻译仇女士曾多次在日本举办的大赛期间为中国队担任陪同，郎平主动向组委会申请能否将仇女士更换给中国队，后来因中国队的陪同只会中文和日文才作罢。仇女士说，郎导的这份心意令她感动。一位媒体的朋友在世界杯期间遇到工作上的不顺心，郎平也用自己的方式给予安慰。有的国际裁判也是郎平多年的好友，在中国队输球之后都过来表示关心。由于腰、腿的陈年老伤，郎平走路不很自如（后来她又去做了髋关节手术）。每天的新闻发布会一结束，她都是被一两位中国记者主动搀扶着迈下发布台二三十厘米高的台阶。看到这一幕，让人很感动。

轻松愉快的冈山之行

8月27日3∶0轻取秘鲁之后，中国队结束了在松本的第一阶段比赛。8月28日上午，郎平率队乘坐火车前往冈山。

中途在名古屋转车时，正值午饭时间。由于只有半个小时的间隔，队员们在车站的便利店随便买点儿吃的"垫"了一口，抵达冈山之后才有正餐。我们和中国队同车而行，郎导给了我一个她带的点心，味道很好。

两天前崴了脚的朱婷已经行走自如，一路上她背着双肩包和队友们一起行动。她告诉我："感觉好多了，没事。"

下午2点20分，中国女排抵达冈山。数十名闻讯赶来的中国女排球迷守候在出站口迎接队伍的到来。球迷们挥舞着手中的国旗，齐声高喊："中国队加油！郎平加油！"气氛相当热烈。有球迷为郎平准备了鲜花，郎导欣然接受，还有球迷大喊："朱婷，我爱你！"

跟这场接站仪式一样，中国队在冈山的征程也很愉快、欢乐。在8月30日、31日和9月1日的比赛中，中国队的对手是古巴队、肯尼亚队和阿根廷队，胜利是计划之中的事情。

再次见到古巴队，让人很感慨。在郎平第一次担任中国女排主教练时，古巴队如日中天。1996年奥运会和1998年世锦赛，中国队两次屈居亚军，都是拜古巴队所赐。时过境迁，2015年参加世界杯赛的这支古巴队实力大不如前，对于冠军和奥运席位都没有竞争力了，最终以四胜七负的战绩排在第九位。

在冈山期间，我遇到了古巴队随队记者、广播评论员伊兹基耶多。他告诉我，古巴排球现在正经历非常艰难的时刻，连球衣赞助都成了问题。伊兹基耶多说，目前古巴排球面临的最大困难是经费不足、缺乏赞

中国队主教练郎平指导队员（中体在线图片 刘亚茹 摄）

2015年8月30日，女排世界杯第6轮B组比赛在日本冈山桃太郎体育馆进行。中国女排直落三局轻取古巴获胜

助。政府给予的经费只够勉强维持队伍参加三大赛、女排大奖赛等重要赛事，要想加强国际交流、参加国际邀请赛就不够了。

前些年，古巴队几乎每年都会到中国参加国际邀请赛。2008年北京奥运会之前，古巴队还应邀来华，和中国队在多个城市进行了系列热身赛。但是，最近两年，古巴队访华的次数渐渐少了。伊兹基耶多说，这也很正常。因为现在古巴队实力下降，中国队在挑选热身对手时自然有其他的目标。

经费缺乏的另一个结果是优秀球员的外流。优秀球员的流失让古巴队不得不进行大换血，男队、女队都是如此。在当时那支古巴女排队中，年龄最大的是两名1992年出生的球员，有四名球员是1996年以后出生的小将。

"现在找不到像路易斯和托雷斯那样的天才了，这支队里只有瓦尔加斯和加萨诺瓦比较有天赋，但她们还是十五六岁的孩子。"

在冈山的第二阶段比赛中，朱婷得到了宝贵的养伤时间。休战三场之后，郎平在9月1日对阿根廷队的比赛中重新派她出场。朱婷很快找回比赛的感觉，一复出就拿到了当场最佳球员的称号。

这个阶段，媒体最关心的也是朱婷的伤势恢复情况。郎导说，朱婷已经休息了六天，虽然身体还未恢复到百分之百，但是也应该打一打了。至于后面怎么使用，要看比赛的实际需要。

前两个阶段的比赛结束后，中国队还剩下对多米尼加、俄罗斯和日本队的三场球，总战绩为七胜一负。在第二阶段，俄罗斯队2∶3输给了塞尔维亚队，已经没有队伍保持全胜，奥运出线前景一片混沌。

决战名古屋

9月2日上午10点多，中国队从冈山车站乘坐新干线前往名古屋。冈山的华人球迷有始有终，前几天中国队抵达的时候他们到车站欢迎，这回中国队离开，他们又到车站欢送。冈山县华侨华人总会会长刘胜德是这次华人球迷助威团的主要组织者，他在车站和郎平合影留念。

经过近两小时的车程，中国队抵达名古屋。吃完午饭稍事休息，大家又乘坐了近40分钟的大巴，到主赛场名古屋综合体育馆旁边的训练馆进行训练。先练技战术，再练身体，效率很高。

同样从冈山转往名古屋的美国队2日下午也在同一块训练场和中国队比邻训练。作为去年世锦赛的冠、亚军，美国队和中国队在本站比赛将先后和俄罗斯队交锋，这两场比赛对于世界杯冠军和里约奥运会入场券的归属非常关键。

从当时的积分排名来看，美国队、俄罗斯队、中国队和塞尔维亚队都是七胜一负。因为比赛采用3、1、0的计分规则，四支队伍的积分分别是22分、21分、21分和18分，暂列第一至四位。

与上届世界杯赛先比积分排名不同，本次比赛在计算成绩时先看胜场。在美、俄、中、塞四强之中，塞尔维亚队的硬仗已经全部打完，可以把她们的最终成绩假设为十胜一负。

美、俄、中则处于谁也输不起的状况。美国队和中国队已经提前相遇，两队在第三阶段最大的对手是俄罗斯队，而俄罗斯队将连续迎战美中两强。

从赛程上看，9月4日美国队和俄罗斯队将首先碰撞，输球的队伍几乎无缘前两名，因为胜队和中国队之间极有可能产生另一支十胜一负的队伍。换言之，如果中国队在9月5日输给俄罗斯队，也就基本无缘奥运席位。不过，可喜的是，中国队的主动权完全掌握在自己手中。

面对有些复杂的奥运出线和争冠形势，中国队主教练郎平的态度是：不想几比几，打好每一分。

从训练场前往力量房的途中，郎平瞥见了正在进行各项准备工作的主场地，于是过去看了一眼。郎平说，自己好像来过这个馆。旁边的记者们提醒她，8年前她就是在这里带着美国队拿到北京奥运会的入场券。也是世界杯，也是第三阶段。比赛结束之后，她还和相熟的记者在这里的小店吃了顿饭。

名古屋综合体育馆是一个能容纳1万多名观众的圆形大馆，顶棚很高，很有气势。郎平仔细看了看灯光。她说，当年她当运动员时，北京工人体育馆的顶灯最难适应。

"这是我第五次参加世界杯了，"郎平说，"1981年和1985年是当运动员，当教练是三回。"

接待中国队训练的力量房也对外开放，中国队的助理教练安家杰等带领队员们练力量的时候，当地的大叔们也在跑步机上跑着，而郎导和助理教练赖亚文在屋外忙着做赛前的一些准备工作。

直到下午6点左右，中国女排才集体乘坐大巴返回驻地。在落日的余晖中，圆形的体育馆显得格外美丽。

"三条锦囊妙计"击退俄罗斯队

在9月4日的比赛中，中国队3∶0完胜多米尼加队，而俄罗斯队3∶0将此前排名第一的美国队拉下马来，中俄战绩同为八胜一负，原本形势最好的美国队实际上退出了冠军的争夺。9月5日的中俄大战，成为当天

2015年9月4日，女排世界杯第三阶段的比赛在日本名古屋举行，中国女排在第9轮比赛中以3∶0战胜中北美劲旅多米尼加队。中国女排队员沈静思赛后被评为本场比赛的最佳球员（中体在线图片 刘亚茹 摄）

世界杯赛场上最大的焦点。

结果靠着郎平的"三条锦囊妙计",中国队3∶1力克俄罗斯队,清除了夺冠道路上的最后一个重要障碍。

郎平的第一条锦囊妙计是有关拦网的安排,而这条妙计的关键人物是颜妮。在比赛之前,郎平跟颜妮透露会让她首发,结果这场比赛成为她在国家队的"涅槃之战"。

4年多以后,颜妮对这场球记忆犹新。她说:"第一次参加大赛,我还是比较紧张。当时俄罗斯队还是比较强的,也是一个很重要的对手。在跟她们打比赛之前,我梦到过两次,其实内心还是非常渴望跟她们交手的。我们真正去备战俄罗斯队的时候,郎导就跟我讲,'可能会让你首发'。我当时一听,非常紧张,其实紧张也是带着激动的心情。上场的时候,我的心跳还是比较快,但我们开局非常成功(中国队打了对手一个12∶3),然后我感觉紧张的情绪就没有了。"

靠着郎导的精心安排,这场比赛中国队在6∶3之后连续四次拦死对手,其中包括两次双人拦网拦死俄罗斯队的头号得分手科舍列娃,俄罗斯队叫完暂停仍难阻颓势,中国队赢得12∶3的梦幻开局。全场比赛,颜妮六次拦死对手,总共拿下14分。面对身材高大的俄罗斯队,中国队全场拦网得分以21∶16压制住了对方。

郎平的第二条锦囊妙计是操练了很久的"两点换三点"的换人战术。当俄罗斯队在第一局后半段顽强地把比分追成22平,郎平用替补二传丁霞和由主攻改打接应的刘晏含,替下首发曾春蕾和沈静思。换人之后,中国队在一次多回合的拉锯战中由朱婷用强有力的后排进攻,拿到关键1分,重新领先之后,朱婷长长地出了一口气。在刘晓彤发球失误之后,朱婷的扣球得手,朱婷、颜妮联手拦死冈察洛娃,中国队以25∶23取下第一局。交换场地之后,重新回到替补区域的丁霞和刘晏含相拥而笑。

第四局比赛，当中国队以17:19落后之时，郎平再次拿出"两点换三点"的战术。丁霞和刘晏含再次以替补身份登场之后，袁心玥又是在一次多回合拉锯中三号位快球得手，中国队奇迹般地打出了8:1的小高潮，以25:20结束了比赛。

郎平的第三条锦囊妙计是派去年世锦赛一战成名的袁心玥以奇兵的身份登场。当第四局中国队9:12落后之时，替补杨珺菁出场不久的袁心玥用一个快球和两次发球直接得分，将比分追成12平，成为扭转战局的关键人物。只打了半局多的袁心玥得到7分，扮演了"超级替补"的角色。

朱婷不愧是中国队的头号球星，在这场关键战中拿下了全场最高分29分，得到13分的曾春蕾被评为全场最佳，也经受住了考验。

当中国队靠着刘晏含和颜妮漂亮的双人拦网拿下赛点，几位场上队员激动得在场上跪地相拥，郎平和教练组的成员们也罕见地互相拥抱致意，冠军已经在向中国女排招手。

这场胜利让我想起了"自助者天助"这句话。在克服了第一阶段的重重困难之后，好运也开始垂青中国队了。

自首战输给中国队之后，塞尔维亚队成为郎平在世界杯赛场上最大的"友军"。她们战胜美国队、俄罗斯队、日本队等中国队所有强敌的同时还自损小分；而俄罗斯队则在4日的强强碰撞中将此前排名第一的美国队拉下马来，为中国队创造了"一战封王"的机会。

由于中国队的积分领先于塞尔维亚队，只要末战取胜，中国队就铁定能获得世界杯冠军奖杯和里约奥运会的入场券。

9月6日零点刚过，我走进名古屋街头的一家小店，打算吃点儿东西回酒店继续写稿，结果遇到了国际排联官方摄影师毛罗。毛罗本已酒足饭饱准备打道回府写图片说明，见我来了他又点了一小瓶日本清酒和一份甜点，跟我聊了起来。

"你该高兴了吧？中国队今天赢了。你们打得真棒。你知道吗，你们的队员虽然很年轻，但是看起来是一个整体。"

毛罗是意大利人，那年56岁，有两个女儿，当父亲是他最重要的"工作"。他的英语不是那么连贯，但是接下来的话毛罗表达得非常完整。"最重要的是你们的教练，她是No.1。"

"No.1？"我问。

"是的，对我而言，她是No.1。"

大概感觉到我认为这是他在中国人面前的客套话，他又接着给我解释。

"她总是非常平静（calm），我不知道我的用词对不对，但你肯定明白我的意思。我是说，有很多教练喜欢在球场上嚷嚷，一会儿这样，一会儿那样，但她总是那么平静。你知道吗？我是通过镜头看，清楚得很。"

毛罗的面部表情和肢体语言都很丰富，说英语的时候经常"手舞足蹈"，很有喜感。从他嘴里说出欣赏一个教练的平静这样的话让我觉得有些滑稽，但他已经不是今天第一个对我表达同样观点的国际友人了。

国际排联电视解说员卢卡斯5日早上就预测说，中俄之战他看好中国队3∶1胜。其中一个原因，就是郎平的冷静。

"她总是很冷静。马里切夫（俄罗斯队主教练）就不一样，昨天俄罗斯队和美国队比赛的第二局，他差点儿乱了方寸。"

跟中美大战那次不同，这次卢卡斯真的说中了。中俄大战之后，他冲我微笑，我朝他竖起大拇指。

想起卢卡斯的话，我又想起了几小时前的中俄大战。跟第三轮0∶3输给美国队的那场球一样，郎平自始至终非常淡定。第一局12∶3的巨大优势下被俄罗斯队追成22平，她没有慌张，只用一个"两点换三点"的换人战术解决了战斗。

毛罗接着用他不太流利的英文对我说:"你明白吗?如果教练平静,队员也会平静,这样的队伍很可怕……"

年轻的中国女排姑娘们显然没有郎平那么淡定,但是第一局的结果为比赛定下了基调。俄罗斯队在第二局的崩盘很大程度上是因为心理原因,跟中国队在中美大战第二局的表现如出一辙。毛罗说得没错,在郎平的影响下,女排姑娘们的心态在进步。

我想起中俄之战第四局第一次技术暂停,安家杰和赖亚文先后走到袁心玥的身边,轻言细语了几句。"小苹果"点了点头,在替补区认真地准备着。几分钟之后,中国队8∶11落后,袁心玥被换上场,一个快球,两个发球直接得分,将比分扳成12平。

我又想起了全场大部分时间待在替补席的丁霞、刘晏含,她们的状态很放松。来自美国的几位外教在替补区身后的观众席上大声为球队喝彩,她们也微笑着和他们互动。等到第四局中国队17∶19落后时替补上场,她们又给了对手致命一击。这么收放自如、张弛有道的表现,让我很惊讶。

跟郎平相比,马里切夫略显急躁。整场比赛,俄罗斯队一次又一次地挑战鹰眼,可这些绝大部分以失败告终的挑战最终未能改变场上局势和她们的命运。

苏轼说:"卒然临之而不惊,无故加之而不怒。"还有前人说:每临大事有静气。放到竞技场上,这大概就是我们常说的平常心吧。

2004年雅典奥运会决赛,暴跳如雷的卡尔波利输给了面带微笑的陈忠和。当卡尔波利赛后试图去安慰加莫娃的时候,加莫娃不领情地扬起了手。这个场景一直深深印在我的脑海里,让我记住教练的平静应该展现在比赛中,而不是在比赛后。

跟毛罗走出餐厅，已经是凌晨1点多。计划中的稿子还没着落，但我似乎想明白了一件事：冷静是郎平最突出的王者气质。

王者归来，传奇继续

2015年9月6日晚，在名古屋综合体育馆，中国女排3∶1力克日本队，以十胜一负积30分的战绩夺得2015年女排世界杯冠军。

当晚拿下全场最高分27分的朱婷被评为本届世界杯"最有价值球员"，她率领中国女排取得了决定性的胜利。

当时54岁的郎平在以主教练身份四获奥运会、世锦赛亚军之后终于捧起第一座三大赛冠军奖杯，这座奖杯也是中国队历史上的第四座世界杯冠军奖杯，女排姑娘们同时还收获了2016年里约奥运会的入场券。

郎平也成为第一位率队夺得女排世界杯冠军的女性主教练，也是继张蓉芳之后第二位率队赢得排球三大赛冠军的女性主教练。巧合的是，1986年的世锦赛，张蓉芳和郎平的教练组合率领老女排拿下了"五连冠"的最后一冠。29年之后，张蓉芳担任团长、郎平担任主教练的中国女排再次登顶。比赛结束之后，张蓉芳和郎平长时间地拥抱在一起。

在对中国队的比赛之前，日本队只输给了俄罗斯队、塞尔维亚队和美国队，除了对美国队1∶3失利之外，另外两场都打满了五局。

在第二局比赛中，日本队替补奇兵锅谷友理枝的发球令中国队一传受到冲击，中国队在18∶16领先的情况下连丢6分，最终以22∶25痛失好局。不过，后两局郎平不断进行换人调整，派上了丁霞、袁心玥等替补队员，成功地以25∶21和25∶22连下两城。当中国队在第四局以24∶21拿到赛点的时候，郎平特意换上了一直在恢复膝伤的老二传魏秋月。最终，魏秋月的传球帮助朱婷一锤定音，拿下赛点。

在颁奖仪式上，队员们在主教练郎平的带领下，面对国旗，高唱国歌，笑靥如花。随后，她们在领奖台上合影留念，齐声高喊："中国队，冠军！"庆祝属于她们的幸福时刻。

陈忠和率领的"黄金一代"在2003年夺得了女排世界杯冠军，并在随后的2004年雅典奥运会上实现了"两连冠"。11年之后，郎平率领中国女排重新登上世界之巅。从2013年4月在危局中接手，到率队重回巅峰，她只用了29个月。

那天晚上，郎导很高兴。在正式的新闻发布会结束之后，郎平难得地打开了话匣子，在十几位中国记者面前敞开心扉。

郎平透露，在经历了赛前惠若琪等重要球员出现伤病的打击之后，她也一度"怨天尤人"。

"（当时）很心痛，既为她们心疼，也为球队心疼。努力两年多了，这个时候出事，而且全都是今年出事，特别想不开，老天爷怎么这么折腾我们？特别小惠在出发前出事，一时半会儿反应不过来。"

打击之后，是面对现实。在本届世界杯三个阶段的比赛中，第一阶段对郎平和球队而言最难熬，而她们的心态逐渐平静下来成为比赛的转折点。

"第一阶段是最艰苦的，分别找队员谈，年轻的要谈——刚'扶正'了有压力。老队员想多承担，也不知道怎么承担。朱婷想多承担，反而弄巧成拙，大家乱七八糟。每个人都有想法，每个人都没有特别冷静下来。咬着牙愣顶。（到）第二阶段大家也觉得只有互相理解、互相信任这一条路。第二阶段三场球，大家基本找到自己的感觉。第一阶段觉得今年练了一年什么东西都没有了，后来我们想了一下还是心态的问题，（于是）我鼓励她们相信自己的东西。虽然人员有所变化，但必须相信今年的进步。遇到这么多困难，一点点拼吧。就是没有拿到入场券，把水平拼出来也好，我们还有预选赛，不是说就是世界末日了。这样，大家慢慢把心放下来了，这是一个转折吧。"

有点儿感冒的郎平用嘶哑的嗓音给中国记者开了十来分钟的"小灶"。直到组委会要来拆东西，郎平才在记者们的簇拥下走出新闻发布间。

在新闻发布会开始之前，我在体育馆外遇到了一个人抽烟的安家杰。我问安导：为什么郎平能在重掌中国队帅印之后这么快率队重返巅峰？安家杰的回答是：内心的强大。

"她执教过几次国家队，包括美国队，她的见识和所有经历对她内心强大的培养是很关键的。尽管如此，今年很多情况还是超乎她的预想。我们准备了很多方案，但是没想到这个方案。"

跟郎平一样，安家杰也相信机会永远是给有准备的人。

"好在到国家队的时候，拖（带起来）了很多队员。像刘晓彤临时拉进队就可以承担这个位置，补上这个位置，跟去年她参加世锦赛也有很大关系。在这一点上，郎平有前瞻性地做了一些规划。尽管没考虑到困难这么大，但是这两年的准备工作为最后克服困难创造了很大的便利条件。所以说这个事情不能叫运气，事先是有准备的，机会永远是给有准备的人。"

尾声

中国女排凯旋一个多星期之后，我又来到国家体育总局排球训练馆。年轻的女排姑娘们正在郎平的带领下进行着训练。回想起中国队出发前郎导落泪的那一幕，就像是一场梦。

比赛结束的一刻，队员们欢呼庆祝（中体在线图片 刘亚茹 摄）

2015年9月6日，第十二届女排世界杯在日本落幕。中国队在名古屋综合体育馆迎来最后一个对手日本队，经过激战，中国队以3∶1战胜对手夺冠，时隔12年再次捧得赛会冠军奖杯，同时拿到2016年里约奥运会的入场券

郎平说，回来之后没怎么庆祝，除了中国男排前主帅汪嘉伟来一起吃了顿饭。在锁定里约奥运会的门票之后，中国女排再次冲击巅峰的征程已经展开。在训练馆外的座椅上，郎平平静地诉说着世界杯上的那些故事，仿佛这一切都很寻常。

郎导透露，在出发世界杯赛前惠若琪受伤，她心里其实也没底。"虽然阵容变化就一个人，但整个节奏都有变化，尤其后排的变化。中国队以前的一传就比较薄弱，小惠一走，（她的）一传、防守就没了，最重要的棋子运转起来是空缺的。心里也不是没数，但是画了一个问号，不知道这个阵容在这么关键的比赛中能不能顶住困难、发挥作用，而且这个新阵容并没有试过。每个人之前都排好了位置，但是比赛前三天变了，第二线推到第一线了，第一线的又变一个位置，三天之内要把问题都解决，太困难了……"

后来，郎平开始尽量想可能会出现什么问题，如果出现问题如何替换、谁替谁、站哪个一传的位置……"我们做了四套阵容的变化，尽量在训练中发现问题、寻找办法。刚开始训练甚至比赛时，场上会有些乱，大家心里会有些烦躁，看着别扭。"

郎平说，这应该算是迄今为止她备战世界大赛最困难的一回，因为赛前突然抽走了一个具有特殊意义的主力。当时，她只能想办法来应对。"大脑在高速运转，老琢磨。"

在世界杯赛中，郎平的临场调度能力给人留下了深刻印象。谈到这一点，她非常谦虚。"这种现场调度你们比较看重，我是把它当作常态。其实换人都是有风险的，最后靠的是运气。这几次换人按我的想法走了，实现了我们的目的，但也有不发挥作用的呀。"

郎平承认，对日本队的那场调整效果就一般。尽管赛前她一再帮队员们卸包袱，但是到了场上还是有些失控。

中国女排站在冠军领奖台上（中体在线图片 刘亚茹 摄）

中国队全体在颁奖仪式后现场合影留念（中体在线图片 刘亚茹 摄）

"好的运动员是自控能力特别强的，这点只有朱婷做到了。后来总结的时候我跟她们说，我凭 30 多年的经验告诉你们这球应该怎么打，但是你们没有听进去。也许听进去了，但是不能控制自己，这就说明你们还不是顶尖运动员。"

回忆起世界杯上唯一的一场失利，郎平认为心理和技术的原因都有。从技术上看，中国队的三个进攻支撑点断了一个半，而美国队三个都打开了。在心理方面，美国队输给塞尔维亚队之后，中国队的心态发生了微妙的变化。

"她们觉得塞尔维亚队能拿下美国队，我们也能。我们做了那么多工作，但是队员觉得今年赢过美国队，跟她们平起平坐了。美国队又刚输了，情况不咋的。但是打起来（发现）不是自己最好的状态，又扭不过来，顶不住，不够凶狠，想赢又怕输，弄一起了。"

输给美国队之后，中国队一直在总结原因。郎平告诉大家，不能再摔跟头、再犯傻，就闭着眼睛往前冲，不能想结果。想那么多没用，靠别人也靠不住。最后终于把大家的思想统一了。

郎平还透露，在倒数第二场战胜俄罗斯队之后，她特意把队员们叫到一起，让她们不要太过兴奋，以免重蹈 2014 年世锦赛决赛的覆辙。

"我们是有教训的。去年世锦赛（半决赛）打完意大利队就（兴奋）'过'了，队员们晚上睡不着觉，根本没有心思准备对美国队的比赛，再加上那一年就没碰上，也不熟悉她们。其实美国队（决赛）那天打得也挺差的，但是我们比她们还差。不能重演这一幕！"

郎平开玩笑说，重新接手中国队之后才发现，率队重新崛起的过程比想象中更艰难。

"比我想象的难多了，第一年接手的时候都快哭了。我心想，怎么能差成这样呢？因为看电视的时候是表象，跟真带（队）感觉不一样。从

在颁奖仪式上,中国女排队长曾春蕾代表全队接过冠军奖杯(中体在线图片 刘亚茹 摄)

中国队将吉祥物高高抛起庆祝夺冠(中体在线图片 刘亚茹 摄)

哪儿下手啊？就觉得手上全是麻、全是油，不知从哪儿能进去。真不知道这是一个火坑，我就跳下来了，真不知道从哪儿下手啊……"

但是，年轻队员们给了郎平惊喜。

"我觉得她们还是进步挺快的。这帮小孩聪明，但还不是特扎实。再加上点儿球运吧，起码这两次大赛都没掉链子，都拿着牌儿了，对孩子们也是一种很好的回报。"

第九冠

编者按

　　中国女排三次夺冠高潮除发扬团结协作、顽强拼搏的"女排精神"，保持高快结合、攻守全面技战术风格外，都拥有一位智勇双全的主教练：袁伟民、邓若曾、张蓉芳、陈忠和、郎平，他们都有令人信服的临危不乱的大将风度。而且，同时期涌现出一批优秀运动员，1981年至1986年的郎平、张蓉芳、周晓兰、孙晋芳、陈亚琼、陈招娣、梁艳，她们甚至得到了球迷选定的"专职绰号"："铁榔头""怪球手""天安门城墙"等。40多年过去了，人们提起这些绰号，仍能对号入座，联想起她们在赛场上的英姿。

　　同样，第二次夺冠高峰期的冯坤、赵蕊蕊、周苏红、杨昊、张娜、刘亚男，她们被称为"黄金一代"，也是人们心中为国争光的英雄。第三个高峰期又涌现一批条件出众的姑娘，组成了"超豪华阵容"：朱婷、张常宁、魏秋月、袁心玥，她们都是合力撑起金杯的顶梁柱。

　　因此，夺冠高峰必定人才辈出。

里约没有不可能
——里约热内卢逆转之旅

洪钢

从一次蹭热点说起

2013年年初，CCTV-5策划做一期女排节目在春节期间播出，当时距离中国女排首次夺得世界冠军是32周年，我们选播的就是当年对日本队的那场比赛。为了做好这期节目，我们采访了多位老教练、国手，包括前往福建，专访时任福建省体育局副局长、国家女排前主教练陈忠和，以及参观漳州训练基地。下飞机后，我发了条微博："这时候来这座城市（福州）可有点儿敏感啊。"按网络上的话说，我当时在"蹭热点"。

那时俞觉敏教练刚刚在2012年9月亚洲杯结束后卸任，排管中心一般会在奥运会后第二年年初确定男女排国家队主教练，但是人们对下届女排主教练的人选已经迫不及待了。伦敦奥运会输给日本队位列第五，亚洲杯输给泰国队屈居第二，女排的成绩又进入低谷，下届奥运会还能站上领奖台吗？所以，"郎平出山""陈忠和出山"的呼声在那段日子里，每天都能见诸媒体。我这趟采访，刚好和其中一位有了交集。

采访内容和女排新帅没什么关系，主要是请陈导讲讲老女排的事，因为我们的节目要放老女排的比赛。体育评论员虽然也是记者，但我们的主业从来不是刺探未公开的情报、抢大新闻，我们的主业都是新闻公开之后的活儿。正事办完，和摄像同事一起在陈导办公室喝茶，才闲聊了几句新帅的事，陈导问了句"郎平会干吗"，我觉得，他并不是在问我。

2013年春节假期，我们这档节目播出了。几十年前的一场比赛录像，收视率极高，领导很高兴，上班后就把我叫去表扬了一通。我们得感谢陈导和漳州基地接受采访，更得感谢中国女排，在我们频道，标题有"中国女排"这四个字的比赛和节目，收视率从来不是问题。

当时排管中心就没这么轻松了，国家队主教练竞聘迫在眉睫，陈导和中心发出竞聘邀请的几位教练都已明确表示不参加竞聘，郎导也是

"都拒绝多少次了"。中国女排主教练的人选，从未像那年一样被人们持续关注、猜测，前后有小半年。对于郎平来说，她回国几年都在俱乐部工作，投入了大量心血，那也是她在专业体制之外闯出的一条新路，俱乐部不啻她的第二个"女儿"。另外，她的身体确实不好。我在2010年亚运会决赛前去接她来做转播嘉宾，那时就发现郎导走路很慢，和很多老运动员一样，"全身上下没什么好零件了"，这样的状况能否顶得住国家队主教练的工作强度，搁谁也不得不犹豫再三。直到4月15日竞聘日，郎平出现在现场，尽管她对着镜头说的仍然是"我来给国家队提建议"，但52岁的郎平再次执掌国家女排教鞭已成定局。

中国古人云"风起于青蘋之末"，美国学者论述"蝴蝶效应"。郎导上任之时，大家均知道她是那个对的人，困难在于实际操作，对郎导本人则意味着未来若干年不眠不休的挑战。那时没有人会想到，随后7年中，女排会夺得三个世界冠军，毕竟以2013年中国女排的竞技水平，想赢泰国队都不是件容易的事情，何论其他？然而，从低谷中起步，人们预期较低，恰恰是中国女排备战2016年奥运会的一个优势。就像雅典奥运会之前的悉尼奥运会，女排没进四强，却在随后的2003年、2004年分别夺得世界杯、奥运会冠军。此外，人们对于又多了14年职业教练经历的郎平，几乎给予了100%的信任。在这个国家，这个领域，很少有人比郎平做得更好，她在主教练帅位上带给女排的，不论什么结果都已经是最好的结果。其实，经历了30多年风雨的不只是这支队伍，还有跟着女排起起落落的国人的心态。到了21世纪的第二个十年，人们的心理有更强的承受力，对体育比赛的残酷感受更深刻，对冠军渴望而不苛求，对失利惋惜而不痛惜。当冠军真的来临时，当代人有了当代的幸福，时隔30多年，女排精神再度屹立潮头。

与时间和队友赛跑的人

转眼间，郎平上任3年了。2016年世界体坛将迎来首次在南美洲举办的奥运会，遥远的巴西集热情、美丽、传奇、陌生于一体，在体育领域，它不仅是足球王国，也是排球王国，能在奥运会上力争全部四块排球金牌的，也只有巴西和排球发源地——美国。巴西女排也是中国队的老对手，但在世界女排大奖赛时代，中国队从未被分到巴西站比赛，直到后来国际排联将其改制为国家联赛，2019年中国女排才第一次到巴西参加分站赛。对这个国家，中国排球球迷一点儿也不熟悉，在真正的客场面对巴西队这个劲敌时又是什么场面，女排将帅也无从参考。里约热内卢之旅令人兴奋、期待又满是茫然。

2015年女排世界杯中国队夺冠并获得奥运会参赛资格，朱婷、张常宁等队员已经成长起来，朱婷获得了世界杯最有价值球员，这是她继亚青赛和世青赛获得最有价值球员奖后，在成年世界大赛中的首个MVP（Most Valuable Player，最有价值球员）。郎平2013年上任后第一次集训，就招入了年仅18岁的朱婷。在国家队，朱婷进步神速，仅仅用了几年时间就从青年赛最佳变成了成年赛最佳。同样是18岁的出道年龄，当时人们已经普遍把朱婷看作第二个"铁榔头"。

但相比于奥运会，世界杯只能算中考。为了打好四年中最重要的奥运会，2015—2016赛季全国女排联赛被压缩为三个月，使第一批国家队集训人员2016年1月下旬就可以集中，尽可能为国家队留出较多时间。此前接受采访时，已经突破自己职业教练生涯没有世界冠军这道坎的郎平，没有再掩饰球队对大赛的渴望："每一个奥运周期是四年，最重要的一年就是奥运年，前三年就是为今年做准备。奥运是极限的挑战，希望球队有所突破、有所进步，在艰苦的比赛中有机会打出好成绩。"同时，郎导还说:"世界杯我们取得比较好的成绩,但我们不算是顶尖的球队,奥运会我们必须有所突破才能和真正的强手对抗。"

在2016年,中国女排虽然是"新科"世界杯冠军,但确实难称"顶尖的球队",尚有许多困难。年轻队员很多,网上高度上去了,但下三路技术薄弱,发挥也不稳定,而且还没有打出一套成熟的核心阵容,除了朱婷,年轻队员普遍都还在竞争上岗状态。更重要的是,二传、主攻、接应这几个位置都需要有经验的老队员,但伦敦奥运会的主力魏秋月、惠若琪、曾春蕾都面临伤病困扰,她们首先面对的是能否及时恢复赶上奥运会。

惠若琪在2015年世界杯出发前十一天发现心动过速,需要马上做心脏射频消融手术。当时因为医生说术后一般需要恢复一周左右,她还问那是不是努努力恢复七天后仍然可以参加世界杯,这念头把医生都惊呆了。错过世界杯的惠若琪进入2016年1月20日女排集训名单,但是一个月后,她的心脏问题复发,不得不回到江苏准备第二次手术。由于惠若琪的技术较为全面,一传、防守、串联等环节的作用还是年轻队员难以取代的,可以说国家队需要她,她也需要奥运会。第二次手术的时间定在3月初,随后就是她能否跑赢恢复时间,赶上奥运会。

那段日子,新闻发布会上媒体经常问到小惠还能不能参加奥运会,这个问题谁也难以给出确定的回答,而郎导还要不断面对。好在经历了世界杯前突如其来的那一次,应对起来从容了许多,毕竟世界杯没有惠若琪也拿了冠军,做好两手准备就是了。但对于惠若琪而言,就只有华山一条路。她后来说:"最难的在于因为是心脏问题,所以还不能说我付出100%、200%的努力,只能按70%、80%去一点点努力。"这种心理煎熬恐怕要大于生理折磨,对她来说是真正"炼心"了。

因为惠若琪在主攻线上特点鲜明,所以她只要跑赢时间,及时恢复,参加奥运会就问题不大。另外两个伦敦奥运会的主力魏秋月、曾春蕾就不一样了，她们不仅要战胜自己，还要战胜竞争对手。

从2012年到2016年，魏秋月被"炼"的过程更长一些。从郎导上任后落选首次集训名单，到2015年世界杯成为媒体所说的"最大变数"，被膝伤折磨的魏秋月始终没有在"郎之队"中有确定的位置。2014年世锦赛后，魏秋月去美国做了膝关节手术，但是治疗和恢复效果并不如意，虽然她参加了世界杯，但几乎是个边缘人，场上主打的是沈静思和丁霞。世界杯名单是14人，奥运会名单是12人，三名二传难逃艰难抉择。

2012年奥运会的另外一位主力曾春蕾同样面临三选二的残酷竞争，年轻队员的冲击主要来自国家队"一年级新生"龚翔宇。二度出任国家队主教练并提拔出"朱元璋"（朱婷、袁心玥、张常宁）组合的郎平，每年都会给很多年轻队员机会。江苏女排在2015—2016赛季联赛中夺得亚军，使多名球员进入集训名单，但是龚翔宇那时可能还跟队友许若亚等人一样，被认为不过是来练练看的，何况世界女排大奖赛期间曾春蕾还在惠若琪缺席的情况下担任球队队长。

其实每个奥运年，不论国家队最后成绩如何，12人名单的竞争一直非常激烈，除了少数主力，大多数运动员的入选之路都较为坎坷。2016年上半年，每个队员都在和时间赛跑，认真参加所有训练、比赛，力争赶在奥运会开始之前，尽可能把技战术磨细、提高，在7月18日中国代表团成立这天，让自己的名字出现其中。

包括中国队在内，参加这届奥运会的女排没有哪支球队的一传足够稳定。为此中国队想了很多办法。12人名单中带了四个主攻、两个接应，其中张常宁可以兼顾两个位置，是二、四号位摇摆人。这六个人都可以接一传，虽然没有谁的技术特别过硬，但若用六个人的力量完成每轮两个接一传队员的任务，理想化地说，每个人肩上担子的分量就减轻了2/3。比赛中也达到预期效果了，这六人无论首发还是替补，谁一传都可以顶一顶，顶不住了就换，似乎谁都不是特别出彩，不过也没有谁特别不在状态。对我们来说，有一传才会有一切。

大幕将启，山雨欲来

2016年奥运会女排小组赛于当地时间8月6日开打，按中国女排的计划，全队7月30日飞到巴西圣保罗中国代表团大本营，休整两天后，8月1日前往里约热内卢。

南美洲非常遥远，当时我们中央电视台（现中央广播电视总台）的报道团第一次购买了中国国航的包机服务，使大团队从北京到里约热内卢的旅途更加顺利。我小时候第一次知道包机这个概念，还是1984年看中国体育代表团参加洛杉矶奥运会的报道，大赛报道团队包机在我们台的历史上还是第一次。即使包机，也要在西班牙马德里中转，要耗费一天多的时间才能入驻记者村。虽然有兴奋劲撑着，但也是人困马乏，这跟去日本打比赛可真不一样。据我们了解，当时国航还没开辟北京到里约热内卢的直飞航班，他们的飞机要放空回程，把这当作一次开辟新航班的试验。

体育比赛能拓展人们的视野，延伸人们的脚步，我一直是这么认为的。但在万里之外夺冠谈何容易。巴西足球队在1958年就夺得了瑞典世界杯冠军，那是多么不容易的一件事。中国队要在这么遥远的国度取得好成绩，也必然历尽艰难。

奥运会排球比赛在马拉卡纳齐诺体育馆进行，旁边就是著名的马拉卡纳体育场——巴西足球的圣堂,而沙滩排球赛场建在巴西旅游胜地科帕卡巴纳海滩上。排球在巴西也是极受欢迎的项目,而且男、女室内排球和男、女沙滩排球都是顶尖水平,我们推测,巴西人应该十分希望包揽本次奥运会排球项目的全部金牌。

奥运会排球比赛历来十二支队按蛇形编排分成两个组打小组单循环赛,小组赛前四名出线打八强交叉淘汰赛,直至决出冠军。本届奥运会中国队和美国队、塞尔维亚队、意大利队、荷兰队、波多黎各队同组,另一组是巴西队、俄罗斯队、日本队、韩国队、阿根廷队和喀麦隆队。雅典奥运会冠军张萍赛前曾经表示,这次比赛最难打的对手是巴西队和美国队,她的观点代表了大多数人的看法。明眼人一看可知,中国队的完美路线是力争小组前两名,1/4决赛争取对上日韩两个有把握战而胜之的对手,确保前四,然后再去拼奖牌。其实,只要不是小组第四对巴西,第三也可以接受,因为俄罗斯队我们也不怕,这就是分在强组的好处。

中国女排是老牌强队,对于大赛备战已经有很多经验,又有体育总局、代表团的大力支持,在巴西备战期间专门租用了体育馆、大巴甚至保镖,以提供训练保障。因为马拉卡纳齐诺体育馆不是奥林匹克中心区的新建场馆,它在里约热内卢市中心,距离奥运村有一个多小时的车程。我和这次奥运会担任嘉宾评论员的冯坤试验过,从记者村出发坐小车也要一小时,而且有了伦敦奥运会的经验,市内场馆的比赛还得防备堵车,我们记者、评论员和球队一样,一分钟都不能迟到。另外,中国队赛前几天的训练如果只是用官方训练场地的话,那每天只有一小时,路上时间搭不起也划不来,且无法适应中国女排训练的特点。所以在这方面搞搞"特殊"是十分必要的,而这种"特殊",我觉得在郎导任上相对其他主教练更为"变本加厉"。

这几年，国家队保障人员与队员比例基本达到1∶1，这在当代职业球队是基本要求，顶尖强队还要高出这个比例不少。对此，我印象最深刻的是两年后的亚运会赛场，那时中国女排比2016年更加兵强马壮，在亚洲赛场上碰到一般对手例如菲律宾女排时，反差极大。对方除了队员外就只有三个教练，真的老老实实，报名表上报几个人就只有几个人，赛前热身、打防、扣球等各种练习就忙活这三位，活脱脱是20年前中国队的样子。现在亚洲的中国队、日本队都越来越职业，保障团队配备齐全，从赛前到赛后，热身、训练、比赛、放松、体能、技术、战术、统计、医疗、恢复、科研，每个环节都有专职人员。我相信，在这方面任何一位主教练都在推进，但郎平来做这件事，力度更大。

面对即将到来的小组赛，郎导说："一场一场来，不要去想目标或者结果。另外，比赛过程中发生什么谁都无法预料，所以大家都要做好遇到各种困难的准备。"

这次比赛第一个对手是女排赛场上的新晋势力荷兰队，她们刚刚在6月份的大奖赛总决赛上以3∶2的成绩赢了中国队一次。但是双方交手总战绩中国队占绝对优势，何况中国队朱婷、张常宁、徐云丽、颜妮都没去总决赛，这次四大主力尽出，想来胜券在握。估计随便问一个球迷，中国女排上次没有朱婷，以2∶3输给了某队；这次换上朱婷，能不能赢？都会得到肯定的回答。荷兰女排在此前的世界大赛上也确实乏善可陈，21世纪后唯一能让人记住的，是2007年大奖赛总决赛夺冠当了次"黑马"。所以我在和冯坤直播时还说，小组赛中相对最强的两个对手是塞尔维亚队和美国队。

对于困难，不能说没有准备，但也不是准备了就一定能克服的，比如荷兰队的超水平发挥。

困难比预想的要大

8月6日，奥运会女排小组赛开始了。里约热内卢和北京有11小时时差，昼夜几乎是颠倒的，中国女排五场小组赛有四场都在当地时间上午进行，对国内观众来说有三场球是晚上8点30分开始，正好观看直播。但是对中国女排，或者说对于任何一支球队、一名运动员来说，上午和中午都是糟糕的比赛时间，绝大多数人都是下午和晚上竞技状态最好。

当地时间上午11点30分，中国女排首战荷兰女排。第一局首发上场的队员是上述四大主力和二传丁霞、接应龚翔宇、自由人林莉。除了第三次出战的徐云丽，其他六人都是第一次参加奥运会。荷兰队没有中国队这么深的"板凳"，这几年各种比赛以接应斯勒特耶斯、副攻克鲁伊夫、二传戴克马为主，主攻线上有个普拉克做替补，发球、强攻冲一冲。因为荷兰女排上次参加奥运会还是1996年，所以她们所有人都是奥运会首秀，不过年龄普遍要大一些。

第一局惯常地大赛首局胶着，荷兰队在第一个局点就抓了个反击机会，2分胜出。第二、第三局中国队拦网非常出色，连胜两局。不过，第二局原本24∶14领先，却让荷兰队一气追到21∶24，二传由魏秋月换下丁霞才稳住场面。场上波动幅度太大，过早出动老二传，还有换上惠若琪弥补后排的小混乱，都说明队伍露出了破绽。荷兰队第四局换上了普拉克，同时心态更放松，拼对手的劲头更足。郎导暂停时，虽然为了让队员更加坚决果断，多次提到对手这时候不敢发球拼命冲、不敢打不熟的线路，但这两局荷兰队发球、强攻、快攻确实都打得很好。中国队还是显得心理负担较重，只要比分拉不开就不够自信、稳定，寄希望于对手出现波动，结果对手打出了超水平，第四、五局我们都是领先却没有顶住反扑，以 22∶25、13∶15 连输两局，首战失利。

后来郎导坦言："第一场节奏没对上，也没准备好打到五局，完全没有进入状态。"从比赛过程来看，中国队发挥虽然有些紧，但不能算差，在发、扣、拦三项上有优势，特别是拦网得了 15 分，荷兰队只有 9 分。即便是输球，考虑到荷兰队分到这个强组，是从第一场就拼小组出线权的定位，而中国队期待走得更远，双方调动不一样，这个结果也算正常。但是，中国的首发阵容里只有徐云丽大赛经验最多，其他人都是第一次参加奥运会，首场失利的心理打击对年轻队员来说有点儿大，在两天一场的赛会节奏里明显扭转不过来，特别是年龄最小的龚翔宇。其实龚翔宇首战总体发挥不错，发、扣、拦一共拿了 18 分，但是球队惜败的结果，尤其是奥运会赛场上对手那种拼劲和杀气，就跟变了个人似的，没经历过这种残酷竞争，怕是不那么容易应对。毕竟龚翔宇在省队也才打了一年球，甚至连全运会都没参加过，更没见过奥运会是什么样，之前没经受过这样的考验。

对荷兰队决胜局 12 平时，龚翔宇扣球出界，中国队挑战对手触网失败，接下来暂停时队员们还在说"碰网了"，不知道是不是这个球让年轻人陷入其中不能自拔。总之，对阵意大利队、波多黎各队，虽然中国队以两个 3∶0 取胜了，但龚翔宇进攻完全哑火，从瑞士女排精英赛到大奖赛的神勇状态都不见了。主力接应的低迷状态一直持续到第四场对阵塞尔维亚队，输掉第一局后，郎平不得不启用第二方案，换下龚翔宇，让张常宁改打接应。

败则思变，从对塞尔维亚队第二局变阵开始，中国队不再执着于扎在不成功的 A 计划里埋头苦干，而是寻求用 B 计划、C 计划突破困局，开启了郎平执教生涯中一段"四渡赤水"般的灵活指挥、精彩变阵。

徐云丽扣球（中国体育图片 刘亚茹 摄）

当地时间 8 月 8 日上午，奥运会女排小组赛第二场中国队对战意大利队的比赛在里约热内卢马拉卡纳齐诺体育馆进行。最终中国队 3：0 战胜意大利队

上兵伐谋，出其不意

中国女排立足世界排坛的战术指导思想是"在技术全面的基础上快速多变"，快、变是中国女子排球的传统特点。随着选材高大化，中国女排网上实力强大的同时，2016年论"快"是不怎么快，但是"变"在郎平这几年的执教中绝对是最突出的一个字。多数教练的变化一般也就是换个人、倒个轮，郎指导的"多变"是全方位的，体现在整体规划上，体现在阵容选择上，体现在人员组合上，体现在轮次对位上，体现在临场指挥上。

从上任之初，郎导就推行"大国家队"做法，广种薄收，应对不同的比赛有不同的套路，除了队员，安家杰、包壮等教练员也要分担不少带队比赛的任务。奥运会前的瑞士女排精英赛、大奖赛分站赛及总决赛，中国队就根据不同的目的，选择各自的参赛人选。比赛的结果是次要的，重要的是确定奥运会12人名单，既要有实力又要有回旋余地，还要让对手摸不着头脑。那一年的世界女排大奖赛，中国队以3∶0的成绩，8年来首次战胜巴西队，最终分站赛八胜一负战绩喜人，总决赛却雪藏主力，两战皆败。巴西队和美国队则完全把那次总决赛当成了奥运会的预演，真刀真枪地上阵。显而易见，郎平和两位对手的主教练有不同思路。

2016年奥运会更是逼得郎导使出了"七十二变"。从小组赛首场开始，对阵荷兰队第一局以23∶25失利后，第二局中国队倒了轮次，从三点攻开始，结果连扳两局，而且比赛中虽有波动，但几乎是压着对手打。如果不是心态不稳定，行内人看应该是一场3∶1的球赛。

接下来对阵主攻不在线的意大利队、波多黎各队，中国队的计划是不仅取胜还要让替补得到实战经验，虽然第一场稍意外地打满五局，让魏秋月、惠若琪忙得不可开交，但也有了登场亮相的机会。从这两场球来看，郎导对以年轻队员为主的首发阵容还是很信任的，魏、惠两位毕竟受伤病影响需要克制使用，尽量只是观敌料阵，要劲的时候上去过渡一下，最好是年轻队员能顺风顺水。龚翔宇状态不佳，郎导甚至在"两点换三点"的时候派上了刘晓彤。

说到"两点换三点"，和很多球队一样，郎导上任后就用得很多，而陈忠和教练就用得很少。如果说郎导"变"到了极致，那陈导则是"不动如山"到了极致，不要说"七仙女"首发几乎不变，连"两点换三点"都是极少的，陈导执教期间重要的换人大约就是雅典奥运会决赛张越红换下王丽娜这样的少数战例。

按照完美计划，打完波多黎各队后中国队本应三战全胜，既稳获八强门票，又实现全员练兵，接下来只是争取拼出个更弱的八强对手来。但是负于荷兰队，仅仅在实力最弱的两队身上拿分，使最后两场的压力变大了。好在中波之战后，意大利队对阵荷兰队以 0∶3 脆败，保证了中国队小组出线。

8月12日，中国队迎来了和塞尔维亚队的小组赛。这场球塞尔维亚队发挥得很充分，七名首发队员打满三局，赛中一次换人都没有，主攻手米哈伊洛维奇扣球得 18 分，接应博什科维奇扣球得 17 分，发球得 3 分。中国队在这场比赛里比较被动，不得不走马灯式地所有人轮番上阵，始终在调整，始终在求变。第一局还是打荷兰队的首发阵容，以 19∶25 失利。第二局换上刘晓彤打主攻，张常宁换到接应位置，仍然以 19∶25 输球。第三局又换上了魏秋月、徐云丽两位老队员，还是以 22∶25 败北。

从这场比赛开始，形势逼迫郎导要对第一方案，即对荷兰队的这套首发阵容做调整了。龚翔宇还没有调整过来，只有把张常宁改到接应位置，那么朱婷的对角是惠若琪还是刘晓彤呢？两人相对来说前者一传、串联是核心；后者发球、强攻好一些，但一传是短板。郎导首先选择了小惠，对阵美国队是本届比赛队长第一次首局首发上场。

之前四场小组赛，中国队每天都是上午比赛，只有最后一轮对美国队的比赛排在了本小组第三场。此前荷兰队以3:2战胜塞尔维亚队，把我们锁定在小组第四的位置，美国队则至少要赢两局才能确保小组第一。这场比赛中国队还是由张常宁打接应，惠若琪第一次打满全场，并且状态不错，发、扣、拦共拿到14分。但是这场比赛美国队四人得分上双，最终以3:1取胜。

五场小组赛朱婷总得分为93分，其中扣球77分，得分能力十分可观。但是中国队同荷兰队、塞尔维亚队、美国队拼网上火力的结果并不尽如人意，尽管我们现在的阵容平均身高相当突出，但以主攻为主要得分手，同拥有斯勒特耶斯、博什科维奇这些顶级接应作为主要得分手的欧洲队对抗，始终显得很吃力。

中国队以小组第四的排名出线，1/4决赛对阵东道主、卫冕冠军巴西队。中国队开场的阵容就有所变化。第二局再度变阵，也被证明是这次比赛最有效的方案。中国队把朱婷换到了两轮三点攻位置，从四号位开轮，这样她可以对上巴西队的谢拉，重要的是，朱婷从这局开始不再主接一传，这大大减轻了她的负担，后排进攻也加上了。接着，中国队又先后派了四名没有在第一局首发的队员上场。阵容变成了魏秋月、刘晓彤、徐云丽、张常宁、朱婷、颜妮和林莉，自由人不算的话，相当于对整个阵容使用了"乾坤大挪移"。如果不是自由人受规则限制不好动，我敢说郎导也能给她变出花样来。

朱婷打两轮三点攻，得算这次中国女排比赛的C计划，淘汰赛打巴西队、荷兰队，包括决赛对阵塞尔维亚队反败为胜，赢的这三局全是用的这个站位。一般来说，强攻实力强的主攻手会打两轮两点攻，中国女排的这个变阵和当年的俄罗斯女排相似。女子排坛上一代超级主攻手加

女排队员庆祝胜利（中国体育图片 刘亚茹 摄）

北京时间 2016 年 8 月 17 日，奥运会女排 1/4 决赛上演，中国女排 3：2 战胜巴西女排，晋级 4 强

莫娃也是打两轮三点攻，一传好的阿塔莫诺娃或者索科洛娃打两轮两点攻，采用这个站位加莫娃可以一轮一传都不接，就是个站在主攻位置的接应。郎导用这个办法释放出朱婷的攻击力，她从前排打到后排，小组赛五场扣球共得了77分，淘汰赛只有三场且对手实力更强，却得了81分！我直播时曾说"中国队全场一点攻"，这是个事实，是个对手无法承受的事实。朱婷本人成为2016年奥运会女排得分王、最佳扣球、最有价值球员，帮助中国女排成功问鼎。实际上，很多教练都不敢在大赛中这么大幅度变阵，像2012年奥运会男排决赛时，俄罗斯队突然把副攻换到接应位置打强攻那样，是罕见的，女队里敢像郎导这么应变的更是绝无仅有。

可以说巴西队这场比赛打了两支完全不同的中国队，显然不适应。第二局在11：7领先的有利形势下，主教练和队员莫名其妙地和裁判争执，影响了自己的情绪，被中国队抓住机会追平了比分。从那以后，巴西队怎么打怎么别扭，怎么努力怎么不顺，再也找不回顺风顺水的感觉了。赛后反复看那段录像，我推断是巴西队没注意中国队变阵，误以为我们站错位而向裁判投诉，结果是自己犯了个低级错误，被裁判警告不说，吉马良斯那样自视甚高的男、女排奥运冠军教练，一定有些磨不开面儿。实际上这场比赛的第二裁判员业务相当过硬，在中国队不断"大变活人"的时候，他还是准确地抓住了后来真出现的轮次错误。

从所谓A计划到C计划，是中国女排这次比赛中大的变化，其实小变化还有很多，细细研究这次比赛郎导的排兵布阵、人员组合，几乎可以写成一本书。当然，郎导的变有时候是主动的，有时候也是不得已而为之。对巴西队这场的变阵，赛前不能没有任何准备，但我们自己对这套打法的不熟悉，在比赛里也有所暴露。比如说，队员出现轮次错误、跑错位置，都是明显记错了轮次，暂停时郎导也会问"小惠现在在哪儿（几号位）""一号位现在是谁"，乱了对手的同时自己也未必能应对自如。但是，只要对手乱的程度比我们更严重，那我们的目的就达到了。

我错过了吹一辈子的机会

说起这届奥运会女排比赛，人人都忘不了中国队和巴西队那场 1/4 决赛，我推断再过些年有人都能把这场球误记成决赛。巴西女排是个强大的对手，参加里约热内卢奥运会的中国女排是新科世界杯冠军，不过，由于世界杯已经成为奥运会预选赛的一部分，所以那届比赛巴西队缺席，以至于直到夺冠，中国队在世界上都还有一个已经 8 年没有赢过的对手。从 2008 年开始，中国女排对巴西女排连输了十八场，直到 2016 年世界女排大奖赛澳门站才赢了一次。

关于 2016 年中国队战胜巴西队这场大逆转，知乎问答上有个提问："你还记得里约奥运会女排中巴经典之战吗？"我看到下面有十几个回答。一位用户说自己和朋友买了奥运会半决赛、决赛门票，对巴西队赛前他们碰到郎平，朋友请她在票上签名并说"一定要战胜巴西（队）"，郎导对他说："我不会让你的票白买。"另一位用户则给出了另一种说法："据说在和巴西队比赛之前，郎导和一些后勤员工已经在准备输球回国的事了，但当时没有告诉队员们。"如今看来，这又何以见得不是障眼法、给队员减压的手段？何以见得不是破釜沉舟呢？

顺便说说对手。巴西是南美洲乃至南半球第一大国，进入 21 世纪后被称为"金砖国家"的一员，在短时间内连续举办了 2014 年足球世界杯和 2016 年夏奥会，使巴西的国家形象大幅度地立体、丰满起来。我有一位原中国国际广播电台的同事，姓赵，曾驻巴西记者站多年，他本来口才就好，说起巴西见闻来更是滔滔不绝，但是那时大多数中国人对这个国家的认识仅仅局限于足球队和"传说中"的咖啡，我后来能和这位同事对话，谈资基本源于参加了奥运会前方报道的经历。通过世界杯和奥运会，巴西和整个拉丁美洲都在我的认识世界里增加了比重，原来抽象的概念也渐次变成具体的事物，现在如果让我只说一个对巴西的深刻印象，我会说：那都不叫事儿。

2014年巴西男足在家门口的世界杯上，半决赛被德国队踢了个7：1，这是赛场上绝对的"惨案"。普通想象中，球迷会在输球后怎么样发泄不满呢？毕竟咱们的"5·19"事件还历历在目。但在巴西报道的同事都说，赛后没发生什么，就那么平静地过去了。奥运会上巴西女排被中国队逆转，电视转播的摄像捕捉到了现场一个哭得稀里哗啦的小男孩，后来据说是吉马良斯的小孙子，那几个特写镜头渲染了失望的情绪。但其实我们那天散场时也没发现什么特别之处，观众慢慢散去，工作人员和往日一样微笑着目送大家离开并迎来自己的下班时间。后来，巴西男排在这届奥运会上经历了和中国女排相似的历程，也是小组第四磕磕绊绊地出线，到了三场淘汰赛遇魔杀魔遇佛杀佛，夺回奥运冠军，场上场下那个狂热劲儿倒着实震撼。用赵同事的话总结巴西人，有比赛就高兴，如果赢了，那就特别高兴。

女排铜牌赛和决赛之间，马拉卡纳齐诺体育馆旁边的马拉卡纳体育场要进行男足决赛，内马尔领衔的巴西奥运队将争夺在我们看来巴西人最看重的一块金牌。我在两场女排比赛之间的几小时里，专门出去看了看巴西人会以怎样的状态来迎接这场决赛，结果让我略为诧异。和世界杯、欧洲杯足球赛现场完全不一样，来的观众确实摩肩接踵，但他们唯一外在的表达，就是无论男女老少，几乎都是穿着球衣来看球，以巴西国家队球衣为主，也有部分巴西国内俱乐部的球衣，其他想象中的热闹场面一概没有。这令我至今不得其解，也许还应该再去两次巴西，才能更了解这个国家和这些人民。

中巴女排这场比赛，巴西队在后四局中的表现确属失常，多数球员心有旁骛，大大影响了配合的流畅性和转换速度。我注意到，连谢拉、塔伊萨这样的老队员都不时抬头看记分牌，为此分心。注意力不集中的另一个反映，是这场比赛中巴西队队员过多地、夸张地鼓舞主场观众，一般情况下这是主场优势，也是主队球员的正常举动，但这场比赛她们的频次太高了，而且几乎全员如此。当鼓舞观众不再是自然而然、水到渠成的场内外互动，而有点儿"要掌声"的嫌疑时，就说明球员把过多的注意力放在球场以外，舍本逐末了。从本质上来说，中国队怎么输给荷兰队的，她们就是怎么输给中国队的。

中国队拿下最后一分，3∶2逆转连续两届奥运会冠军、东道主、自己曾经8年都没有战胜过的对手，冯坤在现场直播中评论了三句话，听来都非常在点上——"这是一个奇迹！""里约（热内卢）没有不可能！""在最困难的时候，中国女排永远是靠团队的力量、集体的力量！"这场逆转朱婷拿下28分功不可没，而且她就是从这场比赛开始打出了"女王"的气势。还有稳住一传、贡献9分的刘晓彤，替补上场超水平发挥的张常宁，发球、拦网分别入账3分的颜妮，她们都是战胜巴西队的关键球员。看看比赛的关键分，好几个队员会不断让人心生"幸亏这球"的感叹。比如在我的认知里，刘晓彤一传不是很好，发球和扣球是她的强项，但在对阵巴西队的第三局里，她替补上场一传顶住了，并打满了后三局。如果当时她一传软一点儿——小惠就是因为进攻不力被她换下来的，那咱们怕是真没招儿了。

此外，由于谢拉实在不复当年之勇，这场球也可以看作朱婷和纳塔莉娅的对决,虽然之后两人的职业生涯朱婷明显高出一档,但在当时她们还是同级别的主攻。在都被对方重点照顾的情况下,中国队改变打法,朱婷从第二局开始不主接一传,而是被当接应用,队友帮她承担了一传的任务。巴西队则没有这种选项,因为她们根本没有接应接一传这套打法,除了暂时换下纳塔莉娅以作调整,多数时间还得靠她个人扛一传、扛强攻、扛关键球。巴西女排固然也以整体好著称,但论集体的力量,这场比赛还是输给了中国女排。这场球中国女排能逆转,是因为全队很多位置都发挥出了超水平。

整个2016年奥运会,我记忆最深刻的一件事,也与这场比赛有关。中国队以15∶25输掉第一局的时候,国外博彩公司给这场比赛中国队取胜开出的即时赔率,已经到了1赔50。这个赔率意味着,那时投100块钱押中国女排获胜,能净赚5000块钱,博彩公司认为翻盘基本是不可能发生的事情。第一、二局之间插播进广告的时候,我正好看到了这个赔率。回记者村的路上,我跟冯坤开玩笑说,要是那会儿买一把,这个晚上就完美了,关键是"在0∶1落后巴西队的时候,我们买了中国女排获胜",这是真金白银的信任,够吹一辈子了啊!

即从巴峡穿巫峡

虽说"好的开始是成功的一半",但还有句话叫"行百里者半九十"。巴西女排在奥运会前的大奖赛总决赛上精英尽出,瞄准主要对手美国队,双方全主力对决,3∶2的胜利让巴西队成为奥运会最大热门,小组赛打了五个3∶0,不可谓不是完美的开始。中国女排开局糟糕,1/4决赛前几乎是从零开始,却后来居上,并由此找到状态。中国女排和很多传统强队一样，正常心态都是保奖牌、争金牌，所以1/4决赛是奥运会最残酷的对决。中国队以小组第四淘汰另一小组第一，不必再有任何成绩担心，那种感觉，就好比杜甫所写"即从巴峡穿巫峡，便下襄阳向洛阳"的轻快愉悦。

同样愉悦的心情也映照在荷兰女排姑娘的脸上，时隔20年再次参加奥运会，本来是拼个小组出线就够本，现在保底第四名，这对荷兰女排来说，既是奥运会最好成绩，也是世界三大赛历史最好成绩。这也使得中国队和荷兰队二番战，都能有充分发挥的心理保障。

8月19日，奥运会女排半决赛打响，第一场塞尔维亚队以3∶2战胜美国队，率先挺进决赛，创造了本队最好成绩。虽然两队打满五局，但是每局分差都挺大，双方都有很大起伏。在奥运会这样的重大比赛里，心态非常重要，很多时候心态对结果的影响都很大，拼的决心和敢打必胜的信心都必不可少。

巴西队、美国队两大热门出局，给跟跑的队伍都留下了机会，奥运会上常常如此，大热出局对剩下的队伍而言都是机会，就看谁能抓住。中国队和荷兰队都很想抓住机遇，两队形成了相当激烈的对抗，与第一场半决赛不同，虽然没有打满五局，但是四局球每局都是两分胜负。

郎导在这场比赛里行兵布阵，继续保持灵活转移的风格，四局打了四种首发，12名队员全都上了场。反观荷兰队，除开第三局倒了一轮，其他没有任何变化。这当然跟两队队员情况及打法有关。荷兰队和大多数球队一样，两主攻接一传，接应是主要得分手，站位基本固定，加之队长受伤，调兵遣将受到限制。中国队则在逆转巴西队之后，变出了经验变出了底气，输球要变，赢球也变，如果说上一场的变阵还属于背水一战，那这场比赛的变阵就是左右逢源了。

前三局后，中国队以2∶1领先。第四局郎导却没有继续让朱婷打三

中国女排主教练郎平叮嘱队员（中国体育图片 王宪民 摄）

北京时间 2016 年 8 月 19 日，奥运会女子排球半决赛，中国女排 3∶1 力克荷兰女排，将与塞尔维亚队争夺冠军

点攻，而是派上了龚翔宇和丁霞，朱婷又换回两点攻。龚翔宇如前所说，始终无法从第一场失利的阴影中走出来，但是经过巴西这一仗，她虽然没有上场，精神上却解脱了。她说，站在场边看着队友拼到忘我，自己又叫又跳地给她们加油了两个多小时，把心里的郁闷都宣泄出去了。半决赛前她对丁霞说："如果郎导派我出场，你就大胆给我，给我我就敢扣死，什么都不想了，来球我就防，给球我就打。"果然，第三局采用"两点换三点"，龚翔宇和丁霞上场，上去就是一记扣球、一个拦网，连得两分，"小宇宙"爆发了。一看效果不错，第四局郎导果断地用这个"两点换三点"的阵容作为第四局的首发阵容。龚翔宇这场比赛上了一局半，得了 8 分，仅次于朱婷和惠若琪。赛后郎导和小宇紧紧拥抱，话说比赛"一是锻炼队伍，二是考察新人"，如果没有这一局半，效果就打了折扣。

赛后新闻发布会上，郎导总结道："今天的比赛非常胶着，我们做了非常困难的准备，也想到了落后的局面，包括可能打五局。我希望运动员们在比赛没结束的时候不要放弃，顶住每一分，结果是自然而然的。运动员们做到了，技术上虽然不完美，配合机会球没有抓到，但我们没有受到影响，打得非常英勇坚决。我执教生涯当中这样的比赛不多，这是非常棒的比赛。"

一个也许用错的成语

作为报道女排比赛的一员，我很幸运，从工作以来每一次奥运会报道都参加了，但就像人生的初恋一样，我记忆中不可替代的还是 2004 年雅典奥运会。我记得那次女排夺得金牌后，我跟同事畅想未来："咱们退

朱婷在比赛中（中国体育图片 白宇 摄）

北京时间 8 月 21 日，奥运会女子排球决赛在里约热内卢马拉卡纳赛区马拉卡纳齐诺体育馆进行。中国队 3∶1 力克塞尔维亚队，时隔 12 年再次夺得奥运会金牌

休前还能再赶上女排夺冠吗?"当时真没想到,仅仅过了12年,这块金牌就回来了。北京时间8月21日上午9点15分,中国女排再次站到奥运会决赛场上,冲击历史第三个奥运冠军。

  从电视转播的角度看,这两次奥运会女排决赛有很多不同之处。2016年奥运会的女排决赛是里约热内卢时间8月20日星期六22点,北京时间是次日星期天上午9点,这是相当不错的收视时间。2004年奥运会女排决赛是中国女排的经典战之一,但是在北京时间夜里进行的,多年之后还能听到"0∶2之后我就睡了,第二天醒来才知道赢了"的话语,所以后来我们播放的录像成了收视率最高的节目。那次雅典奥运会还有刘翔,历史性的110米栏冠军,还有李婷和孙甜甜的网球女双金牌,女排夺冠没有独擅其美。更重要的是,经历了北京奥运会金牌榜榜首的辉煌,国人越来越看重金牌分量而不仅是数量,奥运会的第二周,是集体球类项目进入白热化的时候,而中国队往往集体"哑火",女排这棵独苗就越来越被看重。所以时隔12年,里约热内卢奥运会不同于雅典奥运会,中国女排再次杀进金牌争夺战时,她们已经成为奥运会第二周国人心中独一无二的焦点。

  两次决赛的对手不一样,也让国人对结果有完全不同的预测。2004年的时候,俄罗斯女排光环仍在,是众所周知的传统强队;2016年时,塞尔维亚女排除了业内人士和排球迷比较了解其实力外,对一般人而言属于名不见经传的球队。加之中国女排战胜了巴西女排这么强大的对手,很多人相信"大难不死必有后福"的定律,更加相信郎平,相信魏秋月、朱婷、惠若琪、张常宁这批很棒的队员。无论是舆论,还是我们报道团的研判,都认为夺冠希望很大,所有台前幕后都奔着夺金去使劲。广告商也闻风而来,2016年奥运会女排决赛的插播广告以次、以秒计算,当时我台广告部那可真的乐开了花。

我和12年前初出茅庐参加雅典奥运会报道时相比也不太一样。当年我所有的注意力都在赛场上，目光始终盯着前面，而到了2016年，我会更多地掉转头，看看周围、身后是什么样子。2016年，微信朋友圈、微博这样的社交媒体已经遍地开花，几乎成了人们的生活必需品，手机逐渐取代电视机，成为人们的最大娱乐设备。我只有手机号码还是2004年去雅典奥运会时办的那个，其他的早就不一样了。在雅典的时候，国内的人对比赛是什么感受、关注什么，只能通过亲朋好友口口相传，信息量有限，信息失真还滞后，而在里约热内卢的时候，只要打开手机上的社交媒体，跟在国内没什么区别，家里天气怎么样，今天出门堵不堵车，无论身在何处都可以信息畅通。通过手机，我发现中国女排从前一天就开始刷屏了，成顶流了，我越来越感觉这场决赛在国内的热度已经形成热浪，滚滚而来，这在以往是没有过的。单场比赛达到如此热度，即使是中国女排也很少见，而且我们如果是在现场或国外解说评论重要比赛的话，国内有多热多冷也感知不那么真切。在里约热内卢，几乎完美的比赛时间，功能强大的智能手机，让我一个即将解说评论这场决赛的人，感受了一次什么叫举国关注。"当近10亿中国观众聚焦里约奥运会女排决赛，当全世界华人瞩目这场意义远超体育竞赛的巅峰对决"，那是种特别异样的感觉。

怎样形容这样的关注度呢？我想起了2010年冬奥会在温哥华的经历，最后的男子冰球决赛加拿大队争夺冠军，我上街去看了看，家家闭户，开着的商店也门可罗雀，店员无奈又开心地说，那天是加拿大人的节日，大家都在家看比赛呢。我认为那情形跟女排决赛这天国内的情形也差不多，于是6年前那"万人空巷"的印象又浮现出来，转播中我就用了这个词，说"这是一场万人空巷的比赛"。比赛结束后，我才知道"万人空巷"的"巷"，原意是里巷，是人们居住的地方，"空巷"恰恰不是街上没人了，而是人们都离开家拥到了街上。虽然也有人说，时代和语言也在变化，女排决赛这天就是"万人空巷"，这个词的气势挺大，还真不好替换。但我当时也是一知半解，这是转播女排学到的额外知识。

决赛正式打响时，中国队已经没有刚来巴西时的兴奋与茫然，而是底气十足。无论是过去参加奥运会成功和失败的经历，还是这次比赛遇到的磨难，中国队积累的经验都比塞尔维亚队丰富，比赛会有多艰苦、困难，我们比对手更清楚。尽管第一局以19∶25输了，但暂时落后在这次巴西之行中已经是家常便饭了，中国队不慌不忙，又拿出了战胜巴西队时使用的C计划，马上以25∶17扳回一局。

这一次，轮到塞尔维亚队紧张了。她们很快失去了第一局的良好感觉和状态，而且主力得分手米哈伊洛维奇发挥明显失常，主教练不得不把她换下。她下场后的表情也可以用茫然来形容，作为核心成员，从她脸上却看不到任何想使球队翻盘的决心。其实奥运会打的就是心理战，正因为结果对每个运动员都格外重要，才特别考验谁能在场上无视结果，注重过程。

中国队这场球完全做到了物我两忘，打出了开赛以来最好的节奏。拦网、防守、保护、反击都是打得最好的一场，尤其防守几乎是郎导上任后所有比赛里最好的一场，我从来没看到过这些1.9米左右的姑娘能倒地救起这么多球，起球效果也远胜平日。中国队出色的防守逼得塞尔维亚队频频失误，全场统计双方发、扣、拦几乎打平，但失误送分是17对27，我们比对手少10分。塞尔维亚队队员的心理压力过大，一个明显的表现就是好多人都记得的第四局23平时，对方副攻拉西奇那个夸张的发球失误。她发球本来是很好的，得了这届比赛的最佳发球和最佳拦网两个个人奖项，但当时那个球发得飞出界外五六米远，落到了底线后面的五环标志上。临近悬崖边的时候，即使这样优秀的选手也扛不住压力。

女排队员庆祝胜利（中国体育图片 白宇 摄）

女排队员在颁奖仪式上（中国体育图片 白宇 摄）

最后，中国队以3∶1获胜，如愿摘得奥运会金牌。

里约热内卢奥运会金牌是中国女排历史上第三次获得奥运冠军，第九次获得世界冠军。这次夺冠的历程殊为不易，虽然以前的夺冠也曾经历过开局不利，比如秘鲁世界杯首场0∶3，后面要力争场场3∶0，又比如洛杉矶奥运会小组赛先负美国队，但没有哪回像这届比赛输这么多球，一度陷入绝境。这种逆转令人印象深刻甚于以往，还因为当今传播环境的改变。从2016年再夺奥运冠军开始，女排精神又得到了多样的解读，有的语言很煽情，但我一直觉得，煽情煽不出优异成绩。女排精神实际离不开有天赋又刻苦的优秀运动员、有智慧又敬业的教练、团结的集体及科学训练和竞赛，女排精神是料敌于先，是智计百出，是破釜沉舟。

奥运会夺冠对这届女排队员来说是一次突破，使她们迈上了新的台阶。朱婷成为女子排坛超级球星，丁霞、张常宁、龚翔宇、袁心玥通过这次比赛淬火成钢。从这以后，中国女排真正进入了当代顶级球队的行列。

第十冠

编者按

　　经过殊死搏斗且取得胜利的战友，是在汗水和泪水中结成的友情，可谓生死之交。"五连冠"的教练和队员，退役后再次创业且事业有成的大有人在，几个人一凑在一起就组织聚会。我也参加过几次，大家开心快乐，聊聊自己的生活。大多也带上各自的家人，甚至孩子们也成了好朋友。

　　记得庆祝首次夺冠十周年时，大家在深圳相聚，我和陆星儿一家也应邀前往，那时我们俩正在合作，帮郎平撰写自传《激情岁月》。我把整理好的第一手资料一一向陆星儿交接，她也向我了解了一些郎平各阶段的情况。事情的缘由是这样的：郎平想写自传，主动找我和我老伴萧国忠说，咱们三人小组来完成这个任务。她把日记本交给我，我们一起讨论了写作思路。我基本整理完成后，诚恳地对郎平说，希望她能找一个作家来润色，这样可以更加生动。她找到好朋友何慧娴，何慧娴给她推荐了陆星儿。这样我就把我整理好的文章全部给了陆星儿。她看过后多次感慨地对我说："这都是你的资源，怎么全盘托出都交给我了？"我说："就是想写好这本书嘛！"此后，我们常常整夜长谈。那次在深圳是我们见的唯一的一面。所以，深圳聚会的点点滴滴至今记忆犹新。

　　"黄金一代"的教练和队员可能是聚会次数最多的，陈忠和几乎年年都把大家请到福建去。几次和他的队员聊起此事，她们都津津乐道，十分享受，所以常常盼望相聚的日子。

十全十美

——记 2019 年女排世界杯夺第十冠

洪钢

中国女排取得"五连冠"后，曾很长时间无缘世界冠军。但从 2003 年夺回世界杯桂冠开始，17 年时间里又五次在三大赛上奏响国歌，排坛"黄金一代"的热度尚未退去，郎平带领朱婷、惠若琪、张常宁等球星又连夺三冠，将女排在中国的影响力再一次推向了巅峰。其中，2019 年世界杯卫冕成功，球队无论是战绩，还是在比赛过程中显示出的精神面貌、技战术水平，都无可挑剔。

二鸟在林

2019 年新中国迎来 70 周年大庆，这是一整年的国民主题。中国女排在这一年非常繁忙，球队将迎来第十三届世界杯，而且相比以往的世界杯年还多了项比赛任务，就是因国际排联改革赛制而产生的东京奥运会预选赛。

参加世界杯中国队是卫冕冠军，但奥运会预选赛也非常重要。主教练郎平在预选赛之前接受采访时，表示所有计划都是围绕这个比赛来进行的，甚至透露出这一年中最重要的一场球就是对阵土耳其队——奥运会预选赛中实力最强的对手。这个思路和大多数强队都一致，因为奥运会是女排国家队最重要的比赛，首先要确保决赛圈晋级资格。如果 8 月初的预选赛无法获得入场券，就还要准备 2020 年年初的各大洲预选赛。换句话说，如果中国队在预选赛不慎遭遇冷门，那世界杯比赛也必然无法全身心投入。正因为这种紧密的关联性，郎导强调要先打好预选赛，而不是简单地把预选赛和世界杯等量齐观，这是智慧和谋略的体现。

这都源于国际排联取消了本届世界杯的奥运会门票"发放"资格。女排世界杯自 1973 年创办，到 2019 年已经有 46 年历史，产生了苏联、日本、中国、古巴、意大利等五支冠军队伍。在过去40多年里，排球和其他集体球类运动的不同之处就是有三大赛，其他集体球类运动大都有世锦赛则无世界杯，有世界杯则无世锦赛，或世界杯赛事的规模、分量都明显不及世锦赛，比如曲棍球。而排球世锦赛和世界杯在相当长的时间里分量几乎等同，因为世界杯自1991年开始就兼具奥运会资格赛的职能。

我认为排球这套竞赛体系是从20世纪80年代开始逐渐成熟、稳定下来的，带有较深的国际排联前主席阿科斯塔先生的烙印。进入20世纪第二个十年，阿科斯塔体系遇到了时代的挑战，国际排联的竞赛组织有了很大变化，世界国家联赛将原先的世界女排大奖赛、世界男排联赛合二为一且扩大了规模，大力推动俱乐部世锦赛，奥运会预选赛又独立出来形成重要的系列赛事。总的趋势是国际排联在世界大赛上的主导力不断加强，以欧洲为主的职业联赛越来越受到尊重，而其他某个国家、协会主导的国际赛事的发展空间越来越小，哪怕它们曾在排球发展历史上有很大贡献，哪怕是传统的世界杯排球赛。

可以说，郎导把奥运会预选赛看得比世界杯重是一种战略眼光，就跟打仗一样，往往"先南后北"还是"先北后南"这样看似简单的选择决定了疆场成败。在两者都很重要的情况下，首先明确哪个是主要矛盾，如果把世界杯作为重点，影响了预选赛，一旦预选赛失手，那必然世界杯也打不好；解决了预选赛再打世界杯，才能轻装上阵。其次，这种侧重选择也符合国际排坛的变化。

有句谚语叫"二鸟在林，不如一鸟在手"。中国女排在8月2日开赛的奥运会预选赛中，坐镇宁波北仑主场，三战全胜，以3:0完胜土耳其队，顺利地抢下第一批奥运会入场券。虽然接下来以世界杯卫冕为核心的备战时间只有一个多月，却可以收事半功倍之效了。

北仑出兵

2016年奥运会结束后,魏秋月、惠若琪等老队员退役,又一批年轻队员进入国家队。经过2018年亚运会、世锦赛的洗礼,郎导第二次执教的中国女排进入成熟期,主力阵容人员稳定,年龄结构合理,高快结合,核心队员突出,替补各有特点,全队上下非常团结,保障团队也日益壮大。中国女排的凝聚力和吸引力达到历史鼎盛,从施海荣、袁志这些国家男排顶尖球员纷纷加盟女排各级国家队教练队伍就可见一斑。

尽管世锦赛半决赛中国队惜败,但是同年在亚运会上全胜且不失一局的表现是很令人惊艳的,而这很容易被人忽略。我认为那次比赛是体现中国女排全面提高的重要一环。我在2018年雅加达亚运会上直播评论了中国男女排、男女足的绝大部分比赛,各种维度的对比让我印象非常深刻。中国女排能在这个赛场上不丢一局,尤其是每场比赛的失误率都极其低,其实是很不容易的。当时的亚洲赛场,赢球不难,但能赢得滴水不漏不易,说明2016年之后,这批队员在训练中付出了很多,提高了很多。

奥运会预选赛结束后,中国女排从"大国家队"名单精简到16名队员,继续在宁波北仑集训,备战世界杯。正当外界推测哪两个人会落选世界杯阵容时,本届比赛组委会修改了报名规则,每场比赛前确认14人名单即可,也就是说各队可以多带球员前往日本,每场比赛前24小时都可以再报一次名单。这对中国队来说是个好消息,于是最后阶段参与集训的16名运动员全都踏上了前往日本的征程。

其中,参加了2016年奥运会的有丁霞、朱婷、张常宁、龚翔宇、颜妮、袁心玥、林莉、刘晓彤等八人,曾春蕾也再次披挂上阵,她们构成了主力阵容。二传手姚迪、主攻手李盈莹、副攻手杨涵玉和自由人王梦洁是2018年世锦赛的参赛成员，此外还有主攻手刘晏含，副攻手王媛媛、郑益昕等三名年轻队员。朱婷等人刚刚进入职业生涯成熟期，有潜力的年轻队员就已经涌现出来，使中国女排从里约热内卢奥运会到东京奥运会之间的新老交替进行得相对顺利。

年轻队员不断涌现，一方面跟郎导执教以来推行"大国家队"方式，向更多新人敞开大门有关；另一方面也跟这些年中国青年女排在训练、比赛中取得的优异成绩分不开。2013年，徐建德担任主教练的国青女排夺得世青赛冠军，这是国青女排时隔18年之久在这项赛事里第二次夺魁，朱婷就是这支队伍的核心。2017年，沈芒带领的国青女排又在墨西哥世青赛上斩获金牌，杨涵玉也继张锦文、朱婷之后成为第三位获得世青赛最有价值球员奖的中国女排选手。可以说，这是中国女排从20世纪70年代开始卧薪尝胆，经过40多年积累，以省市体校、青年队为基础的专业训练体制在青少年排球运动员培养方面显示了强劲的力量，江苏、辽宁、上海、山东、天津和八一等运动队都是中国女排的可靠人才基地。

经过精心准备，"兵强马壮"的中国女排于9月10日清晨从北京出发，踏上卫冕征程。

再访横滨

2019年世界杯于9月14日到9月29日在日本的六座城市进行，中国队的第一站比赛在横滨，这里恰是2018年世锦赛四强决赛的赛区。时间过得飞快，世锦赛时我也随报道小组来转播了，感觉就跟没离开过横滨一样。这个紧邻东京，因为明治时期打开国门而兴起的海港城市，除了几条街道在临时施工，别的都和上次来时没什么不同。

因为东京代代木国立综合体育馆在为 2020 年奥运会改建、装修，所以这两届比赛都把本该在东京的赛区挪到了横滨。熟悉女排的人应该都对代代木体育馆不陌生，中国女排曾多次在代代木比赛，比如 1981 年世界杯在代代木打了两场，击败了巴西队和苏联队，再比如 2011 年世界杯最后一场力克德国女排，获得伦敦奥运会入场券，也是在那里。

2011 年赛后，我们曾在代代木体育馆外利用卫星车单机直播了对全队的现场采访，这段直播是为了冲击奥运门票成功临时增加的。我们是在场馆外紧急寻找的场地，架起简单的灯光，导演当了摄像，记者兼做外联，我借了出镜服装，又找了块砖头把自己垫高了一点儿。虽然荧幕背后是如此狼狈，但整个直播气氛欢快，每个队员都难得在没有压力的状态下接受采访，效果很好，也许正是因陋就简，才让人不像在演播室或者混合区那样"端着"。我那时愉快的心情也丝毫不亚于队员们，这场直播尽管不是为夺冠而采访，却是我印象最深刻、最满意的工作经历之一。按照东京奥运会的计划，位于遗产区的代代木体育馆届时将不再承办排球赛事，而是承办手球比赛，奥运会排球比赛将在东京湾区新建的有明竞技场进行。这可能也为代代木体育馆自 1964 年奥运会后作为世界上最重要的排球赛场之一的历史画上句号。

中国女排这么多年来到横滨比赛不多，一年前在这里也没留下什么好的回忆。中国女排在横滨苦战五局负于意大利队，无缘决赛。那次大家的心情都很郁闷，因为中国队刚有了朱婷，刚过了几天强攻有底气的日子，没料到意大利队这么快就赶上来了，再加上塞尔维亚队，这两队未来都不好对付。世锦赛失利，也促使中国队在随后的集训、比赛中进一步强化各项技术。中国女排和欧洲队比强攻可以拼一时，不可拼一世，最终还是得回到我们的优势——全面、快速、多变。一年后，又来到同样的城市、同样的场馆，中国女排进步了多少？正好用世界杯来检验。

这次我们报道小组比女排晚两天动身，12日到达横滨，13日上午我们前往横滨竞技场，准备把例行的赛前准备工作处理完，等到下午场地训练也该开始了。结果到了体育馆一看，铁将军把门，偌大的体育馆一个门都没开，要不是去年来过、确认无误，我们差点儿就以为找错了地方。转了好一会儿，正门口才出来一位女士，看上去是为第二天比赛开门售货准备摆桌子，跟她打听了两句，才知道下午才可能有工作人员来。据我的经验，我台报道组开赛前到得都比较早，往往赛事各项工作都还没展开，我们已经等着了，但像这次第二天就开赛了，组织方还不着急开动的倒也少见。

　　这几年在日本举办的排球赛，比起前些年来都简单、冷清了不少。一方面来的国内媒体越来越少，当年跟着女排来日本采访的媒体，有报纸的、电视台的、网站的，动辄几十人，后来由于媒体生存不易，国内连网站记者都不来了。世锦赛的时候，腾讯体育还租了现场评论席，有现场连线采访，是他们转播女排阵仗最大的一次，这次也没再大动干戈。另一方面，日本经济形势也不太好，赞助有所缩减，比赛也组织得有些意兴阑珊之感。此外，还有个特殊原因，2018年我们就在日本看到了不少橄榄球世界杯的海报，当地电视转播的同行告诉我们，这项赛事规模不亚于男足世界杯，动用了日本不少电视转播力量。虽然英式橄榄球在我国是小众项目，但在国际赛场上还是很有影响力的，日本也很重视2019年英式橄榄球世界杯的举办，这是亚洲第一次举办，而且日本队的橄榄球实力也提高很快，达到八强水平。橄榄球世界杯的举办时间和排球世界杯重叠，在资源、热度上对女排赛事也有所冲击。

　　其他媒体来得不多，我们转播女排的报道队伍却日渐扩大。以前我们只有四五个人，现在随着女排分量越来越重，记者、摄像、编辑、现场导演人数都翻了一番。直播解说方面也同样"升级"，过去一般只有奥运会、亚运会级别的比赛才会请嘉宾评论员，现在女排世锦赛、世界杯这样的单项赛事也开始邀请了，最近两次比赛都是 2016 年还在场上拼杀的前队长惠若琪，跟随我们到日本解说、评论了比赛。这是近十年来女排电视报道方面的变化，或者说进步。

算下来我在大赛上合作过的女排评论嘉宾都够组成一个全明星阵容了：2006 年多哈亚运会的孙玥，2008 年北京奥运会的陈招娣，2012 年伦敦奥运会的郎平，2016 年里约奥运会的冯坤。以前在世界女排大奖赛国内分站赛的时候，我们还有幸请到过"毛局"张蓉芳。她们教会了我很多，特别是老女排的三位，郎导自不用说，陈招娣和张蓉芳同样让我深深地感受到当年那个集体的与众不同。

说回到横滨，中国队当然同样面临场馆还没有开门的问题，但她们早有准备。11 日、12 日两天跟以前大赛一样，单独租了体育馆自己练了起来，而且第一天的训练馆还没有空调，室内温度都到了 37℃。这点我是很佩服郎导的，拿下奥运冠军后，她在训练上抓得更紧，练得更起劲，即使在大赛期间也是如此。无论是压力比较大的世锦赛，还是这次相对轻松的世界杯，她都带着球队心无旁骛地做好每一天、每一堂训练课，让我感觉好像这比赛反而是次要的了。

在她那里，冠军不是最重要的，对排球技术的极致追求才是根本。在大赛期间，球队的训练一般都是调整、恢复，以比赛为主，而在这两次比赛和雅加达亚运会上，中国队给人的感觉仍然是以训练为中心，比赛倒成了"捎带手儿"完成的，训练才是女排的日常必需品。比如 2018 年世锦赛，第一天到比赛场训练，记者们本以为跟往常一样，赛前训练就是让队员活动活动，结果郎导很严肃地把大家请了出去，说"这不是赛会规定的公开训练，让我们好好练点儿东西"。郎导确实跟别人不太一样，因为其他教练这时候一般都不"真"练了。

中国体育界常说，比赛是训练的镜子。中国女排在随后十一场比赛中近乎完美的表现，相信就是来自这每一天、每一次、每一分钟的认真训练。2016年奥运会后，中国女排提出了"扎实做好每一天，每天进步一点点"的口号，不仅在集训期间，也在比赛期间践行着。与未来的东京奥运会相比，世锦赛、世界杯都只是准备和提高的过程，正如郎导常常提醒队员的那样，"把过程做好，结果自然而然"。

五个3∶0

中国队首战面对老对手韩国队。由于是第一场球，加之每次碰上韩国队，郎导都会做最强动员，这场比赛也就派出了全部主力，毫无保留，丁霞、朱婷、张常宁、龚翔宇、袁心玥、颜妮和自由人王梦洁悉数上阵。这两年中国女排已经和2016年时不同，主力阵容比较稳定，不需要郎导再做"百变星君"了，常见的调整只是进攻受阻的时候会用李盈莹换一下，其他的基本都是为了锻炼队伍。

韩国女排在2018年世锦赛下滑到了第十七名，这前所未有的糟糕成绩也促使韩国排协寻求变革，聘请了队史第一位外籍主教练——意大利人拉瓦里尼。换帅效果在8月的奥运会预选赛中就有所体现，韩国队仅以2∶3惜败俄罗斯队，差一点儿在客场"虎口夺食"。这场比赛之前，有的预测还是炒朱婷和金软景对决这个点，其实想想看，金软景"单挑"中国队是在广州亚运会，那都是9年前的事情了。

第一局韩国队的主攻手李在英发挥不错，双方比分交替上升，中国队在后半局才逐渐拉开比分，以25∶21取胜。后两局我们改变了发球攻击方向，让李在英受到牵制和消耗，同时我们也找到了拦防的节奏，两局都没让对方上16分，最后以3∶0完胜。朱婷拿下22分，袁心玥、龚翔宇得分也上双。

郎导赛后并没有多说比赛的输赢、发挥，而是强调："我始终希望球队能够更加全面。我们的队员有身高，但在控制球方面，一传和防守，都需要更多地向韩国队和日本队学习，才能达到攻防全面。"比赛中仍不忘提高，比赛也是提高过程中的一部分，这个指导思想贯穿着女排几年来的每项赛事。

因为这届比赛来了16名队员，所以大家不仅看场上队员的发挥，还比较关心每场比赛中国队的16选14，看看没上过场的人能不能得到机会。第二场对阵非洲冠军喀麦隆队，郎导终于难得地甩了谨慎这个"保镖"，让朱婷、颜妮挂出免战牌，杨涵玉、郑益昕两位年轻副攻手进入了14人名单，出场阵容是二传姚迪、主攻刘晓彤和李盈莹、副攻郑益昕和王媛媛、接应曾春蕾，并在第三局时由刘晏含打接应，锻炼年轻队员、为主力阵容测试替补的目的很明显。李盈莹在这场比赛中独得22分，其中第三局得了11分。这位"00后"主攻手在2017—2018赛季中国排球超级联赛中独得804分，创下了多项联赛纪录，是国内联赛锻炼出来的优秀青年选手，也成为国家队重点培养对象。

喀麦隆队虽然三局失利，但面对奥运冠军、传统强队，她们发挥得还是很不错的。相比于肯尼亚队，这帮姑娘更有特点，场上个性更突出，郎导暂停时用她的北京腔点评说："她这球我都不知道往哪儿打。"以往肯尼亚队出现在国际赛场上的机会更多，但没给人留下什么深刻的印象，这场比赛喀麦隆队却让我记住了她们。因为我转播了很多届女排赛事，相对而言这届世界杯对手方面是比较平淡的，除了中国队，我觉得喀麦隆队这场的表现是不多的亮点之一。后来查了一下，喀麦隆队已经在2017年、2019年连夺两届非洲锦标赛冠军，改变了肯尼亚女排在非洲一统天下的局面，希望这些姑娘未来能打得更好。

接下来的三场球，中国队又连续以3∶0战胜俄罗斯队、多米尼加队、日本队，且九局比赛仅有两局对方得分超过20分。这三个队都是我们的老对手，任谁都是常常缠斗五局，甚至关键场次还被对手"插上一刀"。时移势易，这次比赛三个队居然毫无还手之力，比赛打得让人有"谈笑间，樯橹灰飞烟灭"的感觉。我认为赢得比赛的关键因素在发球。这届比赛中，中国队的发球水平明显提高，比如袁心玥，过去发球是她的弱项，但这次赛事她失误少、攻击性强，创造出很多防反机会。发球冲得对手一传接不起来，就什么都没有了，而为防范对方也用这招冲自己，郎导在一传环节做了比其他所有球队多得多的准备，才在世界杯上所向披靡。

横滨的五场比赛，本来做了俄罗斯、日本等队会带来些麻烦的准备，没想到中国姑娘们干脆利落地直落十五局，几乎可以用实力超群、状态奇佳来形容。同时，大家也关心着美国女排在滨松赛区的一举一动。她们虽然也是全胜，但是输给了塞尔维亚队一局，对阿根廷队也纠缠不清打了四局，状态显然不佳，中国队冠军相似乎已有所显露。

然而，过于顺利的时候也潜藏着风险，在札幌，巴西女排险些又给大家上了一课。

鏖战札幌

结束了横滨赛区的比赛后，世界杯各支参赛队转战第二阶段，中国队和同赛区的多米尼加队、日本队北上札幌，面对巴西队、美国队和肯尼亚队的挑战。赛前大家就预测这个阶段的比赛基本将决定冠军归属，因为中美两队是公认的夺冠热门，两队即将直接对话，大家都摩拳擦掌、跃跃欲试。没想到，两队在札幌首先碰到的对手巴西队和日本队都不甘做陪衬，22日这天的比赛打得异常激烈。

巴西队在2016年奥运会后实力明显下滑，打了四届奥运会两次夺冠的那批老队员只有接应谢拉、副攻法比亚娜在坚持，两人一个36岁，一个34岁。新队员除了纳塔莉娅和加比两个主攻，没有特别突出的选手，这次世界杯纳塔莉娅还因伤缺席。第一阶段巴西队连负荷兰队、美国队，两场比分都是0∶3，表现也算符合现有实力。从比赛结果来看，巴西队状态平平，中国队的教练员于飞等人负责在其他赛区技术录像，"侦察敌情"，这样被直落三局的比赛恐怕也很难看出对方的火力。

中巴这场比赛是下午进行的，中国队开局很快领先，虽然巴西队有所反弹，但中国队还是以25∶23拿下第一局。第二局进行得相对胶着，巴西队在22平之后抓住了一个拦网得分的机会，以25∶23扳平比分。中国队这时已经感觉到对方发球冲得很凶，于是第三局换上李盈莹，把张常宁换到接应位置。前半局以19∶14领先5分，结果后半局被对手打出一个11∶3，巴西队反胜为败。巴西队整场比赛发球攻击性非常强，第三局直接得分就有4分，全场比赛发球得分比是7∶2，占了很大优势，有效限制了中国队的进攻。中国队第四局再次变阵，重新由龚翔宇担任接应，同时扣球增加了打吊结合，扰乱对方防守站位。快速应变和稳定的心态让中国队连胜两局，最终以3∶2取胜。这场比赛除了朱婷得分最多，袁心玥扣球也得了19分，说明两个二传组织进攻很清楚，巴西队主攻较矮，身高优势明显的袁心玥从二号位突破成功率非常高，从她这儿打的关键球特别多。

虽然比分看着很惊险，但无论是在前方和我一起解说比赛的惠若琪，还是在北京演播室担任嘉宾评论的国家队前自由人李颖，都认为在对美国队之前经历这样一场球，遇到些困难，不是坏事。

中国队和巴西队比赛时，美国女排主教练基拉伊在现场观战，显然也在准备第二天和中国队交手，但他可能没料到当天晚上日本队先制造了不小的麻烦。美国女排两次领先两次被扳平，经过决胜局才获胜，而且前四局每局比分都很接近，双方打了2小时45分钟，比中巴这场比赛还多僵持了半小时。日本女排在世界杯上的顽强确实有传统，常常能在欢美强队身上拿分，虽然她们这些年实力、名次都只能在世界大赛的中游打晃，却凭借这份顽强和出色的防守赢得了日本观众的喜爱。在日本举办的排球比赛，白天赛场里空空荡荡，一到晚场有日本队，就不知道从哪儿冒出来那么多人，把体育馆坐得满满当当。

说个题外话，在日本转播排球赛最怕晚场有日本队，因为观众太多，散场回去坐地铁得排好长的队。后来我总结出经验，有日本队的日子，白天来赛场时先把晚上的地铁票买了，这样回去的时候能少排一个大长队。

美国队如果能相对干脆地战胜日本队，那至少在气势和积分上能压过中国队一筹，但两队都打满了五局。加之美国队和日本队是当天最后一场，打完都晚上10点多了，第二天下午还要和中国队比赛，在准备时间上也变得更加不利。就这样，中国女排碰到困难的同时，美国队也遭遇难题，就看谁更能变不利为有利，以更好的心态和状态来应对这场实际上的决赛了。

23日下午，中国队迎来了和美国队的关键一战。中国队派上这次比赛固定的一组阵容：丁霞、朱婷、颜妮、龚翔宇、张常宁、袁心玥和自由人王梦洁。美国队首发二传波尔特，主攻拉尔森和罗宾逊，副攻华盛顿和奥格博古，接应德鲁斯，自由人考特尼。第一次技术暂停后，中国队就迅速把比分拉开到16∶9，队员们越打越兴奋，此后再没让美国队缓

女排队员庆祝胜利（中国体育图片 刘亚茹 摄）

2019年9月23日，女排世界杯赛开始第二阶段赛事。中国队在日本札幌市北海道国立体育馆对阵美国队。结果，中国队以3∶0击败美国队，取得七连胜

过神来，比赛中打出的好球让郎导都伸出了大拇指"点赞"。如果说对阵巴西队是没想到对手发挥得那么好，那么这场比赛就是没想到对手状态这么糟。基拉伊频频换人也未能奏效，最后中国女排以25∶16、25∶17、25∶22三局轻取美国队，七连胜独自领跑积分榜，也奠定了夺冠的基础。

美国队在2019年世界女子排球联赛中曾战胜中国队，赛前大家都推测即使赢美国队，也不会很轻松。期待的"火星撞地球"没有出现，双方状态完全不在一个层面。赛后郎导说："今天发球给大家提的（要求）是要有'使命感'，你的发球是直接为你的队友、为你的拦防创造机会，不能说自己怕失误就保守，所以每个人都要先冲击对手。""使命感"这个新鲜的用词既体现了她在和队员交流中语言的魅力，也说明了发球的重要性。

对巴西队的曲折，对美国队的速胜，让人想起一个多月前奥运会预选赛对德国队和土耳其队，局面何其相似！从郎导的表述中可以看出，土耳其队实力不俗，是个劲敌。中国队打土耳其队之前对德国队也输了一局，貌似状态不佳，但第二天就跟换了批人似的，个个状态亢奋，发、扣、拦全面逞威，赢得干脆利落。中国女排如果总能做到欲扬先抑、收放自如，那就是非常强大和不容易超越的。郎导似乎已经掌握了某种"秘方"，能够在最重要的比赛中调动出队员的最佳状态，把压力完全甩给对手。

美国队这两年的比赛总是差一口气，看着实力不弱，却屡屡在关键时刻掉链子。2018年世锦赛，美国女排连负意大利队、中国队，只能去争夺第五名。在横滨打最后决赛阶段的时候，我早上出去跑步时曾看见基拉伊，他跑步时也是一副心事重重的样子，这次不知道他是不是又要借此排解压力和郁闷的心情了。不过，我觉得基拉伊的身体健康程度显然要好于同代人郎平，他还能保持跑步、健身活动，伤病对他的日常生活、锻炼影响不大。借用郎导的话说，这也是值得我们学习的，即如何做好高水平运动员的伤病防控。应该说，在这方面，现在的运动员比郎导那时幸福得多，训练、治疗、恢复的手段都越来越科学，何况郎导自己深受伤病之害，更是在抓训练的同时注意全方位、多手段地对姑娘们进行保护。

尽管在札幌基本锁定了冠军，但对巴西队这场比赛还是很有价值的，它暴露了中国队还有一些弱点。这促使中国队继续践行"每天提高一点点"。第三阶段转战大阪，其他队伍感到疲劳取消了适应场地训练，而郎导则捡起她们放弃的时间，带队抵达大阪当天又训练了三小时。回过头去看，这次世界杯我对她们训练的印象十分深刻，她们赛前练，赛后练，打不好练，打得好也练，直练到拿冠军那一天。

执着的训练终有回报。这支中国女排变得更严谨、更细腻、更全面、更快速，各个技术环节、每个人都有明显提高。朱婷的一传比以前更稳定了，袁心玥的拦网更强硬了，颜妮的发球攻击性更强了，整队的防反串联更流畅了。有了这些，才有亚运会上不丢一局、世界杯上不失一场这些看似容易实则极难的骄人表现。

又见大阪

在大阪进行的第三阶段比赛，中国队还有最后三场球，分别对阵荷兰队、塞尔维亚队和阿根廷队。本届世界杯因为不涉及奥运会参赛资格，而且奥运会预选赛在8月初刚刚进行，所以这届比赛很多球星都高挂免战牌。2018年世锦赛冠军塞尔维亚队实力缩水尤其严重，除了接应别利察、主攻布沙是老国手，其他队员均是名不见经传的青年军。这次比赛

女排队员赛后合影（中国体育图片 刘亚茹 摄）

2019 年 9 月 29 日，女排世界杯最后一轮比赛，中国女排 3∶0 胜阿根廷女排，以十一战全胜战绩夺得本届女排世界杯冠军

塞尔维亚队最后以四胜七负的战绩排名第九，顶着世锦赛冠军的头衔，本届比赛却有些名不副实。即便如此，别利察仍然荣膺赛会最佳得分手，足见该队的个人能力很强，且对接应位置的进攻极为倚重。荷兰队倒是出动了头号球星斯勒特耶斯和老队长格罗特许斯领衔，以老带新。

同这两支欧洲劲旅的比赛，中国女排的主力一组阵容已经进入最佳状态，通过前面八场球，完全打出了自信、打出了默契，比赛过程行云流水，郎导很少再换人和暂停，球员自己掌控了比赛。荷兰队凭借斯勒特耶斯的单场24分还拿走了一局，塞尔维亚队则完全抵挡不住，0∶3败北。

在这两场球中，不仅中国女排显示出了强大的整体实力，球员个人也纷纷打出职业生涯巅峰水准。以往比赛中常常出现中国队非金即银，个人奖却多被其他球队瓜分的情况，这跟球队风格、打法有关，中国女排历史上很少依靠球星战术。这届世界杯中国队却集体、个人多线丰收，朱婷获得最有价值球员奖，二传手丁霞、副攻手颜妮、自由人王梦洁和她一起入选最佳阵容。

这里面最值得一提的是颜妮。其实2009年全运会后，当时还是小将的颜妮就入选了国家队，但是她虽然擅长拦网和短平快，却始终没有在国家队待稳，直到郎导上任才找到位置。颜妮这时已年过三十，可谓大器晚成，在2018年世锦赛和2019年世界杯连续入选最佳阵容。和塞尔维亚队拉西奇这样的顶级副攻平起平坐，是对她多年来与伤病作战、低调坚持的最好回报。

由于美国队第九轮对俄罗斯队时又被拖进了决胜局，积分再次损失，所以第十轮打完之后，中国队领先美国队1个胜场、4分积分，提前一轮夺得了2019年世界杯冠军，卫冕成功！第十轮，拿到排球三大赛第十冠，夺冠地点与38年前一样也在大阪，队员们的努力迎来了诸多巧合。

"十连胜，十冠王""'十'至名归"……这是后来报纸使用的不同标题，我们也实在想不出其他词汇来形容这完美的感觉了。

里约奥运会夺冠后，中国女排继续刻苦训练的同时，用国际化、专业化的方式加强教练团队建设，排管中心也在技战术层面给予郎平和教练组充分的自主权，在管理方面延续了老女排的优良传统，强调集体主义精神和团队协作。在后勤保障方面想方设法、不遗余力，让教练员、运动员能够心无旁骛、全身心地投入训练和竞赛之中。

为了保证中国女排在大赛期间有充足的训练时间，排管中心在世界杯每站比赛中，都会在组委会安排的训练时间之外额外租用场地训练，相关费用均由排管中心承担。在女排组队的过程中，排管中心发挥举国体制优势，严格选拔、严格管理、严格训练，各地方运动队服从大局，从而确保了最优秀的运动员都能为国效力。

战胜塞尔维亚队提前夺冠后，中国女排并没有庆祝，而是一丝不苟地准备最后对阿根廷女排的比赛，直到这场比赛结束后，郎导和球队才好好休息了一下。击败阿根廷队后，郎导接受采访时流泪了，她说"其实挺不容易的"，另外也终于可以放假了。

拿下最后一场球，中国女排的商务推广为她们办了一场小型庆祝会，因为这次比赛到日本采访的媒体很少，球迷也不多，所以规模很小，但郎导和队员们却非常开心。2019年有世界杯，还有奥运会预选赛，中国女排几乎全年都在紧张的训练、比赛节奏当中，难得有这样的轻松时光。和8年前一样，我又得到了——采访队员的机会。

过去我出国转播只有参加奥运会、世界杯报道的时候，需要大量出镜，才带正装，其他赛事则从来没有带过。因为平时工作基本用不着，日常也没有穿正装的习惯，放在行李箱里还皱巴巴的，穿也不是，不穿也不是，带着全是累赘，所以2011年那次还要临时找衣服。这次世界杯出发前，我毫不犹豫地把一套正装塞进了行李，结果中国女排果然夺冠，我果然需要正装。我告诉郎导和队员们我是有备而来的时候，她看了一眼说："嗯，领带还是金色的！"

2019年世界杯排球赛有可能成为最后一届，未来即便继续也会做大幅度改革，四年一届、日本永久举办的历史肯定要成为过去式了。然而，这些并不在郎导考虑之列。"我觉得只要穿上带有'中国'的球衣，就是代表祖国出征、出战。我们要为国争光，我觉得这是我们的义务和使命。每一次比赛，我们的目标都是升国旗、奏国歌。"郎平的这番话，在新中国70周年国庆之际是最振奋人心的贺词之一。

荣返北京

世界杯9月29日结束，中国队在28日提前夺冠，过两天就是新中国成立70周年大庆，中国女排夺冠赶上了一个好日子。从中国女排提前夺冠开始，线上、线下的一系列庆祝就开始了，我们也在做着紧张的工作准备，因为按惯例，夺冠回顾节目是重头戏，回国之后必不可少。每当中国队取得好成绩时，就是编导、记者需要加班之时。我的记者同事崔嘉已经准备和摄像改签机票，和女排同一航班回国，以便拍摄这一路的画面。在北京的同事们也"严阵以待"，等着我们的消息，他们好到机场等着接力拍摄、采访。前前后后一通紧张联络、布置，也跟打仗一样。但这时候只有兴奋。

按照理想计划，从女排在大阪夺冠那一刻，到女排回到北京落地，我们的摄像机都会全程记录，将女排最幸福、最快乐的几天呈现给观众。其实，纪录片是电视艺术的高级形式，我们频道这些年一直在做这方面

国际排联主席阿里·格拉萨为中国队队长朱婷颁发冠军奖杯（中国体育图片 刘亚茹 摄）

女排队员赛后合影（中体在线图片 刘亚茹 摄）

的尝试，中国女排2016年奥运会夺冠，我们就制作了三集纪录片《星耀征途》。虽然纪录片的收视率无法和新闻、赛事直播相比，但它是电视这种艺术手段里更全面、更细腻的表现手法，我的同事们一路追随女排，当然也很期待能在自己手中产生更多记录女排征程的好作品。

然而很快，我们的工作任务只能中止了，因为中央已经决定让中国女排参加国庆游行，习近平总书记专门邀请中国女排队员、教练员代表参加庆祝中华人民共和国成立70周年招待会，并在会前亲切会见了女排代表。中国女排将乘坐专机回国，而我们记者团队是不能乘坐这趟航班的。很可惜，我们没法用摄像机记录女排带着冠军奖杯回到北京的欢乐旅途。不过，10月1日上午，全国人民都通过电视镜头看到中国女排站在国庆花车上的英姿，对中国女排来说，这是更高的舞台、更欢乐的路途、更光荣的时刻、更广阔的天地。

其实，中国女排在这届世界杯赛场上的精彩表现早已引起党和国家领导人的关注。直播完中国女排和阿根廷队的最后一场比赛之后，我们要等晚上日本队比赛结束后直播颁奖仪式，当时频道已经通知我做准备，颁奖仪式中可能有重要消息需要播报，让我随时听指示。虽然最后并没有新的指令，但每一位新闻记者的敏感都能让他知道那会是什么。我在赛场边的话筒前已经感受到了党和国家的注视，感受到了祖国人民的力量，感受到了中国女排的伟大。我期待着未来能完成这样一次重要播报。

编后语 有多少记忆可以重来

从 1981 年中国女排第一次夺得世界冠军算起，到今天已经 40 多年了。出版社的朋友找到我，提出想出版一本纪念中国女排夺冠历史的书。我觉得自己退休多年，这样的事应该由年轻人来做。但在想了一天后，我提出了一个设想：40 多年间，中国女排夺得过十次世界冠军，确实应该记录在案，给后人留下真实的比赛现场和亲身体验的相关资料，而不是如今道听途说就敢想当然的杜撰。所以，我第二天一早就拨通这位朋友的电话，提出请十位曾经在现场采访过中国女排夺冠经历的同行，新闻媒体的资深体育记者，一起来回忆这十次夺冠的经过和现场采访时的感受。这个主题也让我越想越激动，退休后，我这么多年不动笔的惰性一下子烟消云散了。得到认可后，我便开始寻找十次夺冠时在现场采访的著名记者。更加出乎意料的是，每通电话的那一头都是很兴奋的回答，且直入主题：太好了！多少字？什么时候截稿？

宋世雄、张晓岚、颜世雄、刘小明、王镜宇、洪钢，从 80 多岁到 40 多岁，这些几乎是三代新闻工作者中响当当的名字，也是读者、观众、球迷心中公认的有口皆碑的记者。而在联系的过程中，我们也再度回忆起英年早逝的新华社记者、国际排联新闻委员会委员高殿民及徐征等。40 余年来，这些新闻工作者辛勤地为中国乃至世界排球运动的宣传和推广默默地做着贡献，为排球运动走进千家万户，弘扬中国女排精神，宣传正能量而尽心尽力。他们与中国女排一样,在各自的岗位上顽强拼搏。以往,人们只看到过他们的宣传报道,听到过他们振奋人心的评论和解说,这次,我们不仅请他们把中国女排夺冠的历史如实地记录下来,而且也把这些台前幕后媒体人工作状态的片段奉献给大家。

"有多少记忆可以重来",这是一份记录中国女排2003年时隔17年再次夺冠的宣传单页的通栏标题,引起了我的共鸣。撰写回忆文章的过程中,无论年龄大小,距今的时间长短,每一位作者都经历了一段高度兴奋期,中国女排夺冠的过程竟然在这些亲历者心中留下不可磨灭的印象,他们几乎都是一气呵成,然后再找来当时的录像或采访记录加以核对,激情满满。我想把这本书做成"扑克牌中的大王",想要了解那段历史的人就请进来看一看这些真实的故事,没有半点儿水分。我们想把这本书写成经得起时间考验和认真推敲的"标准答案",使一切道听途说甚至编造的谎言不攻自破。

一

我是1978年到《中国体育报》工作的,3年后中国女排首次夺冠,其后一发不可收,连续五次在世界大赛上夺冠,成为世界女排史上首支取得"五连冠"殊荣的球队。而后,中国女排在起起伏伏的40余年间十次夺冠,我2012年退休前都不同程度地参与了宣传报道,可谓见证了这段不平凡的历史。而我无论在《中国体育报》、《中国排球》杂志、"中国排球网"工作,都未脱离排球宣传的第一线。再加上此前我曾做了16年的排球运动员,还曾短时间内担任过教练员,这一辈子几乎都围着排球转,结识了不少排球界和新闻界的朋友,这可能也是出版社相中我的原因吧!

我于1963年进入北京市排球队，接触排球运动不久，就赶上周恩来总理邀请夺得奥运会冠军的日本女排"魔鬼教练"大松博文来华传授经验。我是坐在北京体育馆的观众席上，亲眼观摩过大松博文教练率领的被称为"东洋魔女"的日本女排来华表演的训练课，也观看了大松教练对当时的中国男、女排运动员的训练。此后，我们队也改变了一人一球的训练模式，开始在训练中学习日本队的多球训练法，学勾手飘球，学倒地滚动防守，学极限训练和要想打败对手必须具备7∶3的实力对比的观念……总之，要想取得世界冠军，就要吃别人吃不了的苦，要突破别人难以逾越的难关。虽然那时我刚进队不久，连排球基本技术还没学全，但在这种氛围中，已经立志要成为世界冠军了。

我们师从新中国第一代国家队著名选手刘瑄、马绒华、金东熙、蔡翘等教练，遵从前人"三年打基础，五年出成绩"的排球训练规律，埋头苦练基本功。脑子里装着教练们亲耳聆听的老一辈革命家、新中国首任国家体委主任贺龙的遗愿："三大球不翻身，我死不瞑目。"整整刻苦训练了5年后，我们首次参加了全国联赛。也曾"一鸣惊人"，因为队里有一位身体条件出众的运动员那小平。但是，此后多年，因"文化大革命"没有举办全国联赛，我们的理想也就此搁浅了。然而，当年20岁的我们，仍因痴痴的梦想而未遭解散，一直坚持训练，成为全国同年龄队伍中唯一完整保留下来的女排，所以在全国联赛恢复后，比赛成绩一直不错，而且获得了1974年全国联赛的冠军。同时也见证了孙晋芳、张蓉芳等一代新秀15岁左右就在30多岁的老队员带领下打全国联赛的历史。接下来，也见证了她们这一批年轻选手，在年轻教练袁伟民的率领下，大展宏图，勇攀高峰，创造夺得世界冠军辉煌历史的激情时刻。

我1976年离开北京女排，进入武汉军区女排并参加了全国联赛。那一年，我们历史性地取得了参加全国联赛的资格，我还受到了军区的嘉奖。当时我已经30岁。1978年,我几经周折才考入《中国体育报》,因为我做运动员期间就给《中国体育报》和《新体育》杂志写过稿子,和相关工作人员有过交往,所以有老记者推荐我。进入报社初期是在通联部做编辑部与驻各地记者的联系工作,还做《读者来信》栏目,但因为我曾是排球运动员,对排球运动烂熟于心,所以每遇排球大赛,我都会被调入临时编辑组。老记者们去排球队采访时也会叫上我,因为我人头熟、专业熟。每当教练员们指着我对老记者说"这是我们排球队里的秀才,你们要好好带带"时,我都很不好意思。因为我总觉得自己在文人堆里也许会被看成文盲吧!为此,在北京市恢复业余大学考试的当年,我就报考了北京市崇文区职工大学,虽然当时没有新闻系招生名额,但有中文系,这正是我想深造的专业方向。没想到考大学不像上体育学院那样,可以作为特长生被保送入学,而是要参加全市统一考试,过了分数线才能入学。我的对手大多是高考落榜的应届毕业生。那时我离开运动队到报社才不到半年,找来的高考复习资料还没有看完,我就抱着把考卷拿回来,明年再考的心思微笑着去了考场。

到了那里才知道考卷是不允许带出考场的,那就答吧!一题一题地也答下来了,最后的作文,题目给了一段古文,要求将其改写成一篇文章,也没难住我。很快我就写完了,轻松地离开考场。通知下来时,副总编辑拿着录取通知书到我办公室里,开玩笑地说:"是不是发错了通知?你考上了。"虽说有些意外,但我还是理直气壮地正名了一下:"您以为运动员都是文盲呢!"大家都笑了。

上职工大学对我来说既不耽误上班又能学以致用,学习期间我还作为大龄产妇生了孩子。我的成绩也不错,班主任常常对我说:"同学们都比你小10岁,你跟他们拼什么啊!"我想,这就是16年的运动员生涯给我留下的"后遗症"吧——永远不服输!幸亏我在运动队期间看了大量的名著——记得坐火车去比赛，我总是选上铺，一天一夜我就能看完一本《复活》——中文系老师开出的大量书目，我就算提前阅读完了。我们也是一门一门地结业，11本证书我都顺利拿下来了。然后报了英文大专班，中文系老师推荐我当了班长。可惜我在半年后得了心肌炎，住院时已经是严重的心律失调了。亲朋好友众口一词："你拿一堆文凭到八宝山报到去了，有什么用？"英文老师向学校申请给我留了一年的学籍，因力不从心，我只好放弃继续学习。但我没听阜外医院心血管专家的忠告，带着24小时4万多次早搏的严重心肌炎后遗症正常上班了，谁也没告诉。而且，我在坚持吃药六年不见效果的情况下，抱着高高兴兴过好每一天的信念，偷偷停药，继续上下班、出差发稿，努力完成工作量。我身边的同事都说我的心态无法复制。没想到停药两年后，我的心律竟然齐了，身体也逐渐好起来，连医生也觉得不可思议。

二

1979年全运会时，我到报社不满一年，当时还在通联部工作，《中国体育报》办了一个全运会特刊《火炬报》，他们请我选一位有发展前途的年轻女排队员，写一篇400字左右的介绍文章。我去看了女排的比赛，选中了北京队的郎平，写了《冉冉升起的星》，刊登在1979年9月22日的《火炬报》上，后来看到是拼了一组的"排球之花"。这是我初出茅庐的作品，是我第一次写郎平，也是郎平第一次见诸报端，这算我俩缘分的开端。接下来的10月12日，《中国体育报》又刊登了我写的千字文章《排坛上未来的星——郎平》。

1980年，国内知名刊物《新观察》杂志复刊号请知名记者刘小舟写一篇介绍女排人物的文章，他提出与我合写。其实我只是向他详细介绍了 12 名队员的情况，他却把我的名字放在了前面，而把他的笔名放在后面。巧的是，这 12 名队员都在后来的比赛中获得了世界冠军。刘小舟也是帮助我在宣传工作上取得进步的老记者之一。

1981 年中国女排首次夺冠，给我印象最深的是去飞机场迎接赛后回国的女排姑娘们。可以说，国家队从教练员到运动员都是我的熟人和朋友。那天到机场迎接中国女排的人很多，有国家领导人、国家体委领导、各新闻单位记者、老国家队的退役名将和众多女排的粉丝。那是 1981 年 11 月 18 日的晚上，各路记者都提前赶到机场，抢占接机大厅内最有利的采访位置，我被允许站在接近机舱门的地方。女排姑娘们下飞机时都穿着统一的白色小棉猴，记不起来是谁先看到我，便把棉猴脱下来塞给了我，后面的人也都照此办理。一会儿工夫我的身上就堆了好几件棉猴，几乎挡住了我的视线。

随后，国家女排元老队给刚下飞机的代表团成员每人献上一束鲜花。当跟随女排走到机场休息室门口时，我有些犹豫不决，便停下了脚步。因为那天加强了安保，我不知是否可以进入休息室。只见首长向我伸出手，我赶忙高兴地握住，然后就被安保人员推了一下，抱着棉衣就进了休息室，正好给了我一个有利的采访位置。从后来见报的照片看，我站在紧靠首长的位置，正在用话筒录音。欢迎仪式结束后，我又随女排成员从休息室走到大巴，可能还是那位安保人员吧，他仍把我误认成女排队伍中的一员，还是一只大手直接把我推上大巴，汽车关门后就发动了。上车后我有点儿尴尬，不知道应该坐在哪里，就一直走到最后一排坐下来。开车后我发现身边坐着郎平和她的男朋友，虽然觉得有些唐突，但事已至此，正好采访一下吧！

查看《中国体育报》1981 年 11 月 20 日的报纸，我发表的文章是《女排英雄归来谈》。领队张一沛，教练袁伟民、邓若曾，队员曹慧英、孙晋芳、张蓉芳、郎平、周晓兰、陈亚琼、陈招娣、张洁云、周鹿敏、杨希、朱玲、梁艳都发表了感想。23日，我在《光明日报》上还发表了《中国女排走向世界冠军之路》一文。

那时《中国体育报》后方编辑组是通过打电话来接收前方记者的稿件的。我们用长途电话与前方记者取得联系，他们把写好的稿子读一遍，我们再把录音稿一字字誊写在稿纸上，1000字大概就要花近一小时整理。后来有了传真机，后方方便了，前方记者就辛苦些，要把稿子誊写清楚再发。再后来有了电脑和信箱，只是适应期费了一番周折，着了不少急。现在有了无线网，又有了微信，真是太方便了。我也经历了这一步步走来的全过程，有在后方接稿的经历，也有在前方着急发稿的体验，其中有许多有趣的故事，也可写一篇长文。

记得有一次随女排去日本采访，作为随队记者，我与女排同机抵达日本的鹿儿岛时已是深夜。与编辑部联系后，得知第二天报纸要用三篇稿子，于是马上赶写出来。但酒店不能发稿，负责人很热情地推荐一名服务员带我去网吧。那时夜色已深，在黑洞洞的街上走了一会儿，找到了地方。服务员向网吧老板说明来意，老板就帮我发送稿件，但怎么也发不过去。我们用肢体语言交流，还算不错，我明白老板说用他的信箱把我的稿子发过去。很快，他用一个"OK"的手势告诉我成功了。我谢过老板后才发现带我来的服务员已经回去了，我往哪里走才能找到我们住的酒店？我只记得来时路过一个灯火辉煌的赌场，便径直向有灯光处走去。两只狗在一辆车里狂吠，我有印象，看来没走错方向，然后就是摸索前行。如有天助，我竟回到了酒店，接着迫不及待地给编辑部打电话，回答是："没收到！"此时报纸开着"天窗"等稿子呢！我急得一身冷汗。我找到翻译一起来到前台，人家说服务人员都下班了，那时已经凌晨1点了。好在翻译好说歹说，酒店答应找来专门的工作人员，我们又回房间把写在电脑里的稿子抄到稿纸上，用传真机传到北京的编辑部。在发稿手段不断改进的过程中，类似的故事层出不穷。

我还曾为了等一台能发稿的电脑再三再四地请求与亲人聊天的外国运动员。后来自己的电脑可以传送稿件了，再后来在球场可以边看比赛边写稿边发稿了。记者再也不会为发不出稿而急得抓耳挠腮了！

再说中国女排第二次夺冠，那时我在后方编辑组，工作已经很熟练了。1982年世界锦标赛，《中国体育报》派往前方的记者是刘龙江。比赛结束后，张晓岚、刘龙江和我合写了报告文学《第二次登上冠军台》，在《中国体育报》1982年10月6日、8日、11日分三篇连载，这篇报告文学的几个小标题分别是：狭路相逢；一个最大的"谜"；现在不是落泪的时候；中国姑娘顶住了挫折的压力；袁伟民的歌声；"我们在走钢丝"；说到底，还得靠自己；打通进军利马的道路；意想不到的"黑马"；特殊的考验；"祖国万岁"。这是我第一次为中国女排写报告文学，从中学到了许多东西。

中国女排第四次夺冠是1985年的第四届女排世界杯，我仍然是后方编辑组成员。因为前方记者谢凯南在采访女排世界杯后还要留在日本采访男排世界杯，所以总编辑张振亭要求我在女排回国后进一步深入采访，每天发一篇2000字左右的报告文学。我不仅到机场去接女排，而且提前预约了参加他们的总结会及采访。其后，《中国体育报》从10月22日开始，23日、25日、27日、29日分五篇连载了我和谢凯南合作的报告文学《卫冕的日日夜夜》，共四个小标题：受命之后……；砥柱中流；同心协力；激战夺杯。重新回忆了夺冠经历中拼搏奋斗的每一天。

2003年，时隔17年中国女排再次夺冠，我在前方开创了自己连续采访、写稿两天一夜未休息的最长工作纪录。详细情况已写在《阳光总在风雨后——时隔十七年再铸辉煌》一文中。

2004年，时隔20年中国女排再续奥运金牌，我在后方半夜观看那场被称为"世界排球史上的经典战役"的中国女排与俄罗斯女排之间的五局夺冠决赛。中国队几次化险为夷、反败为胜，特别是第四局，俄罗斯队已经2:1领先，中国队此时是背水一战，又以21:23落后，可谓命悬一线，我竟紧张得手抖到无法记录。没想到，中国女排不仅绝地反击，拿下第四局，而且一鼓作气、团结拼搏，再胜第五局。那时北京已迎来清晨，我激动地把这个好消息立刻告诉身边那些认为中国队获胜无望、早早睡觉的球迷：中国赢了！中国女排是奥运会冠军！

除了中国女排夺冠报道中的难忘瞬间，我还经历过多次印象深刻、终生难忘的采访，如从1995年郎平首次回国执教直至1999年她辞职期间的"贴身"采访。首先要提及的是，全国人民心中的英雄中国女排，成绩一度下滑到1992年奥运会第七名、1994年世界锦标赛第八名的低谷。中国排球协会准备采取竞聘的方式选拔国家队主教练，这在当时引发热议。其一是从国内高水平运动队教练中选聘。其二是有可能聘请国内外退役的著名运动员或教练员。接着，又传出已向郎平发出邀请，郎平因学业未成、涉嫌违约等原因而婉拒的消息。那是"一球牵动亿万人心"的时期。就在竞聘报名即将截止、人们翘首以待的时刻，1995年2月9日，新华社记者曲北林突然发了一则消息《郎平即将出任中国女排主教练》。文中写道："国家体委训练二司副司长周晓兰今天透露，在郎平回国执掌国家女排的所有障碍得以扫清之后，国家体委领导于今天批准她出任中国女排主教练。"虽然其他新闻单位并未得到此消息，但新华社稿件的真实性是毋庸置疑的。第二天，国内多家媒体都转载了新华社的消息，外国不少报纸也刊登消息并发表了对郎平的采访。

郎平是1995年2月15日回到北京的，我被报社派到机场采访。到了机场，发现许多新闻单位的记者都早早地来到了首都机场，特别是摄影、摄像记者,为了占领有利采访位置,真是尽力施展浑身解数,甚至都站到了窗台上。电视台摄像机已经"封住"了旅客进入机场大厅的唯一小门。后来组织者将郎平的爸爸和妈妈领了进来,他们手捧鲜花,被安排在小门的两侧。我也只和他们打了个招呼,无法靠近他们。郎平下飞机后,记者们更是向着小门处聚集。没想到中央电视台《焦点访谈》栏目组最厉害,他们获准在机舱门前拍摄,记者扛着摄像机在郎平面前倒退着一直走到入口的小门。为此,失去机会的摄影记者想方设法地抓拍。郎平的爸爸妈妈也没能把手中的花送给女儿。我更是与郎平隔着许多人打了招呼,伸出的手连指头都没有碰到就分开了。听说,后来郎平由陈招娣陪同,坐车在机场外转了一圈,然后再回到机场,办理了入境手续并取了行李。

郎平是以书面形式参加的竞聘会,并得到了评委的一致通过,最终出任中国女排主教练。郎平到达北京的第二天,国家体育总局召开了新闻见面会。郎平回答了记者们的提问,印象最深的是她提出立即出发前往全国女排集训地——柳州,在一周内推出教练组名单,两周内组成中国女排的计划。我随即与她同赴柳州,由此开启了见证她首次担任中国女排主教练及尽快提升水平的历程。她在取得1996年奥运会亚军后,进入世界排球名人堂。1999年取得亚运会冠军后,因身体原因辞职,结束首次出任中国女排主教练的呕心沥血的难忘历程。

其间,我发表过《郎平归来》《我是一个平常人》《铁榔头三天敲定十六员战将——国家女排集训队组成》《郎平介绍选拔队员标准和经过——好苗虽多,根基尚浅》《新秀摩拳擦掌,老将不减豪情——女排集训队员述说心曲》《重新站在起跑线上——记新组建的国家女排》《明月为姑娘们引路》《快刀与乱麻》《人品、才智、胆略——郎平纪事》《王怡专司防守一举两得》《高温下,汗水中,冶炼锋芒》《中国女排新军重组》

等文，以及她们参加的一些比赛情况的报道。

1996年，中国女排夺得奥运会亚军，回到北京后，9月9日，中国排球协会名誉主席宋任穷在西山的家中宴请女排姑娘，我也在被邀请的名单之列。报社认为这个机会难得，就让摄影部给我提供一台"傻瓜相机"，摄影部主任现场教我使用方法，我便以文字兼摄影记者的身份随队前往。宋老大病初愈，但精神矍铄，郎平将队员一一介绍给宋老后，宋老看见了郎平的妈妈，对她说："谢谢你！培养了个好女儿。"然后问："记者来了没有？"原来，奥运会结束后的8月22日，《中国体育报》刊登了我写的关于郎平的长篇报道《人品、才智、胆略——郎平纪事》，宋老看后认为不错，专门提议让我与女排一起到家里做客。宋老握着我的手说："你的文章写得好！"当时，在座的排球协会主席袁伟民介绍说："她也曾是排球运动员。"宋老点头道："好！好！"此后，中国女排几次到宋老家做客，宋老总是让我坐在他身边。

郎平的多次回归，无论是做运动员还是教练员，都引起不小的轰动，也给中国女排重铸辉煌注入了新的信心和希望。不仅在体育界，也在新闻界成为关注的焦点，无论她走到哪里都有不少记者跟随，这也反映了中国女排在全国人民心中的地位和重要性已经超出了体育的范畴。

三

我在《中国体育报》球类部时，除去日常分管的球类项目采访和报道外，2000年与中国排协合作开创了每周一个"彩色排球"版，我也设立了《玛琍数论》《玛琍答疑》《郎平有约》等栏目。后来我出任《中国排球》杂志编辑部主任时，对排球项目的报道更加深入，涉及面更广。记得在编辑部主任的竞聘会上，中国体育报业总社的领导明确要求我必须"双肩挑",就是重大比赛时如果我在前方采访,要同时向《中国体育报》和《中国排球》杂志发稿。后来,我被返聘到"中国排球网",每次比赛时便根据不同的受众,向三方撰写不同的稿件。2000年以后,我成为中国排球协会委员,特别是在担任中国排球协会宣传委员会副主任和中国排球联赛新闻委员会副主任后,日常工作更多的是为新闻记者提供采访的方便,组织一些相关的集体采访活动,为一线的记者提供服务。所以,我在排球界和新闻界的朋友不断增多,而且合作愉快。2012年,经排球运动管理中心推荐,我还担任了国家体育总局体育行风监督员,同法律界和新闻界的代表共14人,接过了刘鹏局长颁发的聘书,任期为3年。在排球界和新闻界多年的经历,也是我本次约稿十分顺利的原因吧。

老少三代记者都和我打交道多年,有的早已成为挚友。我把想法和盘托出,得到了新闻界朋友们的大力支持。写三代排球人的传奇,约三代新闻记者的作品,都出奇地顺利。我每拿到一篇稿子,都会收获一次大大的惊喜。

交朋友人品比能力更重要,这是我的原则。这次邀请的作者都是公认的人品和能力俱佳的著名记者,他们都是多年如一日,说真话、干实事,在第一线努力工作的新闻工作者。他们的作品经得起推敲,不掺假,而且精彩、有趣。既写中国女排每次夺冠最经典的战例,写中国女排的功绩,写中国女排的精神,也写冠军的来之不易,写夺取冠军的要素,为继往开来、前赴后继的后来人,提供可贵的经验和借鉴。同时,也展示新闻工作者的辛勤劳动和忘我的敬业精神。

因为事隔三四十年了,对于每一次夺冠的撰稿者,我们都有备案。然而,基本上都是第一方案通过。1981年中国女排取得历史性突破,首次夺得世界杯冠军。撰写这段历史的最佳人选当然是连续对中国女排

"五连冠"进行直播的中央电视台主持人宋世雄老师。

我与宋老师相识在我做运动员的时期，大概是 20 世纪 70 年代。我们北京女排有国际比赛任务，宋世雄老师和张之老师到队里来熟悉我们的名字和我们队的打法。记得有一次在漳州集训基地，张之老师和宋世雄老师又来采访，他们也住在运动队的集训地。第二天一早，就有人说早晨有人在楼顶说话。一打听，原来是宋老师天一亮就起来到楼顶练嗓。他们说宋老师看到街上车水马龙的景象就用很快的语速描述着、叙述着，就是大家平时所说的练基本功呢！那时大家都对宋老师肃然起敬，此事一传十，十传百，宋老师很快就成了我们学习的楷模。这就是宋老师给我的深刻印象。后来，我们经常在采访现场相遇，宋老师总是那样谦和、友善，从来不摆架子。宋老师以严谨的工作态度和精湛的专业水平，成为家喻户晓、德高望重、深受爱戴的著名主持人。

"五连冠"期间，凡遇重大世界比赛，无论中国女排在哪里比赛，宋老师的声音都能直接从那里传回祖国，牵动着亿万球迷的心。时至今日，那熟悉的声音仍然时时在我们的耳边响起。本来担心宋老师年事已高，我们还做好了选派优秀的年轻记者代笔的预案。但宋老师坚持自己动笔，回忆往事，满怀激情，并提前交稿。

《中国体育报》资深记者、86 岁的颜世雄老师，告诉我他得了一场大病，下肢活动受阻，行动要靠轮椅了。他知道我打电话到他家里肯定有事。当我把想法告诉他后，他兴奋地表示我这次找对人了。他虽然行动不便，但思路极为清晰，连当时中国女排去打决赛前的那顿午饭做了什么菜都记得一清二楚。过了一天，颜老师就开始和我探讨应该从哪几个部分讲起，后来他还重放了中国女排的比赛录像，又和我交流了一些排球技术术语。我每次与颜老师通电话，都会再三提醒他不要太辛苦，时间来得及。没想到仅仅一个月，颜老师就在和我的讨论中完成了对第三冠的全面回忆，且角度全面，兼具深度、广度、厚度，让我佩服至极。想到如今一些自媒体把道听途说当成新闻炒作的浮躁、不负责的做法，更觉得这本书确实应该出版，到时候，那些谣言、不实的炒作即可不攻自破。如今颜世雄老师因病离我们而去，让我们永远怀念他。

颜世雄和张晓岚老师都是我在《中国体育报》时的同事，也是引导我从运动员转变为体育记者的引路人，他们都是手把手教我怎么采访、如何选材、从何处下笔的启蒙老师。我与张晓岚老师合作过多次，如中国女排第二次夺冠后共同撰写长篇报告文学。张晓岚老师除了完成本职工作外，还承担了一些作家协会的工作，我也常请她参加中国排球协会和联赛新闻委员会的好稿评选活动。她审阅稿件非常认真，常能发现精品，且能筛选出冒发的稿件，保证了评选工作的质量。

稿子写得最快，也是第一个交稿的人，完全出乎我的意料。他是几经周折最后才找到的，当时在美国探亲的《人民日报》体育部原负责人刘小明。他曾现场采访了1985年的世界杯，听到我的约稿邀请，他没有马上答应，因为手头没有资料，而要写的又是35年前的盛况。他说："我试试。"我刚进报社不久就听同事说到他，他出身文人世家，母亲是著名的战地记者。他学历高，为人正直，喜欢排球。后来，他出任《人民日报》体育部主任一职，虽然工作相当忙，但若有高水平的排球比赛，他总是设法抽空到现场观看，而且必须坐在观众席上。他说，那样才能感受到排球比赛的氛围和魅力。记得有一年全国女排联赛的决赛，他特意请我陪他到天津去看球，而且亲自开车从北京到天津。到了现场，我坐在记者席，而他则去了观众席。天津球迷的狂热，我从打球时就领教过，谁在天津赢了当地的球队，就别想顺利走出赛场。天津的观众爱看排球，也能看懂排球，评论起来都是一套一套的，何况那时天津女排非常强大，连续获得全国联赛冠军。作为天津的女婿，刘小明看球简直就是享受。

他还自带干粮，分给我一份：一包饼干、一瓶矿泉水。看完比赛就立即开车回北京。

为了让他的"试试看"能落实下来，我到报社资料室把当年他见报的稿子找到，拍下来，用手机发给他。他说眼睛不是很好，看不太清楚。但没想到他竟然很快完成了把回忆变成文字的工作，而且稿子一气呵成。

郎平第二次执教中国女排以来取得的三次冠军，从2015年、2016年到2019年，到现场采访的都是现在仍活跃在第一线的年轻记者。新华社体育部英文采访室主任王镜宇同意在百忙中抽空写一篇。新华社记者撰稿的严谨和认真是有目共睹的，而且多次一同采访的经历也让我目睹了他的敬业和辛劳。记得有一次在日本采访排球大赛，最后一场比赛结束后我要发综合消息，而作为随队记者，我如果和队伍赛后一起立即回酒店，就很难第一时间得到其他赛区的消息。我就与每天都发综合消息、都最晚离开赛场的王镜宇商量，最后发完稿能否搭国际排联为他配备的专车回酒店，他同意了。我和他一起等最后赛区的消息，然后等他发完中、英文两份稿件。他写稿的画面一直留在我的脑海里：日本赛区的工作人员工作效率很高，比赛一结束就立即拆除所有与比赛有关的设施，而且动作非常快。场地拆过后就来拆新闻中心，最后只剩下一块地板、一张桌子、一把椅子、一盏灯，一个人在写稿，这就是王镜宇。当他发完稿子关闭电脑时，最后留下的工作人员都争抢着与他合影，他们的手势告诉我，他是每天最后一个离开新闻中心的人。

约稿人中最后发稿的是中央电视台的洪钢，因为他正值"当打之年"，工作一直很忙，但他胸有成竹地接受了写三篇的重任，并"保证按时完成任务"。洪钢是我在《中国体育报》和《中国排球》杂志工作时的特约作者，我了解他的为人和能力，虽然他工作繁忙，我常常提醒他截稿日期，但是我并不担心。洪钢进中央电视台是实打实地凭实力考进去的。那年央视招三名主持人，足球、排球、乒乓球项目主持人各一名。我参与了排球考题的出题工作，那题目真的是相当难，有些题目我也不知标准答案是什么。洪钢当时好像已在职，但他以优异的成绩脱颖而出。有一次我去央视做转播嘉宾，在直播完比赛后，洪钢问我是否可以把这盘带子上交，作为他考核的资料片，我当然同意了。所以，洪钢对排球运动和人物的熟悉程度毋庸置疑。

  稿子全部如期截稿，篇篇精彩，既把中国女排从1981年首次夺得世界冠军到如今共得到十次金牌的惊心动魄和盘托出，又表现了现场采访的激情时刻，还透露了许多观众和读者少见的场外互动情节和感人故事。然而，"有多少记忆可以重来"，整理完全部稿件后我仍有意犹未尽之感。

  本书由曾在现场采访的著名记者回忆、撰写夺冠现场的激情时刻和与中国女排交流中的感人故事，应该称其为"钻石组合"，既弘扬中国女排前赴后继、团结协作、顽强拼搏、为国争光的精神，也展示了体育新闻记者埋头奋战、忘我工作，向观众、读者、球迷宣传女排精神、传递正能量的台前幕后。本书不仅献给中国女排，也献给为弘扬女排精神努力工作在第一线的新闻工作者。

杨玛琍

2025年4月

（全文完）

附录 中国女排十次世界冠军资料

第一冠：第三届女排世界杯

时间：1981 年 11 月 7 日—16 日（附录时间统一为当地时间）

地点：日本

领队：张一沛

主教练：袁伟民

教练：邓若曾

队员：郎平 曹慧英 张蓉芳 杨希 陈亚琼 梁艳 周晓兰 朱玲 孙晋芳 张洁云 陈招娣 周鹿敏

第二冠：第九届世界女排锦标赛

时间：1982 年 9 月 12 日—25 日

地点：秘鲁

领队：张一沛

主教练：袁伟民

教练：邓若曾

队员：郎平 曹慧英 张蓉芳 杨希 陈亚琼 梁艳 周晓兰 姜英 孙晋芳 杨锡兰 陈招娣 郑美珠

第三冠：第二十三届奥运会女排赛

时间：1984 年 7 月 30 日—8 月 7 日

地点：美国

领队：张一沛

主教练：袁伟民

教练：邓若曾

队员：郎平 梁艳 张蓉芳 杨锡兰 周晓兰 朱玲 侯玉珠 杨晓君 郑美珠 苏惠娟 姜英 李延军

第四冠：第四届女排世界杯

时间：1985 年 11 月 10 日—20 日

地点：日本

团长：袁伟民

领队：张一沛

主教练：邓若曾

教练：胡进 江申生

队员：郎平 巫丹 梁艳 殷勤 杨锡兰 侯玉珠 郑美珠 姜英 杨晓君 李延军 苏惠娟 林国清

第五冠：第十届世界女排锦标赛

时间：1986 年 9 月 2 日—13 日

地点：捷克斯洛伐克

团长：袁伟民

领队：杨希

主教练：张蓉芳

教练：郎平 江申生

队员：侯玉珠 苏惠娟 杨晓君 殷勤 郑美珠 李延军 姜英 巫丹 梁艳 胡小凤 杨锡兰 刘玮

第六冠：第九届女排世界杯

时间：2003 年 11 月 1 日—15 日

地点：日本

主教练：陈忠和

教练：赖亚文 张文一 包壮 张建章

队员：冯坤 张娜 周苏红 张越红 王丽娜 陈静 杨昊 张萍 赵蕊蕊 宋妮娜 刘亚男 李珊

第七冠：第二十八届奥运会女排赛

时间：2004 年 8 月 14 日—28 日

地点：希腊

领队：徐利

主教练：陈忠和

教练：赖亚文 包壮 张建章

队员：冯坤 张娜 周苏红 张越红 王丽娜 陈静 杨昊 张萍 赵蕊蕊 宋妮娜 刘亚男 李珊

第八冠：第十二届女排世界杯

时间：2015 年 8 月 22 日—9 月 6 日

地点：日本

团长：张蓉芳

主教练：郎平

教练：赖亚文 安家杰 包壮

队员：朱婷 王梦洁 张常宁 魏秋月 杨珺菁 丁霞 袁心玥 刘晓彤 沈静思 刘晏含 曾春蕾 颜妮 林莉 张晓雅

第九冠：第三十一届奥运会女排赛

时间：2016年8月6日—20日

地点：巴西

领队：刘文斌

主教练：郎平

教练：赖亚文 安家杰 包壮

队员：朱婷 林莉 张常宁 刘晓彤 徐云丽 魏秋月 颜妮 惠若琪 丁霞 袁心玥 龚翔宇 杨方旭

第十冠：第十三届女排世界杯

时间：2019年9月14日—29日

地点：日本

主教练：郎平

教练：赖亚文 安家杰 包壮

队员：朱婷 李盈莹 张常宁 刘晏含 颜妮 王媛媛 袁心玥 郑益昕 丁霞 姚迪 龚翔宇 曾春蕾 王梦洁 杨涵玉 刘晓彤 林莉

中国女排：十次夺冠全记录

主编 _ 杨玛琍

编辑 _ 冯晨　　装帧设计 _ 严永亮　山葵栗　　主管 _ 周延
技术编辑 _ 丁占旭　　责任印制 _ 杨景依　　出品人 _ 曹俊然

果麦
www.goldmye.com

以 微 小 的 力 量 推 动 文 明

图书在版编目（CIP）数据

中国女排：十次夺冠全记录 / 杨玛琍主编.
西安：太白文艺出版社，2025.8. -- ISBN 978-7-5513-3077-0

Ⅰ．I25
中国国家版本馆CIP数据核字第2025QJ5813号

中国女排：十次夺冠全记录
ZHONGGUO NVPAI : SHICI DUOGUAN QUANJILU

作　　者	杨玛琍
责任编辑	张　笛　张宇昕
装帧设计	严永亮　山葵栗
出版发行	太白文艺出版社
经　　销	果麦文化传媒股份有限公司
印　　刷	嘉业印刷（天津）有限公司
开　　本	710mm×960mm　1/16
字　　数	254千字
印　　张	20.5
版　　次	2025年8月第1版
印　　次	2025年8月第1次印刷
印　　数	1—5,000
书　　号	ISBN 978-7-5513-3077-0
定　　价	69.80元

版权所有　翻印必究
如有印装质量问题，可寄出版社印制部调换
联系电话：029-81206800
出版社地址：西安市曲江新区登高路1388号（邮编：710061）
营销中心电话：029-87277748　029-87217872